有爱的青春陪伴者

“过去，我的眼里只有真相，
现在，还有方初榆。”

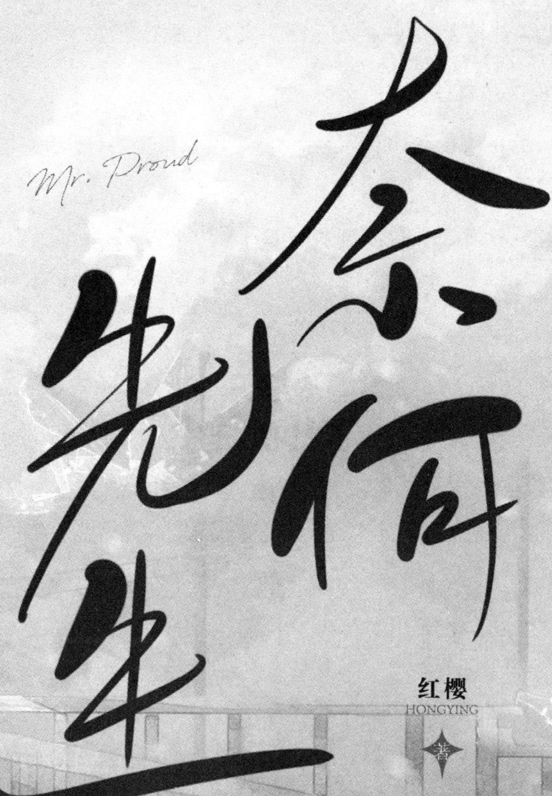

红樱
HONGYING
著

四川文艺出版社

图书在版编目（CIP）数据

奈何先生 / 红樱著 . -- 成都：四川文艺出版社，2022.8

ISBN 978-7-5411-6383-8

Ⅰ . ①奈… Ⅱ . ①红… Ⅲ . ①长篇小说 - 中国 - 当代 Ⅳ . ① I247.5

中国版本图书馆 CIP 数据核字 (2022) 第 098987 号

NAIHE XIANSHENG

奈何先生

红樱 著

出 品 人	张庆宁
责任编辑	陈润路
装帧设计	蔡　璨
责任校对	段　敏

出版发行	四川文艺出版社（成都市锦江区三色路 238 号）		
网　　址	www.scwys.com		
电　　话	0731-89743446（发行部）　028 - 86361781（编辑部）		
排　　版	长沙大鱼文化传媒有限公司		
印　　刷	长沙鸿发印务实业有限公司		
成品尺寸	145mm × 210mm	开　　本	32 开
印　　张	9	字　　数	210 千字
版　　次	2022 年 8 月第一版	印　　次	2022 年 8 月第一次印刷
书　　号	ISBN 978-7-5411-6383-8		
定　　价	39.80 元		

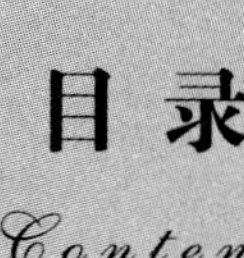

目录

Contents

目录
Contents

楔子

/

Naihe Xiansheng

境外某地，沙漠荒芜，夜晚的寒风如刀片般锋利，席卷刮过，簌簌作响，堆积的柴火发出噼里啪啦的声响。

篝火旁，一群裹着军大衣、头戴毡帽的士兵围坐在一块。

赵奇被冻得瑟瑟发抖，双手揣在棉袄大衣的袖子里，频频哈气，拍摄用的摄像机被晾在一边。

实在是太冷了，赵奇哆嗦着从搁在一旁的黑色背包里掏出热水壶，结果不小心牵动一张照片掉了出来。

有个士兵看到了，捡起来一看，突然咧嘴一笑，露出八颗大白牙，对赵奇使了个眼色，道："女朋友？看不出来，就你小子还能找着这样的？"

赵奇探头过去瞅一眼，突然"咦"了一声："不是，我翻错包了，这是寒老大的。"

赵奇说着，目光下意识地朝人群的角落望去。

篝火旁，那人盘腿坐在沙上，身上同样裹着军大衣，但他没有戴毡帽，一头碎发在狂风的肆虐下，非但没有如枯草那般乱糟糟，反而给他添了一种凌乱的潇洒感。

尽管条件如此苛刻，他依然捧着一本黑色的笔记本，一手执军用带手电的防身钢笔，低着头，神情专注，在纸上记录。

他写字很有力度，隔着一小段距离，赵奇都能听到他笔尖划过纸面，摩擦发出的沙沙声响。

赵奇收回目光，就见那士兵说："何哥的女朋友？难怪了，我就说嘛，这嫂子跟何哥站在一起，才叫般配嘛。"

"去去去，不带你这么损人的。再说了，我虽然只是个扛摄像机的摄像师，比不上你们这些铁铮铮的硬汉，但也是个爷们儿好不？"赵奇不服气，说着挺了挺胸膛，结果毫无悬念地惹来众人大笑。

赵奇不想跟他们比身板，将照片抢了过来，让众人的注意力回到照片上。

他故弄玄虚，得意道："很可惜，猜错了，这照片上的女人也不是寒大神的女朋友。"

"不是？那照片怎么会在他包里？"那士兵不相信。

赵奇露出了一抹高深莫测的笑："偷偷告诉你们，这个女人，是我们寒大神的幸运女神！"

"幸运女神？"

士兵挑了挑眉，余光悄悄瞥了眼一旁不动声色的某人。

何寒深听到赵奇这话的时候，手里的动作停顿了一下。他抬起头，

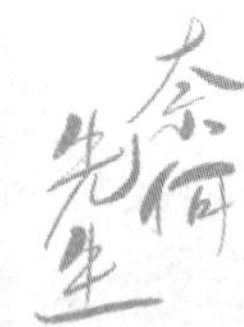

看了被赵奇拿在手上的照片一眼。

距离有点远，但何寒深看得极其清楚。

她紧抿薄唇，皱着眉头的样子，还有她眼神中流露的气势与魄力，他至今印象深刻。

甚至可以说，她在他脑海里，挥之不去。

赵奇为自己掌握何寒深的秘密而得意，昂着下巴笑着说：“没错！就是寒大神的幸运女神，因为这张照片，寒大神还得以死里逃生！”

赵奇声情并茂，还配合动作，故意吊观众的胃口。

众人纷纷追问，这背后到底有一段怎样离奇且匪夷所思的故事。

赵奇开始滔滔不绝，口沫横飞，且有夸大其词的嫌疑，手舞足蹈地跟大家讲述。

何寒深始终低着头，笔尖在纸上摩挲。但随着赵奇的嗓门越来越大，何寒深的心情也渐渐变差，他将钢笔往笔记本中一夹，将笔记本收起。

赵奇将照片递给了何寒深。何寒深接过，端详着照片中，张开双臂、挺直背脊、昂首挺胸的女人。

何寒深从来没有见过一个女人，在面对那么多枪口时，依然毫无畏惧，英勇得仿佛是做好壮烈牺牲的战士。

她的左脸上画着中国国旗，那是她临时用口红和眼影画出来的。

她只是一个到国外旅行的普通旅客，谁料载客的大巴车会被拦住，车上也仅有她一个中国人。

如果，她当时因为害怕而躲起来，那么等待她的，就是被扫射的结果。

何寒深作为战地记者，一直以来，他都秉持着那句“如果你没法阻止战争，那就把真相告诉世界”的守则，在战场中无数次与死神擦肩而过。

悲剧即将发生的那一刻，他就站在不远处。

支援正在赶来，因为大使馆收到了来自一个中国公民的求救信息，对方就在那辆被枪口围堵的大巴车上。

后来，何寒深曾想过多次，该是有多大的勇气，才会使她在那种情形之下，义无反顾地站出来。

何寒深的镜头中，清楚地看到她走下车。她身材纤瘦单薄，却仿佛有一股无形的力量在保护着她，使她可以毫无畏惧，所向披靡。

他用摄像机拍下了那个瞬间。后来，他在照相馆中洗出所有照片的时候，将她那张单独拿了出来。准备开车离开的时候，想起那张照片他忘了带走。

他又下了车，返回去的那一刻，车子在瞬间发生爆炸。

那是第一次，他因为她死里逃生……

赵奇说她是他的幸运女神，似乎也没什么不对。

何寒深无数次想过，这女人应该早已结婚。

他也时常想，将来若有机会见到她，也许，该向她道一声谢谢，尽管她可能会一脸茫然，不明所以。

直至时隔很久，其间发生了很多事情之后，当他向她道谢时，她已是他的妻子。

那时的他单膝而跪，低头亲吻她的指尖，眉宇间一派化不开的柔情。

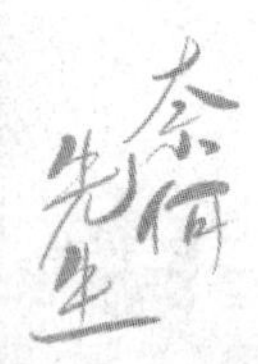

他曾经将战争真相告诉给全世界，后来，他向全世界，宣告了自己唯一爱的女人。

她的名字叫：方初榆。

第一章

/

误入病房

Naihe Xiansheng

✦

[1]

“最新独家消息，有网友爆料，今日凌晨一点，战地记者何寒跟一名摄像师在东江大道发生车祸，所乘坐的黑色吉普车翻倒后发生爆炸，目前生死不明……”

车载收音机播放着新闻资讯，正在开车的男子西装革履，戴着一副复古眼镜，模样斯文。

听到这个消息，他猛地一个急刹，刚才还平静从容的脸上露出了难以置信的震惊表情。

突如其来的急刹，让坐在后座、蜷缩在羊毛披肩里眯眼睡觉的方初榆，脑袋“哐”的一声撞在车窗玻璃上！

方初榆一双好看的柳眉微微皱了皱，然后猛然睁开眼睛，杀气腾腾

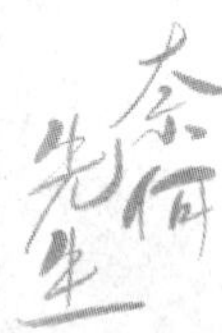

地瞪向开车的人：“张蒲清！你会不会开车？”

“老板……”张蒲清红着眼眶转头看她，“我寒大神出车祸了，你说他不会有事吧？”

对上他这泪汪汪的模样，方初榆有气也发不出来。

她头疼地捏了捏眉心，调整了坐姿，用羊毛披肩裹紧脖子，才没好气道：“什么寒大神？”

“就是我跟你提过的那个战地记者，叫何寒，军网上的很多头条新闻都是他写的，他可是战地记者中的传奇人物……反正就是很厉害的一个人！”

他还想多说，但想到寒大神的经历一天一夜也说不完，索性直接说重点：“听说他前不久才回的国。”

“战地记者？”方初榆眉头都快拧成一个“川”字了。

她想不通，人家出车祸了跟他有什么关系，至于担心难过成这样？

“老板！”

仿佛看出她心中所想，张蒲清表情严肃，掷地有声地说：“我不准你小看他！他可是我们军迷崇拜的大神。作为一个中国公民，都应当关心国家大事，他身为战地记者，第一时间冲在一线为我们报道战情，你不知道他有多伟大！”

方初榆冷漠脸：“哦。”

她很想配合他的慷慨激昂，但她为了一个合作项目，已经两天没合眼了，实在没那精力配合他。

方初榆挪了挪屁股，找到一个舒服的位置躺下后，才慵懒地说：“我理解你一个狂热粉的心情，但姐姐我已经两天没睡觉了，公司上千人的

饭碗跟一个大家族的死活全压我一个人肩上，你觉得我还有精力去关心那么多吗？”

张蒲清无奈地叹了口气。

世人都想当大老板，却不知身为老板压力有多大，尤其是一个女老板的压力。

想到这儿，张蒲清小心翼翼地问她：“话说，老板，你是不是该考虑找个男朋友了？”

不提这个话题还好，一提方初榆就来气。

她倏地睁开那双好看的眼睛，冷眼斜着看他。

张蒲清咳嗽了一声，语气中带着一丝羞涩说：“老板，你别这么看着我，我已经有老婆了，儿子都会打酱油了。”

“你要是没老婆没娃，我也不会让你当我秘书，我是听你提起这事就来气！”方初榆一把将羊毛披肩从身上扯下来，双臂抱怀，跷起二郎腿，一扫刚才的慵懒与困倦，展现出雷厉风行的强势气场。

方初榆长得极美，是难得性感与清冷共存的那种独特勾人的美。一双深邃清明的眼眸仿佛会放电，稍稍一敛，眉头一蹙，气势便极其迫人。

但她的五官又很柔和，只是因为一直皱着眉，薄唇紧抿，给人一种强势严厉的感觉，让人不禁幻想，若她笑起来，该是多么动人。

[2]

张蒲清苦笑：“因为董事长又给你安排相亲了，你不开心是吗？”

“谁开心得起来？我才二十七岁，至于天天催命一样催着我吗？”

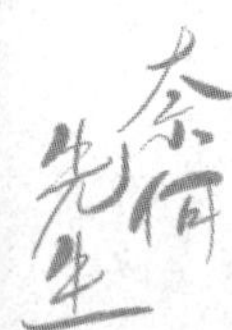

方初榆一脸暴躁。

“我想，他老人家一定很担心自己走了之后，集团的重担全压在你一个人身上，所以才会想给你找一个门当户对，可以相互扶持的伴侣。”张蒲清失笑解释。

方初榆深吸了口气，她当然知道她家老爸在想什么，只是，他看中的对象可不是他表面所了解的那样。

什么学识渊博、精干睿智，什么有为青年，都是假的，她早私下派人调查了。

那就是一沉迷赛车的纨绔子弟，就这，还以后能帮她管理集团？集团的事情，她一个人完全可以搞定好吗！

见她没说话了，张蒲清也没再开口，专心开车将她送回家。

方初榆回到家时，已经晚上十一点了。她一回到房间，倒头就睡。谁料睡下没多久，手机就跟夺命催魂铃一样响起。

方初榆一脸的不耐烦，手在枕头边摸索，摸到手机放到耳边，有气无力地喂了一声。

听到电话那边传来她老爸的声音，她打了个哈欠，漫不经心道：“你说那个小孙总出车祸了？死了没？好好好，我不说这种不吉利的话。”

“什么上班路上出车祸，我看就是赛车跟人撞了吧。去医院探望他？不去！爸，你不用威胁我，我现在很困，先睡了，晚安！”方初榆迅速挂了电话，关机，然后将手机一扔。

她将被子蒙过头，就算天塌下来也不能阻止她睡觉！

与此同时，某军区总医院里，何微雨正准备进病房，就见隔壁的608号病房人来人往。

一群人熙熙攘攘地进去，一批人吵吵闹闹地出来。

他眉头紧皱，问身后的一个护士："608住的是什么人？"

"听他们的称呼，好像是叫什么小孙总，赛车时出事故了，不过伤势不重，朋友还挺多，这个时间点了还有这么多人过来探望。"小护士老实回答。

何微雨看了看609病房紧闭的房门，想到某人那张冷冰冰的脸，他叹了口气，对护士道："你去安排一下，把608的病人换到其他病房去，我怕会吵到他。"

"好的。"小护士立马去安排了。

何微雨站在病房门口，先敲了敲门，才推开进去。

病房里一片漆黑，窗帘被拉上，整个病房里笼罩着一种冰冷阴抑的氛围，医疗器械的运转声都显得异常清晰。

"啪嗒"一声，何微雨开了灯，走到病床前，看到床上的人还在昏睡中，便转身要离开。

这时，身后传来一道沙哑低沉的嗓音。

"他怎么样了？"

何微雨脚步一顿，转头看他："哥，你醒了。"

床上的人眼睛依然闭着，也没再说话。

何微雨踌躇了片刻，才开口道："赵奇……没有活下来。"

何寒深猛地睁开眼，一双冷厉带着锋芒的眼倏地转向他，压低的嗓音透着让人毛骨悚然的摩挲感。何寒深一字一句道："我将他从车里拖

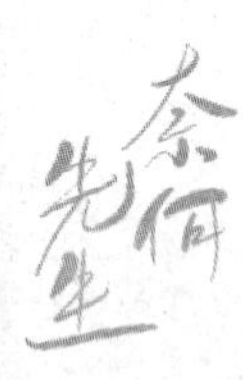

出来，不是为了让他死的。”

“哥，不是所有人都跟你一样，能从死人堆里爬出来，阎王都取不走你的命。”何微雨看着他的眼睛，深深叹了口气，“不是你命大他倒霉，而是你撑下来了，但他没有。”

回想起昨晚见到的那一幕，何微雨依然心有余悸。

实际上，何寒深伤得比赵奇还重，可赵奇终究跟游走在死亡边缘的他不一样。

何寒深这些年鬼门关都不知走了几遭，再大的疼痛都能忍下来。

不过，想到一条年纪轻轻的生命就这么没了，何微雨也感到遗憾。

何寒深的瞳孔里闪过一丝挣扎，有愤怒也有不甘。最终，他闭上眼帘，所有的波澜起伏都在这一刻化为死寂沉默。

何微雨见状也没再打扰他，关了灯，关上房门离开。

[3]

“唉……”

科长室里，何微雨将白大褂一脱，随手将之搭在沙发上，而后整个人疲惫地往沙发上一瘫，晃着一双大长腿，一脸生无可恋地叹气。

正在办公桌前检查病历的何渊希抬起头，见他瘫软在沙发上，苦笑道：“怎么，他还是不吃饭吗？”

“都好几天了，就是不吃饭，进去看他超过三分钟，就被他赶出来。”何微雨语气中带着一丝自暴自弃，天知道那么多病人，他最怕的就是伺候他哥了。

何渊希放下病历，起身走到他对面沙发坐下：“他有问起你关于赵

奇家属那边的事吗？”

“还没有，他问了我也不敢说。”何微雨挺身坐起，正色道，“赵奇的父亲虽然能理解，但他母亲一直无法接受，可能会记恨他。”

“这事还是别让寒深知道了，他这人性子倔，一定会把责任都揽在自己身上。”

“话说回来，袭击他们的人查出来了吗？”何微雨想起正事。

何渊希摇头：“还没有，我估计，只有寒深自己知道。他不说，负责调查的人也无法下手。”

何微雨头疼地揉了揉眉心，一想到要从何寒深口中问事情，他就觉得脑壳疼。

“寒深腿的伤势你了解吗？”何渊希的表情突然严肃了下来。

何微雨咯噔一下，皱眉道：“很严重吗？”

“嗯，要截肢——”

“啊？”何微雨惊愕，要截肢？

何渊希不慌不忙地往下说：“要截肢是不至于，不过，坐几个月的轮椅是避免不了的。”

“呼，吓死我了。”何微雨拍了拍胸口，心有余悸。

何渊希嘴角挂着一抹浅笑，余光一扫，看到办公桌上的一束康乃馨，便对他说道：“等会儿去病房，别忘了把这束花给他带过去。”

“谁送的？”何微雨看了一眼。

“昭墨跟他媳妇槿忧送来的，这夫妻俩知道寒深不喜欢被探望，就将花放我这儿了。”

“嗯，我一会儿拿过去，正好有借口催他吃饭。”

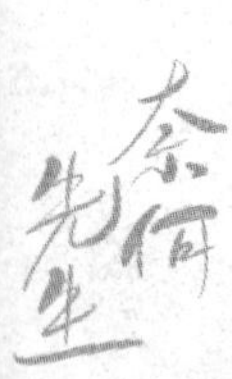

“也好，去吧。”

晚上九点，一辆红色的玛莎拉蒂一个急刹停在了医院门口。车随主人，瞧这停车架势就知道主人不好惹。

下了车，方初榆顶着一张讨债的冷脸，一手抓着束花，另一只手提着一个保温壶，踩着高筒靴，气势汹汹地走进医院。

方初榆的心情很不好，非常不好。

她好不容易把一个让她熬了几天几夜的合作项目搞定了，正想好好地睡上一觉，结果她老爸打来无数通电话，硬生生把她从床上逼起来。

如果不是看在不喜欢就可以拒绝这次相亲的分上，方初榆打死也不会来！

进了电梯，在按楼层的时候，方初榆想了一下。来的时候，张蒲清发消息告诉她小孙总在哪间病房来着？好像是609号病房。

想到这儿，她按了六楼。

到了病房，方初榆发现门口竟然有两个保镖守着，她冷笑两声，住院还雇保镖守着，是怕有护士对他图谋不轨吗？

见她要进去，两个冷面保镖伸手拦住她。

方初榆毫不怯场，昂首挺胸道：“你们知道，我跟里面的人是什么关系吗？”

两个保镖对视一眼，同时摇了摇头。

方初榆一脸慷慨大方地说：“一个年轻貌美的女人，拿着花又拎着鸡汤，过来探望一个男人，你们觉得这两人是什么关系？”

两个保镖面露难色，也没人跟他们说过，里面那位原来还有个女

朋友。

[4]

见他们还犹豫不肯放行，方初榆索性提起保温壶，没好气道：“我是来侍候他喝这个的！”

两个保镖一看，想起何医生一直苦恼念叨里面那位不吃饭，莫非这才请她过来的？

两人立马放行。

方初榆跟进自己家一样悠然自在，大大方方地走进病房。

保镖顺手将门给关上。

病房里黑漆漆的，连灯都没开。方初榆在墙上摸索，很快找到电源开关，“啪嗒”一声便开了灯。

何寒深有个习惯，喜欢在黑暗中思考问题，并且是全神贯注地思考。

因此当室内突然大亮，习惯了黑暗的眼睛被灯光刺疼，何寒深猛地闭上眼睛，眉头紧皱，待适应了光线，他才不悦地睁开眼，就看到一个女人优哉游哉地朝他走过来。

何寒深眼眸微敛，凌厉的眼神审视她。

这是一个充满自信的女人，穿着利落干练，带着一丝英姿飒爽，一双勾人的眼睛仿佛会放电，却不带一丝妩媚与性感。

不可否认，这是一个放在人群中一眼就会被注意到的女人，她出类拔萃，宛如背光而来，让人移不开视线。

在他审视方初榆的同时，方初榆也在打量他。

这个男人就是小孙总？怎么看起来跟她所了解的不太一样？

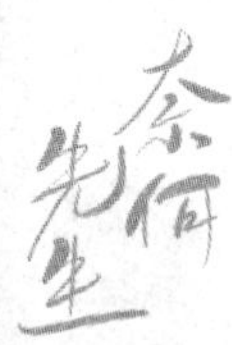

方初榆并没有见过小孙总的照片，自然也就不知人家长何模样，她只是觉得，早知道这个小孙总长得这么一脸正气，她也不至于这么勉强了。

男人剑眉英挺，如墨般的眼眸深邃幽暗，睫毛浓黑微翘，一头黑色碎发，乱得让人有种想揉一揉的冲动。

他的薄唇抿成一条直线，眉头微拧，严肃的表情透着不苟言笑的冷酷，有股不怒自威的气势。

无论是表情，还是由内而外散发出的气场，都给人一种正气、光明磊落感。

长着这么一张脸，也难怪她爸会看上了，估计用这张脸骗过不少人了吧。想到这儿，方初榆也就没觉得这张脸有什么了。

“给。”方初榆迈步上前，将花递给他。

何寒深没有接，甚至都没看一眼花，凌厉的眼眸依然直勾勾地盯着她。

“拿着啊！”见他无动于衷，方初榆这暴脾气立马就上来了，将花硬塞到他怀里，也不管他要不要。

何寒深看着手上的花，眉头皱得更紧了。

“小孙总，你脸色也别这么难看，我也不想来看你，纯属是我爸逼的，你好好配合，我保证咱们双方都相安无事。”方初榆将保温壶搁在桌上，打开之后盛出一碗汤，边说着边放一把勺子搁碗上，走到何寒深面前。

把病床下方的餐桌推过来，放下之后，方初榆便坐下来，双臂抱怀，跷着二郎腿，看他的反应。

何寒深瞥了被她端过来的鸡汤一眼，目光投向她。如果这时候他还

搞不清楚情况，那他就不是何寒深了。

“看我干吗？喝了，我好交差。”方初榆点着脚尖，优哉游哉道。

何寒深依然没有说话，也没有任何动作。

见他喝个鸡汤还婆婆妈妈的，方初榆不耐烦地站起来：“你不至于吧？难不成还要我喂？”

“拿走。”

某人终于开了金口，吐出了这么两个字。

听到他那沙哑中带着一丝金属感的低沉声音，方初榆莫名打了个冷战，她竟然有种酥麻的感觉？

不过，这不是重点，重点是他竟然不喝！

方初榆压下即将喷涌而出的怒火，咬着牙，皮笑肉不笑地扯出两个字：“理由！”

何寒深扫了她一眼，那眼神里蕴含着一种很不一般的深意。

自己认错了人还好意思问他理由？信不信他一句话就能让她灰溜溜地出去？

但她运气好，他懒得说，因为说话太费劲。

[5]

见他又一言不发，方初榆刚想说话，就注意到他右手上缠着纱布。也就是说，他不是不想吃，而是因为吃不了是吗？

突然，方初榆也没那么不爽了。敢情他是觉得丢脸，所以才不愿意说。

方初榆索性就好人做到底，喂他喝下去！

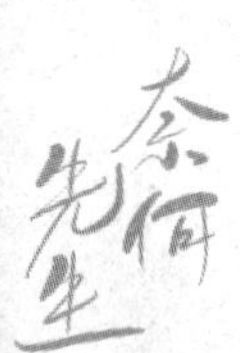

“张嘴。”勺子喂到他嘴边，方初榆一脸凶巴巴地命令。

何寒深瞥了她一眼，没反应。

方初榆催促：“还愣着干吗，喝啊！你不喝我就走不了，麻溜的，快点！”

见她举着勺子，一副他不喝就不罢休的架势，何寒深闭上眼眸，复而睁开，伸手将勺子拿了过来。

“原来你的手能动啊！”见他自己动手喝了，方初榆啧啧两声，这大少爷的脾气未免也太傲娇了点。

何寒深没搭理她，他会喝的目的只有一个，那就是让她赶紧走。

方初榆伸了个懒腰，打了个哈欠，懒洋洋道：“我爸命令我得在你病房待上两个小时才能走，所以你喝你的鸡汤，我在沙发上睡一会儿，时间到了我自己会走。”

说着，方初榆往沙发上一倒。正好沙发上有条毯子，她把毯子拉过来往身上一盖，闭上眼睛，嘴里慵懒道：“我不打扰你，你也别跟我说话，咱俩相安无事地把这两个小时熬过去……”

没听到她的声音了，何寒深抬头一看，就见她缩在沙发角落，裹着毛毯已经睡着了。

这秒睡的速度，可见她是有多累。

何寒深放下勺子，看了搁在枕头边的那束满天星一眼，随后视线再次落到她身上，平静得宛如一潭死水的眼睛里，毫无波澜。

方初榆这一觉睡得并不舒坦，毕竟沙发没有软绵绵的床舒服，只是她太困了，能多睡一会儿算一会儿。

估计是老天见不得她有睡觉的机会，没多久，熟悉的来电铃声就响起了。

方初榆皱眉，拿抱枕捂住耳朵，但还是抵挡不住铃声入侵。她烦躁地起身坐起，睡眼蒙眬地四处摸手机。

找了半天，她才发现手机被她放在病床旁的床头柜上了。她走过去拿起手机，也没看来电显示，接通后就漫不经心地问："喂？"

对方明显愣了一下，不确定地也"喂"了一声。

"找我有什么事？"方初榆头疼地捏了捏眉心，眼皮沉重得都抬不起来。

"你是？"对方疑惑地问。

"我是方初榆，有什么事？"方初榆语气里多了一丝不耐烦，自己打过来的电话，竟然问她是谁？

对方有些稀里糊涂地回答："我找小寒，我是他妈妈。"

"妈妈？"方初榆愣了一下，揉了揉蒙眬睡眼，定睛一看，发现手机来电人显示叫赵雅兰，一个她不认识的陌生人。

"那是我的手机。"全程默不作声，看着她接通电话的何寒深这时才冷冷开口。

方初榆转头看他，再看了看手上的手机，虽然是同一个牌子，但她手上的这个是男士款。

方初榆这才反应过来，将手机还给他："给你。"

[6]

何寒深接过手机，就听到电话那边的赵雅兰喜出望外地问："小寒，

刚才接电话的姑娘是谁？”

“您找我有什么事？”何寒深没回答她的问题。

赵雅兰显然更关心刚才的事，满心期待地说：“她说她叫方初榆，你们在一起多久啦？她刚才可都叫我妈了。”

何寒深冷漠脸：“没什么事我就挂了。”

“哎，别别！好吧，妈知道你脸皮薄，我不问了。你饭吃了吗？听你弟弟说，你又没吃饭。”赵雅兰及时打住，忙关心地问。

何寒深瞥了干净的碗底一眼，闷声道：“吃了。”

“你吃什么了？吃了多少？”赵雅兰追问。她知道他没有吃，她都听说了，送过去的饭他根本一口没动。

何寒深不想解释，他皱眉看了方初榆一眼。方初榆正在伸腰拉筋，对上他投来的目光，立马会意。

方初榆走过去将手机一把抢走，立马换上一副笑脸：“阿姨，您就放心吧，我亲眼看着他把一碗鸡汤喝下去的。”

“鸡汤？是你送去给他喝的是吗？”赵雅兰一听，笑得合不拢嘴。

“是啊是啊，所以您就放心吧。我把手机给他，您还有什么话就继续跟他说。”方初榆把手机还给何寒深。

何寒深接过，听了没一会儿就直接挂断了。

方初榆站在一旁，双臂抱怀，撇撇嘴说：“我还没见过自己老妈是直接备注姓名的，你跟你妈关系有那么差吗？”

何寒深没回答她，闭目养神，直接将她忽视。

方初榆也懒得再跟他说了，转身就要走，只是突然想起什么顿了一下，转头看着他说：“我记得你叫孙齐辉吧，你妈妈刚才叫你小寒？这是怎

么回事？”

何寒深依然一副无动于衷的样子。

方初榆还想问清楚，大衣口袋里的手机突然响了。

跟刚才一样的铃声。

方初榆拿起一看，是她爸打来的。

“喂，爸。”方初榆手叉着腰，习惯性地一边讲电话一边走来走去。

听着电话那边的话，方初榆的眉头越皱越深：“爸，您说的这是什么话？我不是听您的来医院了吗？已经跟人家待了快两个小时了。”

“我骗你干吗呀？”方初榆心力交瘁，极力保证道，“我真的已经过来探望小孙总了，现在还在人家病房里呢，什么，您没看到我？”

方初榆的表情逐渐变得古怪，她转头看何寒深，忽然察觉到什么，眼睛猛然瞪大！

她二话不说挂了电话，冲到何寒深面前，质问他：“说！你叫什么？”

何寒深连眼睛都懒得睁开，只是伸手指了个方向。方初榆随着他所指方向望过去。

只见墙上挂着一张表，上面写着病人的姓名跟情况，姓名那栏赫然写着“何寒深”三个大字。

方初榆傻眼，闹了半天，敢情她进错病房了！

方初榆立马给张蒲清打电话，一打通就问：“小孙总住在哪间病房？909？你信息里给我发的不是609吗？打错了？张蒲清，看我回去怎么收拾你！”

方初榆气呼呼地挂了电话，转头又质问何寒深：“你是不是早知道我搞错了？那干吗不提醒我？”

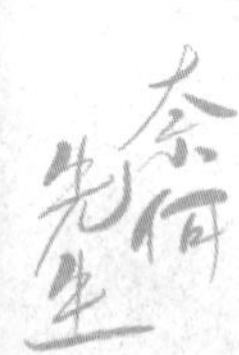

何寒深睁开眼睛看她，然后说了句：“我暗示你了。”

方初榆一口气差点儿没上来，你暗示什么了？暗示了个鬼吗？

从头到尾，他跟她说的话屈指可数，他不说，鬼知道他的眼神是什么意思啊！

[7]

唉，算了！方初榆认命，花已经送出去了，鸡汤也喝了，顶多就是当事人不一样嘛，结果都是一样的。

于是，方初榆很理直气壮地给自家老爸打电话，表示她该做的都做了，去见小孙总，门都没有！

挂了电话之后，方初榆拎上包就准备撤退。临走前，她转身看了何寒深一眼。

何寒深闭目养神，沉默宛若雕像，莫名透着一股孤寂感。

“嘿，哥们儿！”方初榆喊了他一声。

何寒深睁开眼睛，方初榆对他挥了挥手，弯起嘴角，笑容灿烂道：“祝你早日康复，再见！”

说罢，她潇洒地转身离开。

何寒深却愣了一下，她耀眼的笑容仿佛还在眼前，不笑的时候严谨冷厉，笑起来之后，好像还挺好看的……

何寒深看向天花板，只觉得灯光真刺眼。不知道走之前把灯关掉吗？他只适应黑暗，光芒对他而言太耀眼了。

方初榆出了病房，守在门口的两个保镖整齐划一地大喊一声：“嫂子慢走！”

“哎哟，妈呀！”

这嗓门儿，把方初榆吓了一跳。她拍了拍胸口，想解释什么，话到嘴边又咽下去了。

算了，估计以后也不会见到了，也用不着解释，方初榆讪讪笑了笑，尴尬地迈步离开了。

何微雨忙完了科室的工作，过来探望何寒深的时候愁眉苦脸的，进门之前，先不抱希望地问其中一个保镖：“他还是什么都没吃吗？”

“报告，已经吃了！嫂子刚走没多久。”保镖掷地有声地答。

“呼，这就好，他总算愿意吃东……”何微雨刚松了口气，话说一半才突然反应过来，一脸古怪地问他，“你刚才说什么嫂子？”

另一个保镖说：“刚才嫂子来过了，说是为了让何先生吃东西。”

何微雨一脸不可思议。

嫂子？他大哥交女朋友啦？这是什么时候的事？

方初榆本以为经过这一场乌龙，就可以躲过见小孙总这一劫，再说了，她爸这两天也没再打电话轰炸过她了。

结果就在她下班回家后，一开灯，她才知道，姜还是老的辣，原来她爸爸不是不骚扰她，而是搁这儿守着她呢。

穿着一身唐装的方柏崧坐在沙发上，双手拄着拐杖，严肃的嘴角抿成一条直线，混浊却透着凌厉精光的眼眸冷冷地注视着她。

斑白的鬓角、爬上眼角的皱纹，这些岁月的痕迹，都在证明他不再是当年傲视群雄、气宇轩昂的青年才俊了。

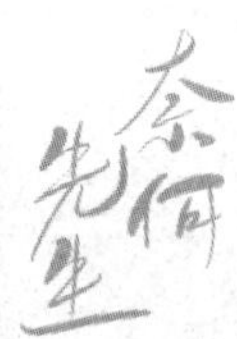

方柏崧老年得子，四十多岁才有了方初榆。

没办法，他等了二十年，才找回了心爱的女人。只可惜，二人却没能相守多久。方初榆三岁时，就没有母亲了。

方初榆蛮心疼她爸倾尽一生的时间去守候一个人，却只换来短短几年的厮守，往后的岁月，他都活在无尽的思念与孤独中。

对于方柏崧这种悄无声息的“突袭”，方初榆也是见怪不怪了。

方初榆站在玄关脱下高跟鞋，将手提包往鞋柜上一搁，随后就趿拉着毛茸茸的拖鞋，带着满身寒气，走到厨房。

方初榆烧了壶水，打开橱柜，找出她爸爸专用的磨砂陶瓷茶杯，拆开一包茶叶，冲泡了一杯热气腾腾的普洱茶端过去给他。

[8]

“折腾完了吗？”

方柏崧眼帘低垂着，看似在闭目养神，但那沙哑的嗓音一出，却给人一种如履薄冰时胆战心惊的压迫感。

“就给您泡杯茶，没瞎折腾。”方初榆在他对面坐下，规规矩矩。

方柏崧没说话，只是抬眸斜了她一眼。

方初榆舔了舔有些干燥的嘴唇，她知道他刚才那话是一语双关，实际是在质问她不愿见小孙总那点事。

方初榆也不想敷衍他，索性跟他直说了。

“爸，我真的没有结婚的想法，我现在一心只想把公司管理好——”

“谈婚论嫁不妨碍你管理公司。”方柏崧打断她的话。

方初榆撇撇嘴：“爸，那您好歹也要挑个好点的啊。那个小孙总是

什么样的人，我不相信您会不知道。”

“论看人的眼光，还轮不到你来教我。”方柏崧神色肃穆，严肃的表情透着一股压抑，让人喘不过气。

方初榆知道自己没有选择的权利，表面上她爸是在跟她商量，但她的意见，从来没有被认可跟采纳过。她爸所谓的商量，就是通知你该做什么而已。

“爸，这样吧，我换个方式问您。您到底是为了联姻，还是那个小孙总真的是一个值得我托付终身的对象？”方初榆不想再跟他争执什么了，索性直接问他。

但对于软硬不吃的方柏崧来说，这一套不管用。

“你是我方伯崧的女儿，难道我会害你吗？”

方初榆被噎住，果然姜还是老的辣，竟然打感情牌？

最终，在跟方柏崧大战了几回合后，方初榆还是光荣地败北了。

结果就是第二天晚上八点，她要准时去医院探望那位太子爷。老人家说了，谈不谈得成是之后的事，但这个面必须得见！

第二天，方初榆老老实实地去了医院。

只是离病房还老远呢，就听到里面传来嬉笑玩闹的声音。

“讨厌啦……孙总真坏！”

“男人不坏，女人不爱嘛，过来，让爷亲一口。”

方初榆站在门口，表情冷漠。说实在，她很想扭头就走，但来都来了，哪有半途而废的道理？

“咚咚——”

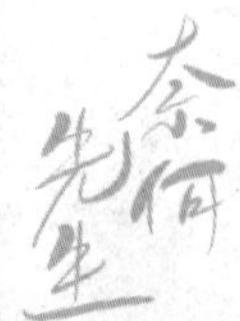

“是可爱的护士小姐姐吗？可以进来哦……”

方初榆顶着一张煞气阴沉的脸，一掌下去，房门轰然而开！

病房里，孙齐辉躺在床上，一只脚打了厚厚的石膏，但依然不妨碍他左拥右抱，只是瞧来人这暴躁粗鲁的开门方式，就知道不是他心心念念可爱温柔的护士小姐姐了。

两个依偎在他怀里的小美女对视一眼，依然与他取乐。

方初榆走进去，穿着高跟鞋的大长腿将椅子钩过来。

坐下之后，方初榆就跷起二郎腿，双臂抱怀，俨然一副债主上门收债的架势。

孙齐辉吹了声口哨，嘴角勾起一抹痞笑，语气轻浮：“还以为方董事长那么着急把女儿嫁出去，是因为女儿长得惨不忍睹呢，没想到，长得还挺漂亮的嘛。跟你一比，我怀里这两个女人都不堪入目了。”

两个美女听到他这话，笑容瞬间就僵住了。

对一个女人来说，没什么比被说外表难看更扎心的话了。

偏偏这还是事实，就算她们现在浓妆艳抹，也比不上人家随便化个淡妆的容貌。

“小孙总挺会给自己找乐子啊。”方初榆扯了下嘴角，一副阴阳怪气的口吻。

孙齐辉挑了挑眉，摸着下巴邪笑道：“方小姐这是吃醋了？”

“小孙总说笑了。”方初榆笑了一声，只是笑意不达眼底，“我这人气度小，真要是吃醋，小孙总怕是得在这医院躺上大半年了。”

孙齐辉呵呵笑了两声：“原来方小姐喜欢‘粗暴’的呀，不知道我符不符合方小姐的择偶要求呢？”

说着，他还不正经地挑了挑眉。

方初榆翻了个白眼，前几天在那个何寒深的病房里，她还能待上两个小时，在这里，她连多待一秒都嫌弃！

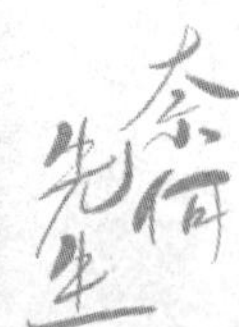

第二章

/

他似乎在哪儿见过她

Naihe Xiansheng

✦

[1]

这一次她爸没有定下时间限制，方初榆想什么时候走就可以头也不回地大步离开。再说了，这小孙总都左拥右抱了，她在这里也是煞风景。

就在她准备走的时候，有人敲了门。随后，医生跟护士走了进来。

一看到医生，孙齐辉就跟见到亲人似的，激动道："医生啊，我这石膏什么时候可以拆啊？明天可以出院吗？"

何渊希笑了笑，病人这么逗，对他们而言，也算是一种另类的放松。

"过两天可以出院，至于石膏，可没那么快就能拆。"

孙齐辉一张脸垮了下来："这石膏又重又难看，限制我自由，还影响我形象！"

何渊希瞥了他怀里的两个小美女一眼，再瞧这病房里堆满的游戏机

跟其他玩乐设施，似乎石膏一点也没把他的自由限制住吧？

何渊希又看了方初榆一眼，第一眼就觉得，这女人很强势，是那种独立与理性的现代女性类型。

见医生过来了，方初榆也不打扰，起身就走。

经过何渊希身边的时候，方初榆礼貌点了个头，何渊希也微笑颔首。

出了病房之后，心情严重被影响的方初榆一脸不爽。她眼神不好，实在看不出来这小孙总有什么好的。

方初榆越想越气，进了电梯之后，也忘了按楼层。电梯门“嘀”的一声打开之后，她就跟着人流走出去，等出了电梯，才发现刚到六楼，但想再进电梯已经迟了。

看着电梯下去，方初榆深深叹了口气，心情不好，果然影响脑子。

不过，既然到了六楼，也不知道那个叫何寒深的出院了没有？反正来都来了，要不去看一眼？

当看到病房门口一个保镖都没有的时候，方初榆的第一想法就是人已经出院了。

但来都来了，她还是走过去，想着看一眼就走，结果刚走近，就听到“啪”的一声。

是玻璃摔碎的声音。

方初榆愣了一下，发现门虚掩着没有关，她没有贸然推门进去，而是从门上的窗口望进去。

就看到一位披头散发、面容憔悴的妇女红着眼睛，愤怒地咬着牙，浑身颤抖，带着哭腔怒吼：“你还我儿子的命来！”

病床上的何寒深低着头，一声不吭。

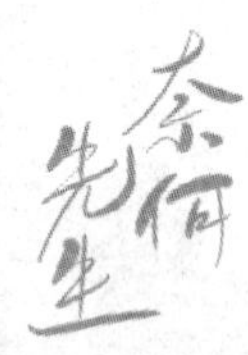

“你说话啊！”

罗珠芳声泪俱下，见他无动于衷，她心痛地捶胸口。如果不是因为他，她儿子就不会死了！

为什么出了车祸，他活得好好的，她儿子却浑身冷冰冰地躺在太平间里！

“我上辈子是做错了什么，老天爷要这么对我？他才二十五岁啊，还这么年轻就走了，白发人送黑发人，你对得起我们吗？”罗珠芳痛不欲生，号啕大哭。

方初榆皱了皱眉，虽然不知发生了什么，不过，能看得出来，这位女士的儿子显然是因为何寒深死了。

方初榆的视线落在何寒深身上，却见他低着头，从她的角度看过去，只能看到他嘴角抿成一条线，绷着脸，心里应该也是不好受的。

[2]

“你倒是说啊！”

罗珠芳心疼得无以复加，偏偏见何寒深还无动于衷，情绪激动之下，她上前就要去打他。

“阿姨！”

方初榆见状一惊，等她反应过来的时候已经冲进去，并且一把抓住对方差点儿扇在何寒深脸上的手。

“阿姨，别激动，咱冷静一点！”

对方这把年纪丧失儿子确实让人同情，但还是不要随意打人。怕对方情绪太激动又做出打人的举动，方初榆赶紧搂着她远离何寒深，让她

坐下来。

罗珠芳也是一时情绪失控，坐下之后想起刚才差点儿动手打了何寒深，后悔连同着悲痛，让她只能靠痛哭来发泄缓解情绪。

看到罗珠芳泪如泉涌，方初榆也很无奈，也不知道该怎么安慰对方。

尴尬之际，她将希望寄托在何寒深身上，走过去，凑近他耳边小声说："我说你好歹也说点什么吧，人家都这么难过了。"

何寒深抬起头。

对上他阴郁黯淡宛如一潭死水似的眼睛，方初榆顿了一下，他干吗用这种眼神看着她？

"你不说就算了。"

方初榆也不对何寒深抱任何希望了，正要亲自去安慰罗珠芳，手腕却被抓住。

她低头看着何寒深的手，手指很修长，白皙清瘦，没想到这家伙看着弱不禁风，力气还挺大。

"阿芳！"

就在这时，一个神色匆匆的中年男人慌张闯进来。

一看到地上的玻璃碎片，再看到坐在椅子上泣不成声的罗珠芳，赵正国的眉头顿时皱得更深，他担心的事还是发生了。

"小何，对不住。你阿姨她没做出什么事吧？"赵正国一脸歉疚，忙向何寒深道歉。

何寒深摇了摇头，没说话。

赵正国忧心忡忡，紧拧的眉头都皱成一个"川"字。

方初榆见赵正国一脸窘迫不安，踌躇紧张地搓着手，而何寒深还是

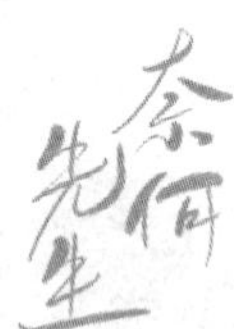

一句话不说。为了打破尴尬，方初榆开口道：“叔叔，阿姨没做什么，您别多想。”

听到方初榆这话，赵正国这才注意到她。他见何寒深拉着她的手，这小姑娘又长得如此漂亮，当下就以为这是何寒深的女朋友了。

赵正国感激道：“谢谢啊，不打扰你们了，我这就把她带走。”

他走过去把罗珠芳扶起来。

罗珠芳的情绪渐渐稳定下来，她哽咽着吸了吸鼻子，走之前对何寒深道：“我早让他别跟着你做那些危险的事，他不听……我也知道那场车祸你不是故意的，但阿姨心里很难受，这辈子，我都不会原谅你。”

“阿芳，你说的这是什么话！”赵正国脸一沉，呵斥她。

罗珠芳委屈，抿着嘴不说话，抹着眼泪扭头跑出去了。

赵正国一脸为难，再次对何寒深道了声歉，这才跑出去追她。

听到罗珠芳的话，方初榆眉头一皱。说实在的，这种话真的蛮伤人的。

方初榆略带同情地看了何寒深一眼，却发现他闭着眼睛，一张脸毫无表情，让人完全看不出他在想什么。

方初榆撇撇嘴，发现他还抓着她的手没有松开，她提醒：“可以放开我了吗？”

[3]

何寒深松开方初榆的手，双眸却依然紧闭，倒是薄唇轻启，吐出几个字：“把玻璃清理干净。”

“你说什么？再说一遍。”

方初榆怀疑自己听错了，还弯腰低下头凑近他，想听清楚一点。

何寒深的感官很敏锐，她一靠近，清澈的木兰香水味就飘散开来，萦绕在他鼻间。香味很清淡，并不让人反感。

何寒深眼皮动了动，睁开眼睛，看到她近在咫尺的侧脸，皱了皱眉：“我的话，从不说第二遍。”

“所以，你刚才是认真的？不是我说，你凭什么命令我做事？”

方初榆当然不是因为没听见，而是不敢相信自己听到了什么，他竟然让她扫地！凭什么啊？

只见他顶着一副“你是明知故问吗”的表情，说了句：“谁让你插手了？”

方初榆一口老血差点儿没吐出来，她觉得自己就是个受虐狂，上一次被他气还不够，这次竟然又主动找上门？

“大哥，我帮了你啊，你就这种态度？”方初榆忍着满腔怒火，露出一个职业假笑，咬牙切齿地说。

结果某人又吐出一句：“我让你帮了吗？”

方初榆：“……”

得！她总算是看出来了。现实版农夫与蛇，这家伙摆明了就是一白眼狼！

方初榆其实想转身就头也不回地走的，只是余光不小心一瞥，注意到他无意间黯淡下来的神色，再看他身上流露出孤独的寂寥感，她就又心软了。

反正已经被蛇咬过一次了，也不怕再被咬一次！

方初榆当下气呼呼地去拿了扫把，把地板上的玻璃碎片扫干净了。

就在她想着把玻璃碎片倒进垃圾桶就走人的时候，病房的门开了。

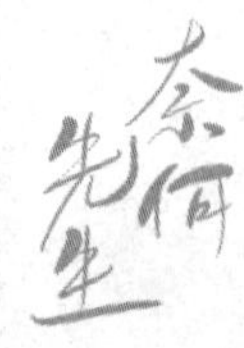

方初榆下意识地转头。

只见一个男人捧着一束花走了进来。

这是一个无论外表还是气质都很优越的男人，西装革履，外面罩了一件欧式长款风衣，一双笔直的大长腿，简直就是行走的衣架子。

他戴着一副金框眼镜，矜贵清高，又温文儒雅，无论是从穿着，还是从气质上来说，都无可挑剔。

不经意一看，他无名指上有戒指。

哟！已婚人士。

果然优秀的男人都早早结婚了。

何昭墨看到方初榆的时候也愣了一下。

尽管她拿着扫把，但看着既不是医护人员，也不像保洁阿姨。

从打扮上看，这明显是一个年轻貌美、事业有为的女强人。

在拒人于千里之外的何寒深病房里，帮忙做这种很“私人”的事情，这两人的关系，似乎呼之欲出啊。

何昭墨嘴角勾起一抹意味深长的弧度，他看了何寒深一眼。后者没说话，甚至连一丝表情也没有。

何昭墨笑了笑，当下也没说什么，上前主动跟方初榆打招呼：“你好，我是何昭墨。”

“哦，你好，我是方初榆。”

方初榆也不知道他干吗跟她打招呼，总之下意识地跟他握了手。

倒是听到他也姓何，方初榆不由得好奇心起，他跟这个何寒深是什么关系？看着也不像是兄弟。

何昭墨很巧妙地避开问她跟何寒深的关系，将花放下之后，就问何

寒深：“身体恢复得怎么样了？”

“死不了。”何寒深淡淡地说了句。

一旁的方初榆见状，不知怎么，心里忽然舒坦了一些。

看来这家伙，并不是针对她才摆这么一副冷脸的，估计他是对所有人都这样！

[4]

对于何寒深的态度，何昭墨自然是习惯了，早见怪不怪了。

“听说爷爷知道你出车祸后很生气，他老人家过来探望你的时候，你还一句话不说，他就更生气了。”

闻言，何寒深又闭上眼睛，不说话了。

何昭墨也没想何寒深会说点什么，他抬腕看了眼表上的时间，说：“我有点事，要去找一下渊希，等会儿再过来跟你说点事。”

说罢，何昭墨对方初榆点了个头，就这么走了。

方初榆下巴支在扫把上，懒洋洋地问何寒深：“你是因为出车祸才进来的？”

何寒深没说话，一副懒得理人的态度。

“是事故吗？如果是，干吗不跟你家人说？难道……”方初榆忽然想到什么，表情古怪道，“你也是因为赛车？”

方初榆突然想起罗珠芳走之前说的话，说让她儿子别跟着他做那些危险的事，赛车就很危险，而该不会就那么巧，他跟小孙总是同一场赛事出的车祸吧？

这也难怪人家会那么恨他了，自己的儿子跟着他在赛车上死了，换

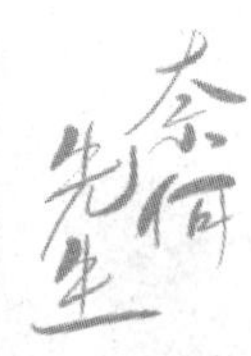

了谁都会恨他一辈子!

想到此，方初榆也不觉得他有什么可怜的了，将扫把一撂，抱着胳膊，轻蔑地看着他，冷言冷语地说了句：“你说你年纪轻轻做什么不好要去玩赛车？现在出了人命，知道后悔了吧？也难怪人家阿姨会恨你一辈子了。”

何寒深猛然睁开眼睛，一双如冰潭般冷冽的眸子冷冷地瞪着她，紧敛的眉头透着一丝不悦。

对上他这样的眼神，方初榆心里咯噔一下，忽然背脊发凉，让她不由得怀疑，是不是自己说错了什么。

“出去！”何寒深面如寒霜，冷漠的语气仿佛带着锋利的冰刃，能把人割伤。

方初榆眉头一皱，她可不是什么任人揉捏的软柿子，听到他这话还忍得下去，当下转身就走，毫不犹豫。

何昭墨再过来的时候，敏锐地察觉到气氛不对。

那位方小姐已经离开了，何寒深虽然还是闭着眼睛，但周身弥漫的气场不一样了，很阴沉。明明是在昼亮的灯光下，他却仿佛置身于深渊的黑暗之中。

“这是……怎么了？”何昭墨有些好奇地问了句，心想难道他刚才走后，他们吵架了？

何寒深没理会他的问题，深吸了口气，睁开眼睛问他：“赵奇的事，安排得怎么样？”

“都处理好了。他是因公殉职，会善待他的父母。另外，我也根据

你提的要求，在文书中加了几条惯例，不过——”何昭墨想了想，还是觉得有必要问一下，“你确定，以后他父母每年的赡养费都由你自己出吗？”

“这种事，你没必要问。”何寒深都不想回答他这个问题。

何昭墨也不是说何寒深这样做不对，只是每年的赡养费加起来，数目不小，而且给赵奇父母的补偿金已经足够多了，他没必要多承担这笔钱。

“我知道你不差钱，但至少该让他们夫妇知道吧？”

“用不着告诉他们。”何寒深道。他很清楚他们如果知道了，一定不会要。

何昭墨也能理解，只是，有句话他还是要说：“寒深，我知道你是一个责任心很重的人，你也习惯一个人承担所有的事情，但赵奇的死，跟你没任何关系，你也是受害者，所以，别把责任揽在自己身上，好吗？”

何寒深没说话，闭上眼睛。最终，以他的沉默，结束了这个话题。

[5]

“老板，你没事吧？”

张蒲清原以为自己因为一些事，心情已经够沮丧颓废了，结果到公司后，就看到方初榆趴在办公桌上，双肩耷拉着，整个人看着就有气无力，周身更是弥漫着一股阴郁的负能量气场。

方初榆抬起头来，无精打采，下巴抵在桌上，一双美目瞥了张蒲清一眼，懒洋洋地问他：“你觉得我很闲吗？”

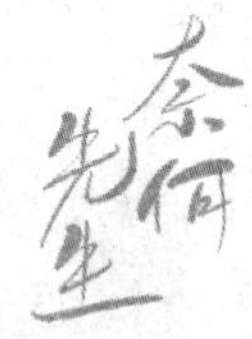

“老板，你闲不闲，看你每天排得满满的日程表就知道了。”张蒲清失笑。

话音刚落，就看到方初榆一脸烦躁地抓头发，恼怒道：“那你说我怎么有时间去多管闲事，还惹得一身骚？”

方初榆越想越气，她自认不是那种多管闲事的人，但助人为乐的事她也没少干，也因此获得不少感激。

但从来没有像昨天一样，好心帮忙，被撑得哑口无言不说，更过分的是，最后竟然还被赶出去了！

张蒲清闻言，以为是她昨晚去见小孙总时发生了什么，便关心地问：“老板，是相亲不顺利吗？”

“别跟我说‘相亲’这两个字！”方初榆凶巴巴地瞪他，一字一句，咬牙切齿。

张蒲清不提这个还好，一提方初榆就要炸了。

她还没说什么呢，那个小孙总竟然敢恶人先告状，一通电话，就把她给定罪了，说什么她摆臭脸，也不说话，没坐一会儿，就甩脸拍屁股走人了。

于是，方初榆昨晚还得应付她爸的电话轰炸，先被兴师问罪审问了一番，又被命令择日去跟人家赔礼道歉，气得她二话不说，把电话给挂了，一晚上没睡好。

张蒲清对方初榆表示了深深的同情，但他心情也很沮丧，坐下来之后就唉声叹气。

方初榆注意到了，没好气道：“你一大早叹什么气？”

张蒲清惋惜遗憾地说：“还不是我偶像寒大神的事嘛。之前我跟你

说过，他回国就遭遇了车祸，后来我听到消息说，寒大神没有生命危险，但赵奇就没那么好运气了。”

“死了？”

“嗯，唉……太让人痛心了。”张蒲清很难过，深深地叹了口气。

方初榆虽然也很同情，但她不熟悉他说的这两个人，只是见他情绪这么低落，问了句：“你认识那个叫赵奇的？”

“他是摄影师，跟着一个战地记者，也算高危职业了，我对他倒是不熟，只知道他是寒大神身边的人。”

方初榆扬了扬眉：“既然不熟，那你这么垂头丧气、忧心忡忡干吗？”

听到她这话，张蒲清脸一垮，愁眉苦脸道：“老板，我担心寒大神啊！赵奇就这么没了，他心里一定很难过。我一想到寒大神会一个人偷偷躲起来哭，就好恨自己没能力见到他，不能给他最温暖的安慰，我好难过……”

方初榆嘴角抽了抽，他一个大男人，还想怎么给人家温暖的安慰？

“所以，你到头来心疼的是你那个寒大神？”方初榆略带鄙视地看着他。

张蒲清辩解：“当然不是！最难过的还是赵奇年纪轻轻就这么没了，不过，寒大神也是需要安慰的。”

方初榆懒得跟他继续聊这种跟工作不相干的话题了，问他：“今天有什么行程？”

张蒲清翻开记事本，将今天的行程一一报告，最后提醒她：“老板，晚上跟张总那边有应酬。之前张总说要跟咱们公司合作，但一直也没给准话，约了他好几次，这次才终于同意，会不会他根本就无心跟咱

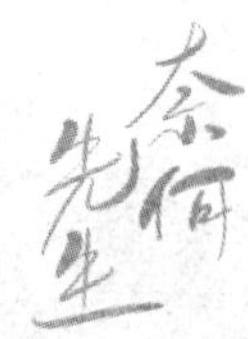

们合作？”

“公司近期业绩不好，再不想办法扩展客户，公司就不用运营了。”一谈起工作，方初榆气势就不一样了，全无刚才的散漫跟惺忪，取而代之的是雷厉风行的凌厉跟干练。

闻言，张蒲清也不好说一些打压她斗志的话了。跟张总那边对接的人是他，听对方的语气，似乎根本没想跟老板谈业务。唉，只能走一步看一步了。

[6]

何渊希在午休时间过来看何寒深。

何寒深坐在病床上，双臂抱怀，闭着眼睛。窗帘全被拉上了，外面一点光都透不进来。

“哗”的一声，何渊希将窗帘拉开。

窗外的光线投射进来，打在何寒深冷峻的侧脸上。何寒深眉头微微一蹙，掀开眼帘，瞥了他一眼。

“多吸收点阳光，对身体康复有好处，别总把自己关在黑暗里。”何渊希走过去，掀开他的被子，就发现缠着厚厚纱布的双腿上有一部分渗出血了。何渊希眉头一皱，“你是不是又尝试着移动脚了？”

“那也要能动才行。”何寒深的语气一如既往的冷冰冰。

何渊希头疼地扶额。

何寒深这双腿伤得那么严重，怎么可能动得了？

可何寒深明知无法动弹，却还咬牙忍着痛尝试。他以为自己看不出来吗？伤口都裂开了，他不怕痛，自己都替他感到心疼。

“你这双腿还想要吗？”何渊希语气严肃起来。

何寒深看了何渊希一眼，轻描淡写地吐出一句：“这不是身为医生的你该做的吗？”

何渊希：“……”

这种不听话的堂弟，他能丢了吗？

何渊希捏了捏眉心，深吸一口气：“我听微雨说，他问你一些事，你都闭口不谈。我说你这个当哥的，是专门来折磨你亲弟的吗？”

“他废话太多了。”某人毫不掩饰自己的嫌弃。

何渊希没忍住笑了，他忽然发现，在他们何家，当弟弟的似乎都是食物链最底端。

何寒深沉默了片刻，忽然开口：“我记忆出了异常。”

何渊希正色起来，听他继续往下说。

何寒深闭上眼睛，复而睁开。他的记性一向很好，可自他发生车祸醒过来之后，就觉得有些不对劲。

不是失忆，关于自己的身份他记得清清楚楚，只是隐约感觉自己忘记了对他而言很重要的事。

何渊希很诧异，毕竟何寒深的记性在何家是出了名的好，几个月甚至几年前某一天发生的事他都记得，甚至连当时的对话他都能复述出来，现在居然忘记了一些事？

“你怎么知道自己忘记了一些事？”何渊希忙问他。

何寒深摇摇头：“很多事情，无意间忽然会想起，但之后却需要仔细回忆，才能将当时的具体经过记起来。”

闻言，何渊希眨了眨眼睛。

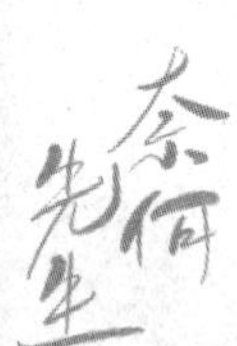

的确，这对于一个脑容量时刻存储着内容，随时能说出某一时间段所发生了什么事情的何寒深来说，确实很异常。

何渊希摸着下巴问他："那你现在，觉得自己还忘了什么吗？"

"有一个人，似乎记得在哪儿见过她。"

何寒深闭上双眸，脑海里浮现方初榆那张英气洒脱的脸，这张脸明明给他一种很熟悉的感觉，他应该见过，却想不起来，少了点能让他想起来的东西。

"还是查一下吧，看是哪儿出了问题。"

何渊希觉得不能忽视。何寒深却摇了摇头，表示没那必要。

既然他不愿意，何渊希也没勉强他。

没一会儿，何微雨过来了。他将手里沉甸甸的黑色背包放到何寒深的床头柜上，说："哥，这是从你车上'挖'出来的，我没动过，你看看有没有少了什么。"

"放着吧。"何寒深扫一眼，便收回目光了。

何微雨跟何渊希对视一眼，互使了个眼色，最终还是何微雨开口："哥，赵奇的遗体已经送去殡仪馆了，过些天会举办告别会，爷爷说他会代替你过去，让你专心好好养伤，不用操心。"

何寒深垂下眼帘，掩住了眸底的阴霾。

见何寒深没说话，何微雨叹了口气，以他对他哥的了解，对方一定不会乖乖听话。

赵奇的母亲现在对何寒深怀恨在心，他去了又能做什么呢？人死不能复生……

[7]

方初榆今晚酒喝多了，上了车之后就裹着羊毛毯蜷缩成一团。尽管上车之前她已经跑厕所吐过了，但她还是很难受，好几次捂着嘴险些吐在车上。

开车的张蒲清时不时透过后视镜，担忧地看她，最终忍不住皱眉问：“老板，你怎么喝这么多啊？”

“那姓张的死胖子，白让姐姐喝那么多，不想合作就直说呗，还说那么多废话！”方初榆气得一蹬腿，把鞋都蹬掉了。

张蒲清闻言有些内疚，早知道就不让她去了。

那张总邀请了一帮朋友，美其名曰为她拓展业务认识更多的朋友，结果认真谈工作的没几个，都像是骗吃骗喝的，还灌了她不少酒。

不过像这种敷衍的应酬，方初榆也不是第一次见了。

自从她坐上总裁这个位置，这种“酒桌文化”她见多了，尤其她还是一个女人，所受到的“特殊待遇”就更多了。

张蒲清一直很心疼她，在别人眼里，她是手段厉害的霸道女总裁，没有什么是她方初榆做不到的，却不知道，她付出了多少。

到了方初榆家。

张蒲清喊了她几声，她都毫无反应。没办法，他打了个电话，让住在附近的老婆孟席然开车过来，帮忙照顾一下。

孟席然是在民政局工作的公务人员，与张蒲清是青梅竹马，姐弟恋，两人很早就结婚了，孩子现在都六岁了。

孟席然跟方初榆的关系也不错，她比方初榆大好几岁，一直将方初

榆当妹妹一样。

听张蒲清说方初榆喝多了，孟席然哄孩子入睡之后，穿上大衣就连忙开车出来了。

张蒲清毕竟是有妇之夫，不好跟方初榆过于亲密接触，等孟席然过来之后，两人才搀扶着方初榆进屋。

方初榆虽然喝得醉醺醺的，但她喝多之后只是昏沉沉地睡觉，很乖巧。

孟席然扶她到床上躺下，帮她脱了外衣，又帮她洗了脸，给她盖上被子。

张蒲清在客厅等，见孟席然轻轻关上房门出来了，他搂着她亲了一口，甜蜜道："谢谢老婆！辛苦你了，我爱你。"

"少说这些有的没的。怎么让她喝了这么多？"孟席然拍开他不安分的爪子，没好气地瞪他。

张蒲清委屈脸："老婆，你也知道，这不是我能阻止的。"

孟席然当然也清楚方初榆的情况，叹了口气，没再多说什么。

夫妻俩离开方初榆的家，把门锁上之后，牵着手回车上去了。

张蒲清开车，孟席然坐副驾驶座。

回去的路上，孟席然不由得感慨："她一个小姑娘，刚毕业就坐上这么一个位置，将一整个公司扛在肩上，实在是不容易。"

"是啊，董事长也在她任职之后没多久就退休了，而且，别看公司现在发展不错，一旦出点大岔子，随时有可能倒闭破产。"张蒲清皱着眉头说。

孟席然意外："这么严重吗？"

“嗯，方家是家族产业，但内部没一个会做事的，不帮忙也就算了，还经常给老板找麻烦，阻碍她对公司做出一些变动，其实他们就是怕下台，总拿亲戚关系来给老板施压，老板为此没少烦心。”

“话说董事长岁数也不算大，怎么这么快就把公司丢给方初榆管理呢？”孟席然觉得有些奇怪。

听到她这话，张蒲清不由得叹了口气。

实际上，方柏崧私底下有找他谈过话，希望他能多帮衬方初榆一些，别让她太辛苦。

方柏崧的身体以前就不怎么好，近些年更担心自己活不了几年。他让方初榆那么快就接手公司，也是想给她时间慢慢成长，而不是某天他撒手人寰了，她被迫长大。

方柏崧最近也开始着急给方初榆找对象。

张蒲清私底下去见方柏崧的时候，才知道原因。

方柏崧的记性越来越差了，去医院检查，说可能会患上阿尔茨海默症。他怕自己有一天会把方初榆忘了，才那么着急地为方初榆的将来做准备。

当然，这些话，张蒲清也一直没敢跟方初榆说。倘若她知道，得多受打击啊！

[8]

由于昨晚喝多了，导致方初榆今天上班的时候精神恍惚，整个人不在状态，勉强开完会后，她回到办公室就直接躺下了。

张蒲清推门进来时，就看到她毫无形象地瘫在沙发上。他有些无奈，

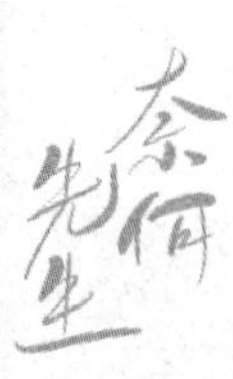

明明让她别勉强，今天别来公司的，她还非得来。

“老板，没事吧？”张蒲清关心地问了句。

方初榆摆了摆手，强撑着坐起来，头疼地捏了捏眉心道：“死不了。”

“刚才会议上，老板你也看到了，关于代言，你打算怎么做？”张蒲清将一沓文件放在她的办公桌上，顺手帮她整理了一下有些凌乱的桌面。

方初榆揉着太阳穴，皱着眉道：“什么代言？”

“老板，你刚才真的有在听他们说什么吗？”张蒲清忍不住笑。

方初榆撇撇嘴：“一个个跟念经似的，扯了一堆，就是不说重点，这些无关紧要的话，我哪有心思听？”

张蒲清失笑，跟她解释。

其实还是找明星代言公司产品那点事，之前就讨论过，该邀请哪位女明星代言。

方初榆当时独裁果断，否定其他人所提出的人选，点明只要自己看上的那个女演员——池槿忱。

只是，公司联系过多次，池槿忱的经纪人那边却表示，池槿忱目前不接护肤产品代言。

其实张蒲清也知道，之前多个大品牌邀请过池槿忱，池槿忱都没同意，更不用说接他们这么小一个公司的品牌了。

对于这个问题，方初榆也有自己的想法。据她所知，池槿忱虽说是公司签约的艺人，但很多决定权都在她本人手上。

也就是说，她该约谈合作的对象不是池槿忱的经纪人，而是池槿忱本人。

想通了，方初榆直接吩咐张蒲清，让他查一下池槿忱最近的通告，比如在什么地方出席什么活动。

张蒲清也没让方初榆失望，他直接汇报说，明天下午池槿忱要录制一档采访节目，如果方初榆需要，他可以弄到现场观众的名额，只要参与节目录制，就能见到池槿忱了。

“下午几点？”方初榆问。

“四点开始，要求观众三点到场。”

“行，你去安排，明天我们就去一趟。”

张蒲清点点头，正准备去安排，就见前台小姐捧着一束花进来了，对张蒲清道：“张秘书，这是你买的花，刚才送过来的。”

张蒲清接过，道了声谢谢。

方初榆见状扬了扬眉，调侃道：“给席然姐准备的惊喜？”

张蒲清有些尴尬：“不是，这是要送我寒大神的。”

方初榆瞬间无语，真不知道该说孟席然幸运还是不幸。

幸运的是，她这个老公不喜欢美女，不幸的是，他给一个男人送的花，都比送她的还要上心……

张蒲清一看方初榆的表情，就知道她在想什么了，忙解释：“给寒大神送花的机会不是谁都有的，我认识的人有渠道，可以帮我送过去，而且我还可以写信，保证寒大神会看。”

方初榆理解他的心情，也没多说什么，不过，经常听他念叨寒大神，便随口问了一句他寒大神叫什么。

张蒲清说：“他在报道上用的名字叫何寒。”

“这意思是，何寒不是他的真名？”方初榆寻思猜测。

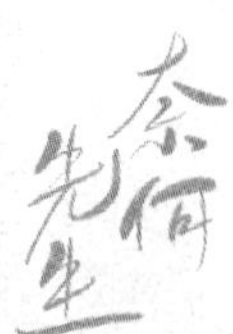

张蒲清点头：“是啊，他本名叫何寒深。”

听到这个名字，方初榆瞬间愣住。

反复跟张蒲清确认，确定了他所说的“何寒深”就是她所认识的那一个，方初榆不由得感慨，这世界果然很小……

再回想起自己那天对他说的话，方初榆的眉头不由得皱起。

当时确实是她断章取义了，还说了那些伤人的话，也难怪他会生气。

以她当时的态度，根本就是在他的伤口上撒盐！

方初榆越想就越自责，从来没有一次，像现在这么愧疚过……

第三章

/

我宁愿拼死一搏，也不要束手无策

Naihe Xiansheng

[1]

“何寒深呢？”

下午五点，医院里突然闯进一帮彪形大汉。为首的是个戴大金链的光头，长得人高马大，嗓门也不小。

这帮人凶神恶煞，又气势汹汹，一看就是来闹事的。

一个小护士见了，鼓足勇气上前问：“请问你们是过来探望病人的吗？”

“别废话！何寒深呢？”光头一脸不耐烦。

小护士察觉不对，忙给何科长打电话。

正在何寒深病房里的何渊希一听，立马问他：“寒深，你得罪什么人了吗？有帮人过来找你，为首的是个光头，口气很不善，像是来找你

算账的。”

何寒深倒是一脸淡定：“让他们过来。”

“你确定吗？会不会有危险？还是我让人将他们赶出去？”何渊希不放心，隔着电话，他都听到对方粗暴的大嗓门了，这要是放进来，还不知会发生什么。

相对于何渊希的不安，何寒深却是一派气定神闲：“用不着，放他们进来。”

“好吧。”何渊希还是担心，皱着眉头，知道无法改变他的决定，就只能加大安全措施，以免那帮人动手。

于是，当那帮彪形大汉一拥而入闯进病房的时候，何渊希的表情瞬间严肃起来，吩咐几个保镖保护好何寒深，一旦对方欲动手，就一举拿下！

那帮大汉进了病房就一字排开，表情凶恶，紧接着集体铿锵有力地喊出了一个称呼：“大哥！”

何渊希被吓得一个哆嗦，他眨了眨眼睛，大哥？

闭目养神的何寒深掀开眼帘，看着为首咧嘴笑的光头，他面无表情道：“老段，你还能再高调一点吗？”

“哎呀！这不是见到大哥你太激动了嘛！你都不知道，你突然主动联系我，可把我们兴奋坏了！”老段笑出了一口大白牙，憨憨的，哪还有一点刚才进门时的凶神恶煞。

何渊希见状，默默带着保镖退场。

出去的时候，正好遇上听闻了情况，急匆匆赶过来的何微雨。何渊希拦住他，说了句是自己人，让他别打扰。

何微雨一脸狐疑：“自己人？我听说那帮人长得很凶恶，你确定他

们不会欺负我哥？”

“你知道你哥收了一帮小弟吗？”何渊希问他。

何微雨蒙住：“啥？”

病房里，老段习惯性地从兜里掏出一根雪茄要抽，余光一瞄，就见何寒深面无表情地盯着他，他又默默地把雪茄放了回去，抖着腿，极其不自在道：“大哥，你的事我听说了，你放心，那些人敢动你，我一定带人削死他们！”

“怎么，还想重操旧业？”何寒深给了他一个警告的眼神。

老段立马㞞了，保证道：“哎呀！大哥你说的这是什么话，我们现在干的可都是正当行业，绝对不乱来！”

何寒深没那心思跟他插科打诨，吩咐他：“你有门路，替我查一下，是谁动的手。”

“放心，保证完成任务！”老段拍胸脯保证。

老段跟何寒深也算是有过命的交情了，想当初在异国他乡，在种种困境之下，因为何寒深的帮助，他才有机会洗心革面，重新做人。

虽然何寒深一直很嫌弃“大哥”这个称号，但他们还是坚持这么称呼他。

[2]

老段有两年没见何寒深了，兄弟重逢，难免多愁善感，嘴里发出感慨道：“唉！大哥，算起来，嫂子走了有几年了吧，人死不能复生，大哥你也看开点，早点给自己再娶个媳妇。”

“嗯？”何寒深眯起了眸子。

老段赶紧解释：“大哥，你别觉得我无情，人总是要向前看的嘛。当初你拿着嫂子的照片，讲述嫂子患了绝症，你陪在她身边不离不弃的场景，我现在想起来都感动得想哭呢。”

老段说着还吸了吸鼻子。

何寒深的眸底闪过一丝茫然，忽然又想到什么，目光落在一旁床头柜的背包上。

他把背包拿了过来，凭着记忆，翻开了笔记本。

夹在页缝中的一张照片随之掉了下来。

只一眼，何寒深就什么都想起来了。

是她，方初榆……

老段见他还留着这张照片，伤感道：“大哥，你节哀，嫂子在天之灵，一定会保佑你的。”

“嗯，会的。”何寒深的嘴角难得弯起了一抹微不可察的弧度，一向凌厉慑人的眼神都柔了几分。

倘若方初榆知道，她曾被他说“死”过，会有何感想呢？应该，会表现得很有意思吧？

说起来，何寒深确实利用过这张照片，给自己编了个感人肺腑的故事。

而那一次，是他因为她，第二次死里逃生……

老段他们一走，何昭墨就过来了。他出来办事，顺路过来探望何寒深，并告诉对方一件有意思的事。

“你那位方小姐找到我老婆，想请她代言。我过来问你一句，需要

利用‘家属’的关系，给她开个后门吗？”何昭墨完全一副调侃的语气。

何昭墨也是刚得知，方初榆借着在演播厅当观众，在主持人随机采访的时候，利用观众提问艺人问题的机会，正面跟他老婆直接谈工作。

不得不说，那位方小姐的做事风格还真是“豪迈”。

何昭墨观察何寒深的表情，企图从他的表情中看到一丝波动，只可惜，对方平静如水，面上没有一丝表情。

“你想做什么，就去做。”

许久，何寒深只回了他这么一句，是默许了。

何昭墨弯起了嘴角，饶有兴致道：“寒深，我以过来人的身份提醒你一句，有时候，坦率一点比较好哦。”

何寒深没说话，目光凝视着手中的照片。何昭墨注意到了，想上前看一眼，何寒深却先一步将照片收了起来。

何昭墨没看到，也不在意。只是在他转身准备离开的时候，何寒深开口了：“如果方便的话……”

“嗯？”

何寒深看着他，缓缓道：“再帮我一个忙。”

何昭墨弯起嘴角：“没问题！”

这一边，方初榆请池槿忱吃饭。

考虑到池槿忱的身份，方初榆订了一个包间，起先原以为气氛会有些尴尬，毕竟只是顿应酬饭而已，为了庆祝合作愉快。

但这位池小姐的热情让方初榆感到十分意外。虽然早知池槿忱性格温柔，谈吐大方，完全没有大明星的架子，但对方对她，似乎友好

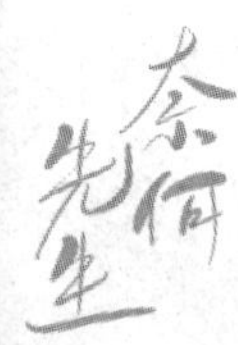

过度了。

“在想什么？”注意到她在发呆，池槿忱嘴角挂着一抹温和的笑，看着她的眼神很温柔。

“嗯？哦，没什么！”方初榆回过神来，想她方初榆在商界混迹多年，论人际交往还没输给谁，当下反守为攻，“说实在，池小姐这么爽快答应代言，我很意外，想知道，是有什么原因吗？”

池槿忱慢条斯理地端起茶杯，抿了一口之后放下，才微笑着对她说：“只是觉得，我们应该很合得来。”

方初榆挑了挑眉，如果不是这位池小姐无名指上戴着钻戒，是个有夫之妇，方初榆都要怀疑她是不是对自己有别样的想法了。

[3]

吃饭过程中，池槿忱接了个电话，说是她先生等会儿过来接她。

方初榆不由得好奇，能娶池槿忱这么一个大明星的圈外人，不知是何模样。

包间的门被推开，有人走进来。方初榆抬头一看，不由得愣住了。是他？

何昭墨看到方初榆毫不意外，礼貌地打了声招呼，就上前搂住了自己的娇妻。对此，方初榆感慨万千，世界果然很小。

何昭墨跟池槿忱对视，两人用眼神交流了一番。在准备离开的时候，何昭墨问方初榆：“方小姐最近有去探望他吗？”

方初榆知道“他”指的是谁，摇头道：“没有，有什么问题吗？”

“问题嘛，倒是没有。”何昭墨一本正经，而熟悉他的池槿忱则弯

起了嘴角，知道他又想打什么坏主意了。

何昭墨摸着下巴，若有所思地说：“只是不知道怎么，自从方小姐那天离开之后，他就不吃不喝，所以想问一下方小姐，知道是怎么一回事吗？”

方初榆的表情瞬间凝固住。不吃不喝？至于吗？

她干笑道：“你不是在开玩笑吧？”

“为什么要开玩笑？”何昭墨一脸认真。

方初榆哑口无言。

何昭墨观察方初榆的表情，知道目的已经达到，便牵着池槿忧的手离开了。

方初榆望着他们离去的背影，欲言又止，终究还是什么也没说。

晚上，病房里，何寒深打开笔记本电脑，插上U盘，点开了加密文件视频，戴上耳机，箭头停落在一个名为“赵奇”的视频文件上。

沉默了许久，何寒深才将其打开。

短短七八分钟的视频，何寒深看了一个小时，他低着头，让人看不清神情，而周遭的温度仿佛在逐渐下降，越来越冷……

“咔嚓”一声，门被推开了。

何寒深收回心神，抬头一看，就见方初榆躲在门后，伸出半个脑袋出来打探，就跟做贼似的，鬼鬼祟祟的。

方初榆见他没在睡，也不偷偷摸摸了，昂首挺胸，大方地走进来。

由于对他有愧，方初榆轻轻咳了一声，带着一丝讨好，扬起嘴角，笑得眉眼弯弯。

何寒深的眼眸微微闪烁，察觉到自己看失了神，他收回目光，假装若无其事，取下耳机，将电脑合上。

方初榆见他立马就关了电脑，表情还有些不对，不由得想到了什么，眼神暧昧道："怎么，打扰到你看……片了？"

何寒深闭上眼睛，深吸了口气，一字一句道："你不说话，没人当你是哑巴。"

"哎呀，开个玩笑嘛！瞧你这病房，死气沉沉的，太平间都比你这儿有活力多了。"方初榆插科打诨，呵呵笑了两声。

她也有些尴尬。本来她都要回家去了，谁知道想着想着，又掉头到医院来了。

反正迟早要向他道歉，还不如就现在，免得夜长梦多，于是，她就上门来赔礼道歉了。

[4]

"之前是我误会你了，我向你道歉，对不起。"

方初榆这人很有原则，错就是错了，绝不会给自己找任何借口，更不会藏着掖着。

何寒深的目光落在她双手呈上的赔礼上，表情有些微妙。

一盆开花的仙人掌？

"我原本是想给你买束花的，不过一想到你现在最不缺的就是花，最后挑了这个。"方初榆很有先见之明，这不，他的病房里，就堆了一角落的花。

再说，方初榆之所以挑仙人掌，也是有寓意的。

“你也知道，仙人掌生命力很强，就算不浇水，也能活下来，就跟你一样。所以，希望你无论在多恶劣的环境下，都能安然无恙，在荒芜的沙漠中，开出自己的花。”

方初榆为自己的这一番彩虹屁感到十分满意，但当事人没有任何表态，甚至，连反应都没有。

方初榆撇撇嘴。

她承认，送盆仙人掌确实有些上不了台面，正准备把这盆仙人掌跟那堆积灰的花搁一块，何寒深却开口：“拿来。”

而后，不等方初榆有什么反应，何寒深先一步将那盆仙人掌接过去了，看了一眼，就随手将之放在了触手可及的床头柜上。

“坐。”

“哦。”方初榆乖乖坐下。

仙人掌既然已经收下，方初榆就当他接受她的道歉了：“之前是我疑邻偷斧了，你也别往心里去，该吃吃，该喝喝，行不行？”

何寒深看着她，反问了句：“如果已经往心里去了呢？”

“哎，我说你一个大男人至于这么小气吗？”

方初榆忍不住戗声，话音刚落，就见某人一言不发地盯着她，她心里莫名感到一阵发毛。

方初榆认㞞了，谁让她有错在先呢？

“好好好，都是我的错，说吧，我要怎么做你才肯消气？”

何寒深示意她看桌上的水果：“削个苹果。”

“好——”方初榆拉长了尾音，彻底妥协了，挑了一个最大的苹果，拿起水果刀就开始削。

何寒深瞥了一眼，幽幽吐出一句：“让你削，不是让你切。”

“我说你这人话咋那么多？我又没削过苹果，平时我都是直接拿起来啃的，哪像你这么娇气？”方初榆不耐烦，埋头削苹果，一刀下去，苹果就少了一大块。

话多？何寒深还是第一次听到有人这样评价他，于是解答她的疑惑：“我是伤患。”

“你不只是伤患，还是我大爷！”方初榆没好气道，“既然嫌弃我不会削，要不你示范一下？”

方初榆将水果刀和削得不成样子的苹果递给他。

何寒深也没说什么，接过就将刀贴着苹果，顺着一个方向，推动水果刀，削出了一条长长的苹果皮。

“给。”何寒深将削好的苹果递给她。

方初榆佩服：“可以啊！”说着，接过苹果放到嘴边，一口咬了下去，然后她从水果篮里拿出另一个苹果给他，“再削一个。”

何寒深没接，将水果刀放下，说了句：“晚上吃苹果不易消化。”

方初榆都啃一大半了，听到他这话，苹果含在嘴里，咽也不是，吐也不是。

“肠胃消化好就没事。”何寒深很善意地补充一句。

方初榆艰难地咽了下去，然后说：“我肠胃消化一点都不好，还常犯胃病。”

何寒深的面色顿时一沉：“别吃了！”

说罢，他将苹果抢走。

[5]

“还不都是因为你给我苹果，如果我今天晚上肚子疼，第一个找你算账！”方初榆理直气壮，丝毫不觉得自己有什么不对。

何寒深眉头紧蹙，刚才确实是他疏忽了。

他还在耿耿于怀，方初榆却已翻过这篇。

看着角落里堆积如山的花，其中有一束还很眼熟，方初榆弯起嘴角，对他说：“那束粉色纸包装的康乃馨是我秘书送的，他叫张蒲清，很崇拜你，是你的忠实粉丝。”

何寒深扫了一眼。

他之前还在想，这么骚气的芭比粉是谁送的，现在真相大白了。

“如果不是他，我还不知道自己误会你了呢。”方初榆对他笑笑。

闻言，何寒深忽然觉得，这浮夸的芭比粉其实也挺好看的。

谈到他的职业，提起战地记者，方初榆就想起几年前她一个人出国旅游，却差点儿被枪击的事，就跟何寒深说了当时凶险的情况，说起了最后她如何成功脱离险境的。

对于自己当时的挺身而出，方初榆一笔带过，显然并不想刻意去提。

她不知道的是，何寒深当时在场，将她的一举一动都深深记在了脑海里。

“你，不怕死吗？”

听她讲述完，何寒深才问。而这个问题，是他一直想知道的。

方初榆毫不犹豫道：“怕啊！谁不怕死？”

“那你为什么还下车？”

“因为不想等死。”方初榆嘴角含着一抹自信的笑。

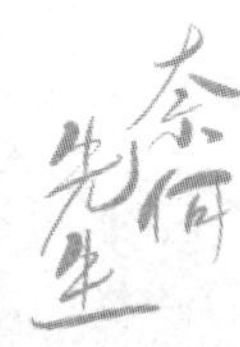

她的眼睛里有光。

方初榆耸耸肩，满不在乎道："既然横竖都是一死，为什么不尝试那个可能还有一线生机的办法呢？一个人会有什么样的未来，取决于一个决定。

"越危险的时候，越要冷静下来，我宁愿拼死一搏，也不要束手无策等死。

"而且，我相信我们背后的国家。生在中国，我备感荣幸。"

方初榆的笑容里满是自豪。

只有亲身体会过战争的残酷，才知道和平多么来之不易，更会知道，一直以来，我们被我们的国家保护得有多好。

因为总有那么一批人，走在前线，将黑暗阻挡在身前，只为了守护身后的光明。

何寒深怔住。

这一刻才发现，他之前似乎严重低估她了。

方初榆身上的光芒，远比他所想的还要刺眼，她总是有办法，让他的目光牢牢被她吸引。

或许，从第一眼见到她开始，他的视线就无法从她身上移开了。

"你是战地记者，一定看过许多我们常人无法见到的场面，心里承受的压力，也比谁都要多。说实在，我很佩服你。"方初榆这话是真心实意的。

她经历过，也体会过战争中绝望的处境，她已是如此，更别说，直接游走在战争边缘的他了。

方初榆这话，让何寒深脑海里划过许多画面，最终停在了发生车祸时，

赵奇浑身是血的一幕。

何寒深闭上眼睛，复而睁开。他早已能控制自己的情绪，让自己时刻冷静。

“话说回来，你伤势严重吗？”方初榆打量他。

他手上虽然有绷带，但都能削苹果了，应该不严重，由此可见，他伤得最严重的地方，应该是腿了。

果不其然，何寒深指了指一旁的轮椅。

方初榆走了过去，围着轮椅转了一圈说：“你的意思是，你以后，只能依靠轮椅了？”

“没什么比活着更重要。”当然，何寒深没有说的是，这轮椅，他顶多坐两个月。

但方初榆可不知道，叹息一声。

这么心高气傲的一个人，下半辈子却得跟轮椅相依为命。

唉，可怜。

[6]

方初榆看着何寒深的眼神里多了一丝尊敬，她想跟他握握手，于是一脸热情地走过去，结果，一时激动，被地上的充电线绊倒了。

“哎呀！”

方初榆惊呼一声，整个人扑倒在何寒深身上。何寒深眸底划过一丝紧张，立马护住她。

方初榆的下巴不小心磕在了他的笔记本电脑上，疼得龇牙咧嘴，气鼓鼓道：“我说你就不能把线放好吗，疼死我了。”

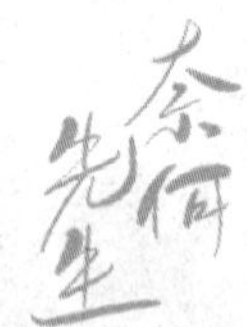

“你还想压着我到什么时候？”何寒深也疼得额头出汗，她压在他腿上了！

“呃，不好意思啊。”方初榆尴尬，正准备从他身上爬起来。

这时，门开了……

赵雅兰这些天都会过来照顾何寒深，尽管何寒深说不用，但身为妈妈，她还是坚持每天都来。

照顾儿子是一方面，另一方面，赵雅兰也想知道儿子那个女朋友什么时候过来，这些天她可一直惦记着。只可惜，盼了好几天，还是连个人影都没见着。

她都准备放弃了，没想到这门一开，竟然会看到这种场面！

与赵雅兰一同过来的还有何渊希，他看到方初榆扑在何寒深身上，也是一脸诧异。

相较于门口两人的“震惊”，当事人倒都很淡定。

方初榆爬起来之后不停地揉着下巴，感觉后槽牙都被磕着了。

何寒深将电脑拿开，免得某人粗心大意，又不小心撞过来了。

“小寒啊，这位是？”赵雅兰笑得合不拢嘴，明眼人都看得出来她很兴奋。

“小寒？”方初榆一听，想起上次接的电话，下意识道，“你是他妈妈？”

“对啊对啊！之前接他电话的就是你吧。”赵雅兰激动得不行，但优良的素养让她克制住了扑过去对方初榆嘘寒问暖的冲动。

方初榆有些纳闷，这伯母，见到她至于这么激动吗？

就在她要说什么的时候，手机突然响了。

方初榆掏出手机，一看是她爸打过来的，连忙接了电话。

“喂，爸。”

电话那边的方柏崧语气仿佛是在质问：“你去哪儿了？”

“医院。”方初榆走来走去，大脑飞速运转着。

“在医院做什么？”

“你不是让我有时间就去探望小孙总吗？”方初榆这回答很巧妙，既没有承认，又能让对方误会。

然而，就算方初榆算盘打得再好，也斗不过方柏崧这只老狐狸。

“他昨天就出院了。”

方初榆一僵，只能硬着头皮往下说：“好吧，我没探望小孙总，我是过来看一个朋友。”

“哪个朋友？”

“爸，我不至于跟谁在一起都要跟你说吧？”方初榆叉腰，表示很有必要捍卫自己的人权。

电话那边安静了三秒，才说：“出来开门。”

方初榆愣了一下。

开门？她看着刚才被何渊希随手关上的门，没有多想，走过去将门打开。

结果就看到方柏崧站在门外，他拄着拐杖，脸色阴沉，旁边的助理小林帮忙举着手机。看到方初榆，小林露出一个尴尬又不失礼貌的笑。

方初榆眉头紧皱，她爸这是派人暗中监视她了吗？

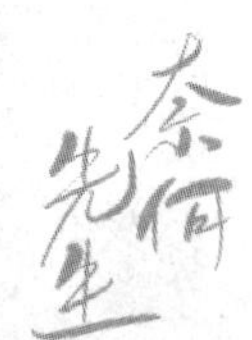

走廊上，方初榆双臂抱怀，看着眼前的方柏崧，表情十分凝重：“爸，您派人监视我？”

“他就是你不去见小孙总的理由？”方柏崧没回答，反过来质问她。

方初榆一脸无奈：“爸，我跟他只见过几面而已，连朋友都算不上，您别想多了。”

“他妈妈对你可是很热情。”方柏崧不为所动，并扔出了有力的证据。

方初榆：“……”

“爸，我说是误会，你相信吗？”方初榆自暴自弃。

方柏崧给了她一个眼神：信你才有鬼！

[7]

“爸！我说认真的，您监视我的事我可以不跟你计较，但他跟我什么关系也没有，您最好别背着我私下找他，否则我真的会翻脸哦！”

方初榆没跟他说笑，现在误会已经不少了，她可不想再给自己找麻烦。

方柏崧看着她的眼睛，许久才说：“这次，我不找他。”

方初榆这才松了口气，这就好。

但方初榆没料到的是，他说这次不找，不代表下次不找……

方初榆甩袖子走人了，病房里的何寒深还被两双眼睛盯着。

赵雅兰眉开眼笑道：“你跟她认识多久啦？刚才我见你们都抱一块了，打算什么时候领到家里来，介绍给我们认识？”

何渊希倒是没有贸然询问，他忽然想起来，自己在孙齐辉的病房里见过她，虽然只有一面之缘，但他对她印象也算深刻。

“时间不早了，您先回去吧。”何寒深看着她，半晌才说了这么一句。

赵雅兰还想再说什么，但对上何寒深的眼神，到嘴边的话，又咽回去了，她只好不再多问，依依不舍地走了。

目视赵雅兰离开之后，何渊希才问他：“寒深，你跟她是？”

“你以为呢？”何寒深的回答模棱两可。

何渊希笑了笑：“我不知道。”

“想知道，就去问昭墨。”

何渊希挑了挑眉，于是，真的去问何昭墨了。

和何昭墨通过电话后，何渊希总算知道，何寒深为什么不自己说了。

敢情，是不好意思说自己正在追求人家呀？这家伙，还是一如既往的不坦诚。

当晚半夜一点，方初榆被疼醒了。

她蜷缩在被窝里，捂着肚子，疼得死去活来，同时将何寒深骂个不停：“疼死我了……何寒深，我这次真要被你害死了，你这个乌鸦嘴！”

她翻开抽屉找胃药，结果倒出来一看，空的！

她疼得欲哭无泪——天要亡我啊！

原想着忍一忍就过去了，谁料越忍越疼！方初榆没辙了，下了床，艰难地换了身衣服，踉踉跄跄走出房门，拿起车钥匙就下楼。

方初榆也不是没想过让张蒲清过来送她去医院，但这都大半夜了，也实在是不好意思麻烦人家，就自己硬扛着，开车前往医院。

到医院，她挂了急诊。

值班医生给她做了检查，发现她肠胃功能紊乱，经常消化不良，便

给她开了单，让她去窗台取药。

方初榆去取了药，发现还需要输液。她就这么坐在冷冰冰的长椅上，等小护士过来给她打针。

这番折腾下来，方初榆一看时间，已经是半夜两点半了。

方初榆闭上眼睛，靠着椅背，感受到医院的冷清，心头不由得涌上一股苦涩的滋味。

虽说习惯一个人跑医院，但有时候想想，方初榆觉得自己也蛮心酸的。

这么多年，她全身心投入在工作里，身边接触最多的就是同事跟各个公司的老板，一点属于自己的闲暇时间都没有，更别说交朋友了。

周末难得放假，她也是宅在家里，哪儿都不想去，不知不觉间，她好像就这么成了一座孤岛了……

方初榆闭着眼睛养神，因此没发现，在几个值班医生经过时，其中一人停下了脚步，看了她一眼，才转身走开。

[8]

何渊希推开病房门，发现何寒深还没有睡，正在看书。

他走进去问："还没睡？"

"睡不着。"何寒深睡意不浓，或许是习惯了守夜，有时候一夜不睡也没什么问题。

何渊希点点头，而后说："刚才过来的时候，看到她在打吊水。"

何寒深翻书的手一顿，抬眸看他。

何渊希不慌不忙道："我问过护士了，她胃不舒服。"

何寒深眉头一皱。

“她在外面输液，估计输完就回去了，你有什么关心的话，需要我帮你转达吗？”何渊希饶有兴致地问。

“不需要。”何寒深拒绝得很干脆。

何渊希略感遗憾，还以为他会心疼，刚这么想着，就听何寒深说：“你去看看还有病床没，给她安排一个，别被她知道是我的意思，让她睡到早上再离开。”

何渊希的眸底划过一抹意味深长的光。

还以为他不关心她呢，敢情是有了更好的安排。

确实，嘴上的关心话，远没有实际行动来得有诚意。

“好，我去安排。”何渊希很乐意帮忙。

就在他准备走的时候，何寒深又说：“等她早上醒了，再顺便给她开个全身检查的医嘱。”

何渊希问：“有必要吗？”

“有。”何寒深的回答没有一丝迟疑，想了想又说，“另外，让微雨跟着她，有他在一旁，检查方便些。”

听到他这话，何渊希很想收回刚才觉得他不关心方初榆的想法，他竟然连让方初榆做全身检查都考虑到了？

可真上心啊！

方初榆闭着眼睛，突然被小护士叫醒了。

小护士说，医生的交代，让她今晚留院观察，还表示她什么也不用担心，没事的话，早上就可以离开了。

于是，方初榆输液输了一半，就住到病房去了。

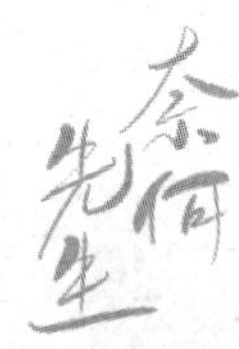

小护士临走前，还贴心地告诉她，让她放心睡，输完了自己会过来拔针。

方初榆也没多想，以为是医生怕她有什么不测，也就心安理得地接受了。等后半夜胃没那么疼了，她才睡着。

方初榆这一睡，到早上七点才醒，准备跟护士打一声招呼就离开，护士却说医生要给她再做一下检查，还专门领着她去见医生。

不知是不是方初榆的错觉，感觉这个医生对她的态度突然变得很热情，还拉着她的手嘘寒问暖的。也得亏这是个女医生，不然方初榆真的会胡思乱想。

只是，方初榆原以为这医生顶多就叮嘱她一些注意事项，谁料，对方直接建议她做一个全身检查。

方初榆有些蒙："全身检查？不用吧？而且，我还得回去上班，没有时间。"

方初榆有过做全身检查的想法，但一想到这得花很多时间，她也不想做了。

"没事，用不了多少时间，很快的。"

医生都这么说了，方初榆也就同意了，正好她感觉最近身体出了很多毛病。

医生对她也很关照，说有人会全程带她去各科室检查。

说着，那人就来了。

方初榆转头一看。那是一个年轻的医生，笑眯眯的，看起来很温柔，不过他的眉眼，方初榆觉得有些熟悉，好像在哪儿见过。

[9]

何微雨看到方初榆的时候，心里那叫一个激动，别看他表面稳如老狗，实际欣喜若狂。他终于见到这个传闻中的“大嫂”了！

“你好。”何微雨主动跟她招呼。

方初榆起身：“你好，我叫方初榆。”

“嗯，跟我来吧。”何微雨对她笑了笑，做了个请的手势，很绅士。

方初榆就这么跟他去做检查了。

一路上，都有医生跟护士跟他打招呼，态度都很尊敬，这倒让方初榆感到奇怪了。

这医生看着就不像是实习医生，而且地位好像还蛮高，却亲自给她带路，这其中确定没猫腻？

做完检查，方初榆很快就拿到了检查结果。

结果还好，没大病，就是各方面需要注意，她的身体，总体来说比较差，明显平时缺乏运动，也经常熬夜。时间一久，身体的毛病自然越来越多。

当代年轻人就这样，一边担心猝死，一边熬夜，早早就过上“养生”的日子。

方初榆这会儿饿得不行，为了感谢何微雨，她提出请他吃饭。

何微雨受宠若惊，下意识就脱口而出：“没事，不用了，我也是受人之托。”

“受人之托？”方初榆柳眉微微一挑。

察觉到自己说漏嘴，何微雨咳嗽了一声，掩饰道：“那个，我还有事就先走了，再见！”说罢，就溜了。

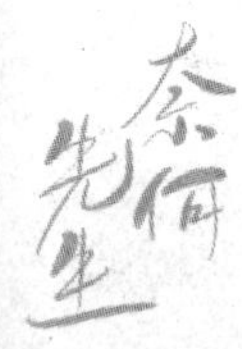

留下方初榆眉头深锁，摸着下巴思考，嘟囔道：“奇怪，在这医院，我认识了什么大人物吗？”

方初榆百思不得其解，最后肚子实在太饿，正所谓民以食为天，吃饭最重要，也就将这事抛诸脑后了。

何微雨是落荒而逃跑到何寒深病房里的，拍着胸口，心有余悸：“幸好幸好，没说漏嘴。”

病床上的何寒深一副看傻子的眼神看着他。

何微雨毫不在意，走到他面前，得意扬扬道：“哥，嫂子说要请我吃饭哎，不过我拒绝了，免得你吃醋。”

何寒深懒得搭理他：“体检结果。”

“还好，没什么大问题，小毛病不少，平时得多运动。哥，你以后有机会，多监督着嫂子点。”

“行了，你出去吧。”

“嗯，那哥你有什么事再叫我。”何微雨走到门口，忽然又想起什么，转头对他笑嘻嘻道，“对了，差点忘了说，大哥，你的眼光果然不一般，嫂子不但长得漂亮，性格也超好，没有一点架子，特别好相处！”

何寒深没说话，闭上眼睛，一副要闭目养神的架势。

等何微雨走了，何寒深才睁开眼睛，低喃道：“还要你说？”

第四章

/

对她，我是不是太宠了点？

Naihe Xiansheng

✦

[1]

方柏崧的做人原则就是说到做到，他说过这次不会找何寒深，当天就不会找。

于是隔天，上午方初榆刚离开医院，下午，方柏崧就来了。

由于上次来过，门口的两个保镖也知道他，就放他进去了。

方柏崧让助理在外面等着。

彼时，何寒深正端详着方初榆送给他的那盆仙人掌，他看很久了，闲着无事就看一眼，还会拿湿纸巾擦一擦灰尘。

听到动静，何寒深一抬头，就见方柏崧拄着拐杖走了进来。

何寒深将仙人掌放下，方柏崧进来后也不说话，就看着他。

何寒深平静道：“请坐。”

方柏崧一双锐利的眸子盯着他。

方柏崧的气场很强，一般面对他的盯视，被盯的人都噤若寒蝉。但对何寒深似乎没什么用，两人正面对视着，何寒深丝毫不输给他。

半晌，方柏崧才走到椅子前坐下，问：“叫什么？”

“何寒深。”

“几岁了？”

“二十八岁。”

“干什么的？”

“记者。”

何寒深有问必答。

方初崧对他的态度还算满意，虽然没什么表情，但问的问题很犀利：“跟我女儿是什么关系？”

“您觉得呢？”何寒深这次没有给肯定答案，而是反问他。

“她的想法，我不好说，但你，我猜出了九分。”方柏崧看人的眼光一向精准，好歹也活了这么多年，什么人他没见过，这小子，明显对他女儿有意思。

何寒深的眸底划过一道异光，淡然道：“是吗？”

“不用怀疑，你这脾气，跟我年轻时简直是一个模子刻出来的。”

方柏崧这话说得很不情愿，虽然不愿承认，但从他身上，方柏崧确实仿佛看到了年轻时的自己，一样高傲，不苟言笑。

不过，方柏崧认可何寒深的为人是一回事，但他跟自己的女儿，呵呵，又是另一回事了。

“你觉得，你配得上我女儿吗？”方柏崧盯着他的眼睛问。

何寒深的眼里划过一丝不解，看着挺直着身板的方柏崧，再注意到他发白的两鬓，想到了什么，说道：“您在试探我。”

“给自己的女儿找一个可以托付终身的人选，有什么不对吗？你很聪明，一听就知道我是什么意思。”方柏崧的眼神里毫不掩饰对他的欣赏，不过，这还远远不够。

何寒深没说话。

方柏崧勾起了嘴角，似乎在精心算计着什么，说：“小孙总是个不错的人选，我打算撮合他们在一起，毕竟他们门当户对，又是同行，以后可以互帮互助，比你这个小记者强太多了，你说是不是？”

何寒深眉头一蹙。

方柏崧当然只是自说自话，不会真在意何寒深的想法，该说的他都说了，便起身走了。

直到方柏崧走远，何寒深的脸色依然很难看，心里莫名有一口气，压得他心烦气躁。

这时，保洁阿姨进来了，看着角落里那一堆的花，问他要不要收拾一下。

何寒深回过神来，目光落在那束瞩目的芭比粉包装康乃馨上，他的眸底划过一道若有所思的光。

[2]

办公室里，方初榆整个人慵懒地靠在椅背上，唉声叹气。

这时，张蒲清哼着歌走进来，步伐轻盈，脸上是掩饰不住的笑。

方初榆注意到了，懒洋洋地问：“咋的啦？有喜事？”

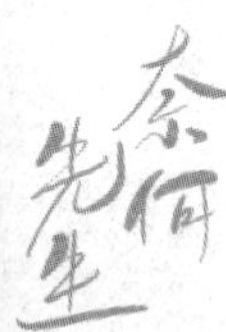

“老板，我寒大神给我发消息了！”张蒲清按捺不住兴奋，开心得跟个孩子似的。

“哦。”方初榆一点也不觉得稀奇，心想这还是托了她的福呢，否则以何寒深那种性子，哪会搭理他？

张蒲清这时才注意到她心情不好，关心地问：“老板，怎么了吗？”

方初榆一脸无奈：“你说呢？除了我爸，还有谁能让我心情这么郁闷？”

“他老人家又催你了？”张蒲清苦笑。

方初榆单手撑着下颌，怏怏不乐道：“说什么今天是小孙总的生日，让我去给人家庆祝，还特地叮嘱我一定要备一份大礼！呵，姐我压根儿就不想去。”

“不能借口忙工作拒绝吗？”张蒲清替她出主意。

方初榆呵呵笑了两声：“你觉得他有可能批准吗？”

张蒲清尴尬，确实不可能……

“算了，去就去吧，也是时候该做个了结了！”方初榆振作起来，伸了个懒腰，打起精神，对张蒲清道，“你去帮我准备一份礼物。”

“好！”张蒲清刚要走，突然又想起来，转头问她，“对了，要买什么？”

方初榆的嘴角弯起一抹狡黠的弧度，坏笑道：“当然是缺什么买什么了，他的脚不是还打着石膏嘛，你去买对拐杖，晚上我就给他送过去。”

张蒲清表情微妙，生日给人家送对拐杖，亏她想得出来……

晚上八点。

医院里，何微雨忙里偷闲，过来看一眼何寒深。

他一推开房门，就发现病房灯光敞亮，而何寒深此刻双手交叉，抵着下颌，神色格外肃穆，一双凌厉的眸子凝视着一旁的轮椅，一言不发。

何微雨心里莫名一阵发毛，忐忑问道："哥，怎么了？"

"你觉得，我的病房，很闷吗？"何寒深斜睨了他一眼，忽然说了这么一句。

何微雨表情古怪，四处张望，心想，他哥什么时候有这种自知之明了？

"确实……是闷了点！"

"既然如此，那么出去透透气，是不是也没什么不可以？"何寒深接下他的话。

何微雨觉得有哪里不对劲，但又说不出来，便问："哥，你是想出病房透透气吗？那我推你去花园走走吧。"

何寒深没有说话。

直到何微雨上前把轮椅推过来了，何寒深才说："我说的外面，是医院之外。"

"行啊，那就去医院……"何微雨嘴角的笑容瞬间凝固了，他怀疑自己听错，重新跟何寒深确认，"大哥，我没理解错吧？你的意思是，你要出院！"

"出院还早，只是去个地方，不用多久就回来。"何寒深淡定得仿佛在说一件无关紧要的事。

跟他比起来，何微雨的反应可就大多了！

"不行不行！大哥，你身体还没好，怎么能出院？不行，绝对不行！"

何微雨三连否定，义正词严，态度之坚决，不给一丝商量的余地。

何寒深也没说话，就这么定定地看着他。

十分钟后。

何微雨推着坐在轮椅上的何寒深悄悄摸摸地出了医院，上了车，就催促司机赶紧开车！

而目的地，是一家酒吧……

[3]

到了酒吧门口，何寒深却没有下车，坐在靠窗的位置，修长白皙的手抵着下颌，凝眸注视着车窗外。

黑色的高领毛衣将他的皮肤衬得很白，车内昏黄的灯光打在他身上，仿佛给他笼罩上了一层神秘的光晕。

坐在他旁边的何微雨观察着他，外面就是酒吧大门，只要下车，就可以直接进去，但他却没有，就好像，在等什么人出来似的？

“哥，你不进去吗？”许久，何微雨才问他。

何寒深缓缓闭上眼眸，半晌才睁开，淡淡道：“不去。”

“那你出来是？”何微雨欲言又止，不要告诉他，他哥真的只是单纯出来“透透气”的？

何寒深打开车窗。

夜晚的寒风灌了进来，带着凉飕飕的冷意。何微雨不自觉打了个激灵，贴心地给他哥的腿盖上毛毯，免得他哥着凉。

“说过了，只是出来透透气。”窗外的风很大，何寒深额前的碎发被吹得有些乱，他随手将凌乱的头发往后撩了一下，慵懒的语气里带着几分漫不经心。

何微雨沉默了片刻，看着他冷峻的侧脸，开口道：“是因为，赵奇的葬礼就在明天，所以，心情不好吗？”

何寒深没说话，只是眼帘微微垂下，眸底的光也黯淡了下来。

何微雨见状也没再说什么了，这种时候，静静陪在他身边就够了。

何微雨上了一天班，也累了，陪着坐了没多久，就睡过去了。他的头靠着何寒深的肩，睡得很沉。

何寒深瞥了何微雨一眼，有些嫌弃，但也没推开，见他冷得缩着身子，何寒深拿起腿上的毛毯，随手就往他身上一扔。

这就是他的兄弟情……

何寒深百无聊赖，往车窗外一瞥，似看到了什么，毫无波澜的眼神才有了波动。

酒吧门口，出现了一道熟悉的身影，此刻她正气呼呼地往外走，瞧那双手叉腰，撸着袖子的样子，跟刚打完架似的。

而这个人，不是别人，正是方初榆。

看到方初榆的那一刻，何寒深的眼神不自觉温柔了下来，看着她站在酒吧门口，气得直跺脚，好一会儿，才上了她那辆扎眼的玛莎拉蒂，只听得油门一声轰响，车子扬长而去。

何寒深见状，忍不住低声嘟囔了句：“开个车都这么虎，不知道注意点安全吗？”

“嗯？什么安全？”何微雨半梦半醒，揉着蒙眬睡眼坐起来，整个人迷迷糊糊的。

何寒深没搭理他，只说了句：“可以走了。”

“要回医院了吗？好，那就回去吧。”何微雨伸了个懒腰，吩咐了

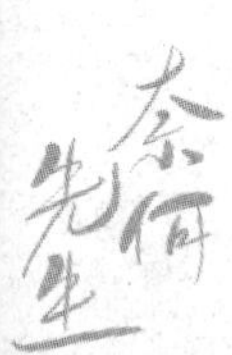

司机一声，车子就往医院开去了。

而另一边，方初榆风风火火回到家，一开门，就又被突袭在她家守着的方柏崧吓了一跳。

见她爸又来了，方初榆没好气道："爸！不至于吧？我才刚走，你那么快就得到消息，又来找我算账了？"

方柏崧拄着拐杖，没说话。

他低着头，方初榆也看不清他是什么表情，总之不满道："爸，我看你还是死了这条心吧，那个小孙总跟我不合适，强扭的瓜是不会甜的，你就——"

"你严伯伯走了，葬礼明天举行。"方柏崧嗓音低沉，打断了她的抱怨。

方初榆一愣，沉默了。

方柏崧拄着拐杖站起来，淡淡道："早点睡吧，明天还要早起。"

"嗯。"方初榆应了一声。

等到方柏崧从她身边经过的时候，她才开口："爸，您……也早点睡。"

方柏崧的脚步顿了一下，而后，推开门走了。

方初榆望着他离去的背影，无奈地叹了口气，明明她想说的不是这个。

她跟她爸之间的相处，还真是别扭啊！

[4]

上午九点，方初榆与方柏崧一起到了殡仪馆，方柏崧在助理小林的搀扶下下了车，方初榆想去扶他，被他拒绝了。

方初榆的心里五味杂陈，如果不是得知严伯伯去世的消息，她很难

想到，父亲这一辈的朋友，已经有不少人离世了。

看着方柏崧的背影，方初榆叹了口气，不顾他的拒绝，强行挽着他的胳膊，扶着他进去。

告别仪式很沉重，每个人的表情都很严肃。家属掩面小声啜泣，伤感哀悼的氛围笼罩在所有人的心头。

看到自家一向严肃寡言的老爸红了眼眶，低着头偷偷擦拭眼泪，方初榆心一紧，不忍心地撇过了头，眼眶湿润。

告别仪式结束后，方初榆借口去洗手间，让助理小林在一旁多注意着，就出了灵堂透气去了。

这个殡仪馆是市内规模最大的一座，设了不少的灵堂。方初榆一走出去，就听到其他灵堂传出的悲泣声。

只有到了这种地方，才能深刻体会到，生命的逝去，给活着的人留下了什么。

方初榆叹息一声，提步往另外一边走去，经过一间大灵堂的时候，她眼角余光瞥见了什么，不由得停住了脚步。

是他？

灵堂里，随着何寒深的到来，现场一片安静。

众人面面相觑，唯有哭红了双眼的罗珠芳浑身颤抖，梗着脖子，指着门赶他走："这里不欢迎你，麻烦你出去！"

"阿芳！"赵正国呵斥了她一声。

罗珠芳也不说话了，捂着脸啜泣。

赵正国深深叹了口气，走到何寒深面前，心情沉重："小何，要不，

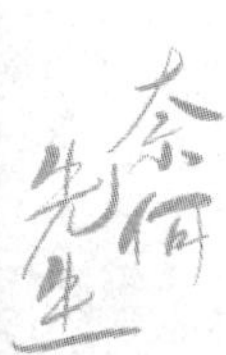

你先回去吧。”

“我知道，东西放下之后，我就会走。”何寒深示意身后的保镖一眼。

保镖立马拿出 U 盘递给赵正国。

赵正国接过，疑惑道：“这是？”

“这是赵奇先生的遗言。”保镖回答他。

听到他这话，罗珠芳愣住，哽咽着低喃：“小奇……我的儿子……”

赵正国眼眶也红了，他强忍着压下情绪，招来工作人员，让其把 U 盘里的内容在屏幕上放出来。

在场的人都安静了下来，全都看着屏幕。

躲在门口的方初榆也看向了屏幕。

视频从电脑投到了屏幕后，赵奇的脸映入了众人的眼帘中……

有人控制不住情绪，忍不住哭出了声。哀伤与难过，笼罩在所有人心中，唯独何寒深面无表情。

乍一看还以为他是个冷血无情的人，但方初榆却注意到他闭上了眼睛。也就是说，他不是没有感情，而是，不想被人看到他脆弱的一面……

何寒深到现在都还记得，赵奇当初怎么死缠烂打非要跟着他的。

[5]

“寒大神，你就答应我吧，我真的很想当一个战地摄影记者，就让我跟着你吧！”

扛着大包小包的赵奇，拦在正准备往机场走的何寒深前面，他做出一副舍我其谁的英勇姿态，拍着胸脯保证道：“我一定能拍好每一张照片，不会让你失望的！”

彼时的何寒深一身轻装，单肩背着包，鸭舌帽的帽檐压得很低。

他抬眸扫了赵奇一眼。

对上何寒深凌厉漆黑的眸子，赵奇紧张地咽了咽喉咙，但还是鼓起勇气，坚定道：“真的！我可以发誓，我一定——”

“别跟着我。”何寒深打断他的话，脸上没什么表情。

赵奇一脸委屈：“为什么啊？”

“你想当战地摄影记者可以，找别人。”何寒深说罢，迈步就走。

赵奇赶紧追上，跟在他后面，固执道：“不要，我就要跟着你。”

何寒深停下脚步。

赵奇撞到何寒深的背上，他摸着被撞疼的鼻子，看着转过身来的何寒深，他忐忑道：“行不行啊？”

“你不怕死吗？”何寒深薄唇紧抿地看着赵奇，他的轮廓线条分明，尽管只露出半边脸，依然给人一种压迫感。

“我知道战地危险……”赵奇底气不足，声音越来越小，“但应该不至于死吧？”

何寒深伸出修长的食指，抵住帽檐往上抬，低头靠近他，看着他的眼睛：“我是到前线，随时都有死的可能。如果你只是追求刺激，那么，我奉劝你，死了这条心。”

赵奇愣了一下，眼看何寒深要走，赶紧一把抱住他的胳膊，大声道：“我不怕死！当初要不是你救了我，我早就摔下悬崖，连尸体都找不到了。”

何寒深没说话，只是瞥了他的手一眼。

赵奇连忙松开，恳求道：“何哥，我是认真的，如果不是你，我早

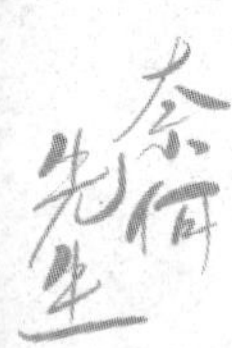

就死了。从那之后，我就下决心，一定要跟着你！我也想看看，战争有多残酷，我们国家现在的安全又多么来之不易，我不怕死！能为国家献一份力，我骄傲还来不及呢。”

何寒深看着他，见他咧着嘴角，笑得一脸憨厚，他眼神里闪烁着很多光芒，唯独没有害怕。

最终，何寒深只说了句：“那就准备好遗言吧。”

“遗言？这是传统吗？”赵奇很是好奇。

何寒深耐心回答：“我定的规矩。”

“这么酷啊！那是手写遗书还是录个视频？”

何寒深闭上眼睛，深吸了口气，话可真多！

“哎！何哥，你别走这么快嘛，你腿那么长，我都追不上你。

“对了！寒大神，你也备好遗言了吗？写了什么？我能参考参考吗？

“啊！我突然想到一个好主意！何哥，我给你拍张单人照吧，将来还可以当遗照，你长这么帅，一定怎么拍都好看！”

何寒深：“……”

真是，吵死了。

[6]

方初榆背靠着墙，站在门口，闭着眼睛，听着灵堂里视频中赵奇的声音。

他的遗言并不伤感，相反，语气还很欢快，不像是在录遗言，更像是在跟家人朋友视频通话。

而除了交代自己一些后事之外，赵奇说得最多的是关于何寒深。他

特地叮嘱他爸妈，如果有一天他真的出意外身亡了，一定不要责怪何寒深，毕竟当初是他死缠烂打，何寒深不得已才答应他跟着的。

听到赵奇这些话的时候，罗珠芳看了眼何寒深，婆娑泪眼里说不清是什么感情。

短短几分钟的视频里，赵奇讲了不少与何寒深一起经历的事，尤其数了何寒深救过他多少次，强调了何寒深平时又是如何保护他的。

最后，赵奇还表示，这一生，他能跟着何寒深一起报道真相，已经死而无憾了。

站在门外的方初榆睁开了眼睛，回想着赵奇刚才所说的话，忍不住在唇间吐出他的名字："何寒深……"

"什么事？"

方初榆猛地回神，一转头，就看到何寒深坐在轮椅上，很平静地看着她。

然后，方初榆的脸，莫名地就红了……

殡仪馆坐落在半山腰，俯瞰过去，能看到山脚下的风景，颇有一种会当凌绝顶，一览众山小的意境。

车子开进殡仪馆之前，会途经一座桥，这座桥也被称为"奈何桥"，桥被树荫遮挡了一半，一阵风吹过，落下一地树叶。

何寒深坐在轮椅上，寒风凛冽，吹得他一头碎发稍有些凌乱，却不显得狼狈，相反透着另一种别样的病娇美人的气质。

方初榆蹲在一旁，双手托着下巴，一双好看的杏眸目不转睛地盯着他看。

何寒深注意到了，她看得很认真，大大的眼睛很明亮，只是这乖巧蹲在他轮椅旁的模样，何寒深越看，越觉得她像只撒娇卖萌求主人关注的小泰迪。

也幸亏方初榆不知道他心里在想什么，否则凭她的性子，一定气得跳起来了。

方初榆越看何寒深，越觉得他好看，忍不住脱口而出说了句："你有没有发现，你今天特别帅！"

"你有事求我？"何寒深瞥了她一眼。

方初榆一脸奇怪，摇头道："没有啊，干吗这么说？"

"那你好端端，夸我做什么？"何寒深双臂抱怀，跟在审问犯人似的。

方初榆无语："就想夸你不行吗？"

"那麻烦你正常点。"何寒深用那种"关怀"的眼神看着她。

听到他这话，方初榆的火气腾地就被点燃了。

"谁不正常了？你才不正常！"方初榆暴跳如雷。

何寒深盯着她看了三秒，然后吐出一句："现在正常了。"

"你给我走开！"

[7]

何寒深低头，看着自己的腿。他垂下眼帘，低沉的嗓音略带沙哑地说了句："走不了。"

方初榆冷漠脸。

好啊！说不过她就装可怜了？他以为这样，她就会心软了吗？哼！

好吧，她确实心软了……

“不好意思啊，我不是故意戳你伤口的。”方初榆跟他道歉。

何寒深摇了摇头：“不怪你。”

方初榆却莫名更愧疚了，跟他比起来，她实在是太小气了！

方初榆猛地回过神来，不对！她又没做错什么，干吗要被他原谅啊？

方初榆气呼呼的，刚准备跟他对峙，一抬头，就看到他凝视着她。他嘴角挂着一抹淡淡的笑，就连平时凌厉的冷眸都柔了几分。

一个平常总是冷冰冰的人，突然温柔下来，这杀伤力真不是一般的大！

当下，方初榆就看愣神了，说了句：“原来你也会笑啊？”

何寒深闻言，嘴角立马抿直下来，恢复高冷的形象。

方初榆见状，忍不住低声嘟囔了句：“真傲娇！”

她想找个位置坐下，看了半天后，双手一撑就坐到了走廊的栏杆上。

两人之间的距离很近，何寒深的眼前除了远处的山峰，还有方初榆。

方初榆优哉游哉地晃着双腿，看似是在观赏风景，实际视线一直在何寒深身上流转。见他表情淡漠，眼神平静得宛如一潭死水，方初榆若有所思地勾起了嘴角，突然说了句：“我叫方初榆。”

“嗯？”何寒深抬头看她。

“正式介绍一下，我，方初榆，二十七岁，单身，无不良嗜好，在我爸的公司上班，担任总裁一职。不上班的时候就宅在家里，不会做饭，但对吃的不挑，能填饱肚子就行。喜欢狗，有空会出去旅游。至于性格，有什么话会直说，不喜欢藏着掖着，脾气有时候会有点小暴躁，比较固执，认准一件事就不会轻易放弃。”

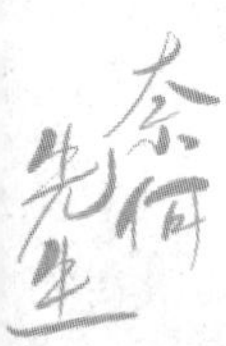

说着，方初榆跳下来，拿出一张名片递给他。

何寒深接过，然后就见方初榆对他伸出了双手，一脸期待地看着他。

他不由得问：“干吗？”

“你的名片啊！”方初榆一副理所当然的口气。

“没有。”

“没有？”方初榆眨了眨眼睛，不放弃，“那电话号码总有吧？”

何寒深又问：“你要我号码做什么？”

方初榆都想翻白眼了：“我说你不至于这么小气吧，连个电话号码都不给？”

“如果每个跟我要电话号码的我都给，那我算什么了？”何寒深端详着她的名片，神态漫不经心。

方初榆想了想，说的也是，不过……

她眸底划过一道狡黠的光，盯着他，调侃道：“听你这话的意思，有很多女人跟你要过电话？”

何寒深顿了一下，表情稍微有点不自然。

方初榆哈哈大笑。他会被搭讪这件事，她一点也不觉得奇怪。

他自己可能不知道，他这个样子有多吸引女孩子——

身高腿长，帅气高冷，背着包，一副走南闯北、满世界跑的模样。鸭舌帽一戴，谁都不爱。往人群一站，别说有多扎眼了。

说不定，胆子稍微大点的女孩子，都会上前搭讪，要个电话啥的，估计正大光明撩他的也不少。

现在的男人啊，在外面一定要注意安全！

[8]

“行，你要是不想给也没事，我不勉强你。”方初榆也理解，毕竟给电话这种事，讲究的是你情我愿，她不强求。

何寒深看着她，只说了两个字：“手机。”

方初榆眼睛一亮，立马把手机给他。

何寒深接过，手机设有密码，何寒深没让她解锁，而是看了她一眼，然后输入了六个0，手机便解锁了。

“好歹是个总裁，你这手机密码，还能再简单一点吗？”何寒深嫌弃的语气里，带着一丝无奈。

方初榆凑上前看，发现他解开了，诧异道：“你怎么知道我密码是什么？”

何寒深给了她一个眼神，都不想多说什么了，打开联系人，输入了自己的电话号码，就将手机还给了她。

方初榆本想输入他的名字，忽然想到什么，嘴角一勾，把名字删了，打下了“死傲娇”三个字！

免得被他发现，方初榆赶紧把手机锁屏，然后郑重其事地看着他：“说吧！”

“说什么？”何寒深表情淡淡的。

“当然是你的介绍啊！我刚才不是说很多了吗？现在轮到你了。”方初榆没觉得有什么不对。

何寒深“哦”了一声，然后又问：“为什么要说？”

方初榆一口气差点儿没上来，他是存心要气死她吗？不行！她必须忍住。

方初榆强扯了个嘴角，咬牙切齿道：“因为我想跟你交个朋友啊，你看我们连在殡仪馆都能碰到，不是缘分还能是什么？”

“你确定在殡仪馆碰到，是好事？”何寒深一脸认真。

方初榆：“……”

这家伙！一定要把她活活气死才满意是不是？

直到方初榆走了，何寒深还在那里吹风，保镖站在离他有一段距离的地方，守候着他。

何寒深把玩着手里的名片，想到刚才方初榆昂着下巴，得意扬扬离开的模样，不由得失笑摇头，笑容里是纵容与无奈。

何寒深不禁低喃道：“对她，我是不是太宠了点？”

一开始，方初榆真的差点儿被他气走了，只是见她要走，何寒深及时拉住了她的手，并说了句：“我不知道该说什么，你有什么想知道的，就直接问吧。”

于是，方初榆整整问了几十个问题，何寒深都只能回答，且不能说一个不字！

最后方初榆心满意足，眉开眼笑地走了，何寒深才发现，对方初榆，他似乎，毫无底线可言……

方初榆上车之后，就望着车窗外发呆，脑海里都是何寒深跟她说话时的画面。明明对方顶着一张不苟言笑的严肃脸，却乖巧地回答她各种稀奇古怪的问题。

一想到他那副模样，方初榆忍不住弯起嘴角，只觉得他莫名有种反差萌！

仔细想来，方初榆也只是跟他见过几面而已。只不过除了医院，还能在殡仪馆碰到，着实让方初榆没想到。

说实在，对何寒深，方初榆确实感觉他很特殊。

从第一眼看到他开始，方初榆就对他没有防备，也可能是他长着一张正人君子脸的缘故，才让她对他从不设防。甚至在他面前，她什么都敢说，就好像预料到他不会生气一样。

这种感觉，方初榆当然知道是什么。

所以，她才会跟相亲见面似的，跟他说了一堆。

不可否认，她对他很有好感，甚至还有跟他发展一下的想法……

[9]

“在想什么？”方柏崧的声音打断方初榆的思绪。

方初榆回过神来，摇头道：“没什么。”

方柏崧混浊凌厉的眸子斜了她一眼，冷着脸道：“别以为我不知道你昨晚做了什么，胆子不小啊。”

“哎哟，爸，你这话严重了。”方初榆心虚，插科打诨道，“我就是送了副拐杖而已，也没干什么啊！”

“没干什么？”方柏崧冷哼了一声，“飞镖都敢往人家脑门上射，你胆子还不够大吗？”

方初榆赶紧澄清：“哪有！这种事我怎么可能会做？”

方柏崧就静静地看着她，那眼神仿佛在说：编，接着编。

方初榆被盯得浑身发毛，知道躲不过了，无奈地叹了口气，只得承认：“我只是吓吓他而已。他不是想让我给他来个表演，让大家伙乐一乐嘛，

行啊，我就给他表演个飞镖，最后还不负众望，大家都发出了‘兴奋’的尖叫声！”

“你确定，不是惊恐？”方柏崧毫不留情地拆穿她。

方初榆耸了耸肩，无所谓道：“反正我觉得挺精彩，他们应该是兴奋。”

“他说，你的飞镖离他的头只差一点，这是真的吗？”方柏崧质问她。

方初榆否认：“当然不是！爸，你别听他夸大其词，我瞄准的是他背后靠着的抱枕，我没事瞎射他的头干吗？”

为了增加说服力，方初榆又补充了几句，以博取他的信任：“而且，你也知道，我从来不做没把握的事，好歹曾经也是半个国家队的，要不是家里有财产要继承，我现在都是一名国家队运动员了。”

“胡闹！”方柏崧根本不吃她这一套，呵斥道，“如果有失误呢？你打算这辈子怎么补偿他？”

方初榆低下头，小声嘀咕：“我没瞄准他裤裆就不错了……”

“你！”方柏崧被气得说不出话，他深吸了口气，告诉她一个残酷的真相，“你确实做得很好，只可惜，弄巧成拙了。他打电话给我，不是跟我投诉你，而是告诉我，他喜欢你了。”

“他有病吧？”方初榆不敢相信。

方柏崧瞪她：“他说，你那一镖，射到他心上了，接下来的事，你自己看着办吧。”

“不是！这……他这里没问题吧？”方初榆指着自己脑袋，不敢置信，“我话都挑那么明了，他还跟你说这种话？得，我算是看出来了，他这是想恶心我。”

方初榆后悔昨晚手下留情了！

见她脸色阴沉，明显是真生气了，方柏崧皱了皱眉，思索着，是不是该下个决心，放弃小孙总这个人选了。

毕竟，他也知道，刚才在殡仪馆，她离开那么久，是去见了谁。

看来，是时候调查下那个何寒深的身世背景了，只要确认了对方人品家世没问题，他就决定不再插手女儿的终身大事。

至于他们两个人能不能走到一起，那就看他们的缘分了……

第五章

/

随她闹，我准许的

Naihe Xiansheng

✦

[1]

何寒深在医院休养了一个月。

自上次在殡仪馆跟方初榆一别后，何寒深这一个月，就再没见过她，连电话也没收到一个。

何寒深闲来无事，就转着手机，时不时打开看一眼联系人。他给方初榆的备注是方小姐，但这位叫方小姐的联系人，跟他连一条通话记录都没有。

何寒深嫌弃地将手机丢在一边，板着脸，嘟囔一句：“电话都不打，那当初要电话号码干吗？”

何微雨这段时间过得如履薄冰。

他哥最近心情阴晴不定，他不得不小心翼翼，生怕撞上他心情不好的时候。

这天，何微雨照常过来观察，检查了各项指标，确定了自己大哥恢复良好，过几天就可以出院自行疗养了。

他问何寒深："大哥，过些天你就可以出院了，你是打算回老宅，还是到我那儿住？"

何寒深常年在外漂泊，并没有置宅，回来的时候一般住酒店或者回老宅。这一次他需要疗养一段时间，住酒店肯定不行。

何微雨知道何寒深喜欢清静，这才问要不要去他家住，毕竟他相当于整天在医院里，家里无人。

何寒深拒绝了："不用，我另租套房子。"

"你要租房住？"何微雨倒是没想到，"那需要我帮你找吗？"

"有人已经找好了。"何寒深转着手上的魔方，漫不经心道。

何微雨"哦"了一声，还是不放心，问："靠谱吗？环境怎么样？安保设施全面吗？房子看过了吗？装潢还有房子格局如何？"

何寒深只回了他一句："这些重要吗？"

"这不重要？那什么才是重要的？"何微雨表情古怪，觉得越来越看不懂他这大哥了。

何寒深转动魔方的手一顿，抬起头看他。

在何微雨好奇的目光注视下，何寒深缓缓吐出一句："重要的是，住在隔壁的邻居是谁。"

何微雨咂舌，他又不是要跟邻居谈恋爱，隔壁住着什么人重要吗？

如果何微雨胆子大一点，敢把这句话说出来，何寒深一定会回他一句：

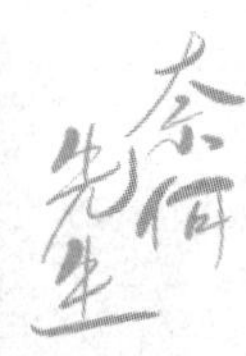

“你怎么知道，我不跟她谈呢？”

何寒深已经等了一个月，不想再等了。既然某人不打算找他，那么，他只好亲自上门去堵她了。

“老板，你隔壁那间房子应该还没租出去吧？”

方初榆家里，张蒲清坐在沙发上，跷着二郎腿，跟个老大爷似的，懒洋洋地问正在陪他老婆跟儿子玩的方初榆。

“还没，怎么，你要租？”方初榆正在拼乐高，闻言头也不抬地问。

“不是，我帮人问的，没有人租就好。”张蒲清喜滋滋的，不过他有些好奇，这么好的地段这么好的房子为什么没有人租。

方初榆正在研究下一块积木该往哪儿拼，听到他问，心不在焉道：“因为闹鬼啊！”

正在喝水的张蒲清一喷，被呛到咳个不停。

正在陪儿子拼乐高的孟席然看了自家老公一眼，无奈地摇头，都当爸爸的人了，还这么冒失！

[2]

“咳咳！老……老板，你不是在开玩笑吧？”张蒲清呛得眼泪都出来了，擦了擦眼角。

方初榆见他这么感兴趣，也不拼乐高了，看着他，很认真地说：“这有什么好开玩笑的？之前那间屋住着的女人，长得蛮漂亮，我见过几次，整天穿红裙子。半年前，她被发现割腕死在浴缸里了。后来调查出来这是一起凶杀案，凶手是她情人。”

“然……然后呢？为什么会有闹鬼的传闻？”张蒲清紧张地咽了咽口水，突然感觉背后凉飕飕的，天知道他最怕鬼了。

“听说，凌晨一两点的时候，有人看到一个穿红裙子的女人在门口飘来飘去，闹鬼的事就这么传出来了。”方初榆一副不以为然的态度。

张蒲清浑身起鸡皮疙瘩，后怕道：“老板，难道你不怕吗？我一想到有鬼在门口飘，说不定，你一开门就能见到，我寒毛都立起来了！”

“鬼有什么好怕的？先不说这世上有没有鬼，就算有，我们也看不到啊。你想一下，鬼能看到我们，但我们看不到它们，鬼多憋屈啊。”方初榆煞有介事，一本正经地说。

张蒲清苦笑，真不愧是老板，连鬼都不怕！

他在心里嘟囔道：“不行！我不能让寒大神的朋友住在闹鬼的凶宅里，我得赶紧告诉他！”

方初榆不知道张蒲清在想什么，见时间差不多了，这才对张蒲清说明今晚请他们过来做客的来意。

今天晚上，方初榆有一个好朋友回国。因为想吃她做的菜，所以等下了飞机，对方会直接到她家里来。

张蒲清表情古怪：“吃你做的菜？可是老板，你会做饭吗？”

“不会啊！”方初榆大方承认。

张蒲清察觉到不对劲，往厨房瞟了一眼，果然看到案板上搁着的两大袋食材……

“老板，你请我来，不会是想让我来帮你做饭吧？”张蒲清突然真相。

方初榆：“不然呢？你以为我叫你过来干吗的？”

“老板——”张蒲清哀怨，可怜巴巴地看着自家老婆求同情。

结果，孟席然说：“是啊，初榆下午的时候问过我了，我同意了。”

张蒲清：“……”

他果然是个工具人，哪里需要往哪里搬！

张蒲清把菜做好端上桌的时候已经晚上八点了，刚要解下围裙，就听到门铃响了。他扫了一圈，没看到方初榆，估计是上洗手间了。

孟席然在厨房里收拾残局，能去开门的就只有张蒲清了。他走过去将门一开，就看到一对男女站在门口。

女人打扮偏文艺，穿着一身长裙，气质很优雅；男人则是西装革履，像个精英人士，浑身上下都是名牌。

跟他们一比，张蒲清自己这一身，真是怎么看怎么寒碜。

[3]

顾白曦上下打量了张蒲清一眼，见对方系着围裙出现在方初榆的家里，两人的关系明显呼之欲出。他对张蒲清微笑道：“你好，我叫顾白曦，不知道你怎么称呼？”

“你好，我叫张蒲清。”张蒲清也礼貌打了声招呼。

顾白曦便又问：“你跟初榆的关系是？”

“我是她的秘书。”张蒲清笑着回答，此刻还没察觉到不对。

顾白曦的眸底闪过一道意味深长的光，嘴角勾起一抹不屑的弧度，对旁边的男人道：“你们认识一下吧。”

男人点头，而后对张蒲清伸出了手，一副高高在上的姿态道：“你好，我叫乔安，是她的男朋友。”

“哦，你好。”张蒲清虽然觉得别扭，但还是跟他握了手。

刚握上对方的手，张蒲清的眉头就是一皱。这个男人这么用力握自己的手干吗？他跟自己有仇吗？对自己敌意这么大？

“嘶！”手被握疼，张蒲清倒吸了口凉气，他这细皮嫩肉的手，可是有大用处的！

乔安假装无意道：“不好意思啊，我不知道，你这么弱。”

张蒲清眉头都皱成一团了，哪有人一上来就说一个男人弱的？真没礼貌！

方初榆闻声赶来，看到顾白曦。

好友多年不见，两人都很是惊喜，方初榆上前抱住她，你一言我一语，仿佛有着说不完的话。

寒暄过后，方初榆才注意到乔安：“这位是？”

“我男朋友，乔安。”顾白曦介绍，然后看了张蒲清一眼，又对方初榆暧昧一笑，“刚才我们已经跟你男朋友打过招呼了。我还以为，你现在还单身，毕竟你大学的时候那么难追，没想到，你是被一个小秘书给拿下了。办公室恋情，确实也挺不错。”

“我男朋友？你误会了。”方初榆失笑，再看张蒲清的脸一阵黑一阵白，她解释道，“他不是我男朋友，而且，他老婆就在里面，儿子都已经会拼乐高了。”

顾白曦愣了一下，发现自己确实误会了，不由得有些尴尬，但还是强颜欢笑道：“不好意思啊，是我搞错了，你等会儿就别提了，免得大家尴尬。”

“当然。”方初榆也不傻，先请他们进屋，让张蒲清帮忙关一下门。

张蒲清关上门之后，在门口站了一会儿，表情很严肃。听到孟席然喊他的时候，他才立马咧起嘴角，眉开眼笑道：“哎，来了！”

方初榆也没想到顾白曦会带男朋友过来，对方先前也没有讲，因此围着桌坐下之后，因为不认识，难免尴尬。

孟席然比较聪明，简单介绍了身份之后，就以孩子不想吃饭为由，拉着张蒲清先撤了。

方初榆送他们到门口，表示改天请他们吃大餐。

张蒲清嬉皮笑脸的，说记下了，到时候一定不客气。

等到方初榆进屋之后，张蒲清的嘴角顿时抿直了，脸色凝重，对孟席然说：“老婆，这个顾白曦，心机很重，感觉她对老板好像很有敌意。”

“看出来了，毕竟哪有人当着别人老婆的面，撒娇使唤别人老公的。”孟席然也板着脸，想起刚才那个顾白曦坐上桌之后，先说高脚杯外围有个手指印，她看着不舒服，明明只要拿纸巾擦一下的事，她非得让张蒲清给她换一个。

张蒲清秉持着礼貌，给她换了一个。

孟席然就有点不爽了。

都是千年的狐狸，谁还不知道谁呢？

[4]

“老婆，你说，我该不该提醒老板一声？”张蒲清征求孟席然的意见。

孟席然摇头：“你以为我们感受得到的事，初榆她会感觉不到吗？”

张蒲清拧着眉道：“我是怕老板当局者迷，毕竟，那是她大学时期的好朋友。”

“你这么说，可就小看她了。”孟席然弯起了嘴角，自信满满道，“她已经察觉到了，否则不会跟我们道歉。她只是，在假装不知道而已。”

“是吗？”张蒲清眨了眨眼睛，然后由衷地感慨了句，“女人真可怕。”

说完，他就后悔了。

看着老婆的脸色，他想，今晚又得跪搓衣板了……

这顿饭，吃到晚上十一点才结束。方初榆跟顾白曦聊了很多，大多感慨两人大学期间发生的事。两人都喝了点酒，最后方初榆假装喝醉了，顾白曦才提出告辞。

离开的时候，方初榆晕乎乎的，依依不舍地跟顾白曦拥抱。

目视着他们进了电梯之后，方初榆站直了身体。

方初榆深深叹了口气，感慨道：“时间到底对一个人做了什么？当初那么清高孤傲的冰山女神，怎么会变成如今爱慕虚荣的模样？”

方初榆能感觉到，顾白曦在暗暗跟她较劲，对方想证明自己比她过得好，所以才会不停地吹嘘自己认识了什么大人物，现在过得有多好。

只是，何必呢？

方初榆想，也许，顾白曦很早以前就不喜欢她了吧。

她一向是小团体里做主导的那个人，顾白曦对她应该很不服气，会觉得大家听她的，就是因为她有个有钱的爹。

不管怎么说，方初榆还是觉得很遗憾。好好的朋友，就这么走散了……

过了两天，方初榆发现隔壁的房子在重新翻新装修了。她经过时，

还注意到施工人员站在梯子上安装了监控摄像头。

方初榆不由得好奇，竟然还安装监控？不过，敢住发生了凶杀案，还有闹鬼传闻房子的人，想必也不是什么简单人物。

到公司后，张蒲清跟方初榆报告了一个好消息，说孟老先生同意跟她吃饭了。

孟思泉老先生是中医界皮肤科中药专业方面的专家，也是相关领域的权威。老人家今年九十岁高龄了，已退休多年，但精气神不错，一直在四处旅游，打算览遍祖国的大好河山。

方初榆公司正研发新产品，是主打以中药为主的护肤产品。方初榆很需要这位孟老先生的指点。这样产品的质量能得到保证，便如同根基打稳，之后楼建再高也不怕了。

为了请他老人家吃这顿饭，方初榆下了很大功夫，磨了很久。幸好皇天不负有心人，真被她请到了。

中午十二点，方初榆已在一家名为凤楼的中式传统餐馆等候。老人家的喜好她早调查清楚了，毕竟知己知彼，才能百战不殆。

只是，方初榆没想到的是，明明万事俱备，只欠东风了。

可是这东风，突然就不来了！

原来，孟老先生突然感冒了，他的小孙女担心老人身体，擅作主张把去接孟老先生的张蒲清拒之门外，说改天再约。

听到这个消息，方初榆的脸色沉到了谷底。

她很清楚，能请到孟老先生一次的机会有多么来之不易，下一次还

不知道是什么时候，而公司根本没时间再等了。

[5]

张蒲清考虑了许久，还是劝方初榆放弃。

“老板，要不算了吧？我估计，就算孟老先生答应吃饭，也不会答应我们的邀请。”

“不可能，我绝不会放弃！”

方初榆说完，就果断地把电话挂了。

放下手机，她表情凝重，两道细长的柳眉皱起，敛起的眼眸凌厉慑人。

别人不了解情况，也许会觉得她固执，但只有她清楚，她是孤注一掷地想要抓住孟老先生这根稻草。

表面上风光显赫的公司，实际早已千疮百孔。

方初榆只有两个选择：要么扭转局面，让公司“起死回生”；要么等着公司被那群白眼狼挖空，然后由她宣布破产。

而她死也不会选择后者的。

张蒲清挂了电话，叹了口气。这场战，还真是难打啊！

手机传来信息提示音，张蒲清一看，瞬间就来了精神。

他寒大神又找他聊天了！

医院，何寒深关上电脑后，沉默了片刻，拿起手机，给何渊希打了个电话。

“真是难得，你竟然会主动给我打电话？”接到电话的何渊希很快

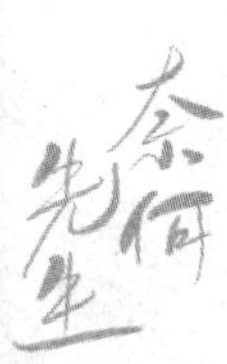

就过来了。

何寒深问他：“孟爷爷你还记得吧？”

“记得。孟爷爷跟爷爷是很好的朋友，还经常来家里做客。”何渊希好奇地问，“怎么了吗？”

何寒深沉默了片刻，才说：“有件事，麻烦你一下。”

“说吧，什么事？”

“不太光明的事。”何寒深看着何渊希，在何渊希困惑的目光下，他吐出一句，“开个后门。”

午休时间，何微雨被何渊希喊了过去。

何渊希将准备好的请帖递给他，对他说：“这张请帖你给孟爷爷送过去，就说是爷爷邀请他到家里来做客，他不是很喜欢爷爷收藏的一件古董吗？我上面写了爷爷答应送给他，只要他答应帮忙做一件事。”

“渊希，你胆子不小啊！连爷爷的宝贝都敢动？你不怕他老人家抡起拐杖追你十条街吗？”何微雨不敢置信地接过请帖。

何渊希失笑道：“这是寒深的主意，跟我没什么关系。”

“大哥好端端利用爷爷的宝贝把孟爷爷请过来干吗？而且还要答应一件事，是什么事？”何微雨充满了好奇。

何渊希拍拍他的肩，语重心长道：“唉，都是为了你嫂子啊！”

何微雨眉毛一挑，为了方初榆？有点意思啊！

不过，何微雨还有个问题：“只是，爷爷会同意吗？毕竟那可是他的心肝宝贝。”

对于这个问题，何渊希也问过何寒深。只要一想到何寒深当时说的话，何渊希就想笑：“他说不怕，就当寄放在孟爷爷家里了，接下来就看他

们俩谁活得长，古董最后就是谁的。”

何微雨傻眼，这种大逆不道的话，也就他大哥敢说！

[6]

隔天，何渊希走进何寒深的病房。

何寒深坐在轮椅上看书，一副无事发生的模样。

但何渊希还是敏锐地察觉到不对，他仔细观察，发现毛毯掉在了地上，顿时皱眉道：“别告诉我，你刚才，站起来了？”

“站了一会儿。”何寒深倒也没有隐瞒。

何渊希只觉得后槽牙一紧，他深吸了口气，提醒自己是医生，对方是病人，不能动粗！

“事情办得怎么样？”何寒深翻着书，好似随口一问。

何渊希回道：“我过来，就是要跟你说这件事，孟爷爷同意了，今天就会去她的公司，不过——”

何渊希拉长了尾音，想吊他的胃口，看他着不着急，结果他面不改色。何渊希便不再故弄玄虚，坦言道：“爷爷也跟过去了。”

何寒深的表情这时才有了一丝变化，皱眉看着何渊希。

何渊希摊手，无奈笑道：“微雨该说的都说了，不该说的，也告诉他老人家了。以爷爷的性子，他一定会想方设法去见方初榆。你也知道，爷爷的决定，我们谁也改变不了。”

这点何寒深也清楚，想想也只能作罢，随爷爷去了。

正好方初榆也没见过他爷爷，应该，不会被她认出来……

“老板！”张蒲清猛地推开办公室的门，急忙道，“孟老先生来了！”

方初榆正气定神闲地喝着茶，一听这话，当场就喷了，手忙脚乱地抽纸巾擦桌子，还怀疑自己听错了：“你说的是孟思泉老先生？”

“对啊！”

“赶紧请进来！”

孟老先生虽上了年纪，但精气神极好，走路也不需要拐杖。他背着手，眉开眼笑，跟个弥勒佛似的。

何老爷子拄着拐杖，跟孟老并肩走进来。年轻时的何老爷子是名军人，尽管已步入老年，风采却不减当年，腰杆挺得笔直，嘴角抿直，眼神犀利，很是严肃。

张蒲清在前面给他们带路。

孟老先生一见到方初榆，立马就向她道歉，道：“小姑娘啊，实在对不住，前几天得了点小感冒，其实也没什么事，就我那个孙女死活不让我出门，可把我愁坏了，让你久等了。”

“没有的事，孟老先生太客气了，快请坐！”方初榆早就在门口亲自迎接了，赶忙将他们请进去。

何老爷子则悄悄打量方初榆。

这小姑娘看着年纪不大，但极为干练，不难看出平时是个雷厉风行的主，他喜欢！

祖宗保佑，他何家终于又能传出喜讯了！天知道他为何家这帮臭小子的婚姻大事愁了多久。

孟老先生坐下之后，观察了何老爷子的表情一眼，才对方初榆乐呵呵道：“姑娘呀，这是你何爷爷，他呢，是跟我一起过来的，你不

介意吧？”

“当然不会！”方初榆被孟老这热情且亲切的态度搞得有点受宠若惊，她喊了一声，“何爷爷您好！”

“好好好！不用这么生疏，叫爷爷就可以了。”何老爷子笑得那叫一个慈祥，就差握着方初榆的手嘘寒问暖了，不知情的还以为这是他亲孙女呢。

[7]

方初榆虽然心里纳闷，但面上可不会表现出来，询问了下孟老先生突然驾临她公司的来意。

孟老先生表示，他答应她的请求，但只愿意以朋友的身份帮忙，所以才一声招呼不打就过来参观公司了，还希望方初榆不要介意。

方初榆欣喜都来不及，怎么会介意呢？当下表示了感谢之意，随后亲自带他们逛了公司，重点介绍了研发部。

孟老先生说了几句话，困扰了研发部许久的问题一下子就茅塞顿开了。

方初榆卸下了一份重担，整个人都轻松了不少，安排好了中午的饭局，她先带着他们回到办公室休息。

老人家年纪大了，就得多多注意。

不想，一到办公室门口，张蒲清就急匆匆走过来，对她说：“老板，方麟那小子又过来找麻烦了。”

听到这个名字，方初榆的火气噌地就冒起来了。好小子！竟然敢闹到她的办公室来，当她方初榆是吃素的吗？

“让开！”

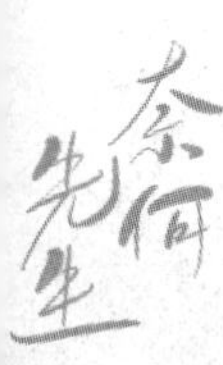

将张蒲清推到一边，方初榆怒气冲冲，一把将办公室的门推开，大步走进去！

孟老先生与何老爷子对视一眼，不约而同地赶紧跟上。两人的默契只有在这种有“好戏”看的时候，才会不谋而合。

办公室里，方麟坐在方初榆的位置上，两条腿交叉着搭在办公桌上，抱着胳膊，懒洋洋地吹着泡泡糖，一副吊儿郎当的纨绔子弟模样。

方初榆走过去，二话不说拧起他的耳朵，将他揪出来。

方麟疼得龇牙咧嘴，哇哇大叫：“放开我！快放开！”

方初榆揪着他的耳朵，无论方麟如何挣扎扑腾，都无法从方初榆的“魔爪”中挣脱出来。

别看方初榆身材高挑，四肢纤细，看似没啥力气，她可是练过女子防身术的，平时压力大还会去打拳击跟攀岩发泄。

就方麟这样熬夜打游戏的，方初榆打十个都不在话下！

于是在门口的众人，眼睁睁看着方麟被方初榆揪着耳朵，从办公桌那边拖到门口，看着方初榆松开方麒耳朵的时候还狠狠拧了一下！

众人感觉耳朵一紧，好疼！

“方初榆！你休想赶我走，我告诉你，你今天不给我一个交代，我是不会走的！”方麟捂着耳朵，疼得直跳脚，但尽管如此，他还是不怕死地再次冲了进去。

“交代？好，你说，什么交代？”方初榆气得撸起了袖子，叉着腰。此刻她什么形象也不顾了。

方麟气愤道：“你凭什么停我爸的职？害我零花钱都没了，你倒是说！我爸做错什么了？那可是你二叔，你就这么对待长辈的吗？”

“呵，他做错了什么？”方初榆被气笑了，咬牙切齿，一字一句道，“就凭他私自挪用公款，给公司造成了巨大的损失！”

“就那么一点钱至于吗？我看你就是故意的，借题发挥！我爸可都说了，你就是想霸权，想让公司以后都是你一个人的，对不对！”

看到他这副尖酸刻薄的嘴脸，方初榆心想果然不是一家人，不进一家门！还就那么点钱？她真的要笑了。

他们以为公司是多有钱？真把自己当土豪有钱人啦？就是因为他们一直这么认为，公司这么多年才一点收益都不涨！

[8]

“张蒲清！”方初榆真的被气坏了，喊了一声。

张蒲清忙道：“有！”

“关门，放狗！”

“是！”

听到这对话的两位老人对视了一眼，心想，这放狗是当真的吗？而且，哪儿来的狗？

不想，张蒲清真的把门关上了，然后打开了方初榆平时午睡休息室的门。

“嗷汪！”

紧接着，众人就听到一声浑厚的犬吠，而后，就见一只大型犬凶猛地蹿了出来！

二老都被吓了一跳。

只见一只体形高大，外观威猛，别名黑背的德国牧羊犬跑到方初榆脚边蹲下。看见它锋利充满威慑力的牙，强建发达的肌肉，以及精壮的

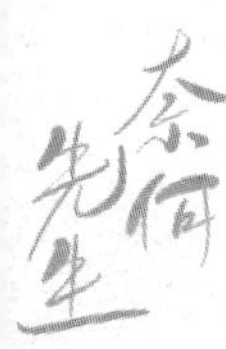

躯干，让人不由得心生怯意。

“老黑，上！”

随着方初榆一声令下，黑背猛地朝方麟狂奔而去。

方麟的脚都被吓软了，他转身要逃，结果没跑两步，就被黑背扑倒了！

“救命啊救命啊！堂姐！我错了！”

方麟害怕得大叫，感觉下一步黑背就要撕扯他的衣服了，直接吓哭了。

“没用的东西。”方初榆撇撇嘴，一脸嫌弃，吹了声口哨。

黑背这才放开了他，跑回方初榆身边。

方麟鼻涕眼泪一起流，提着裤子就哭着跑了。

看到这一幕的何老爷子瞪大了眼睛，心情那叫一个激动呀！

这小姑娘他太喜欢了，连大黑背都能驯服，也一定能驾驭住他何家那匹从不受控的独狼！来之前他还怕这小姑娘压不住何寒深那小子呢，现在，他可以放心了。

方初榆转头看到二老，反倒有点不好意思了。

对刚才的情况表示了道歉之后，方初榆就吩咐张蒲清去准备，送二老去吃饭。

临走前，何老爷子热情邀请方初榆，让她有空就到他家里来做客，他要回请她这顿饭。

尽管方初榆说了不用，但何老爷子还是坚持，方初榆只好先答应了，她只当这是客套话，并没有放在心上。

回到公司，老黑在吃狗粮，张蒲清坐在老黑旁边，一副愁眉苦脸的

样子。看到她回来了，他立马对她说：“老板，李伯请假回老家了，老黑这段时间没人照顾了。”

李伯是公司保安，以前在部队负责训军犬，得知方初榆有只德国牧羊犬后，他主动请缨照顾。

当时，方初榆正愁着没人帮忙照顾老黑，自然就答应了，还另外付了老李照顾狗的工资。

老黑有他帮忙带，让方初榆省了不少心。

但现在李伯回老家了，方初榆自然也不能再把老黑留在公司里了。

老黑脾气大得很，除了她这个主人，谁都不亲近。

就连李伯，也是在喂养了它很长一段时间后，它才慢慢接受了他。

事到如今，方初榆只能把老黑带回家了。

[9]

下班回家，方初榆牵着老黑下了车。

进了电梯之后，方初榆只不过是看了条信息，结果就这么会工夫，电梯门开了，老黑跟脱缰的野马似的，猛地蹿出电梯！

“啊！”

听到外面传来一个男人的惊呼声，方初榆一惊，以为老黑把人咬了，赶紧追出去！

“实在不好意思，请问没事——嗯？是你？”方初榆愣住了。

老黑没咬人，而是扑到了坐着轮椅的男人腿上，摇着尾巴，扑腾着要去舔男人的下巴。

这不是重点，重点是，这个男人，是何寒深！

牧羊犬体形高大，站直起来跟坐在轮椅上的何寒深差不多高。何寒深摁着它的脑袋将它推开，免得被它糊一脸口水。

但老黑显然很喜欢他，前爪搭在他的腿上，一个劲儿地凑近，俨然一副见到主人的架势。

这点何寒深也察觉到了，他仔细一看，就注意到它的左眼下角有一条疤，就知道是怎么一回事了。

“你搬到这儿来住啦？”方初榆还挺意外，没想到是他搬到她隔壁来了。不过想起张蒲清那天晚上说的话，方初榆突然又不觉得意外了，敢情他是帮何寒深问的。

“这是你的狗？”何寒深抬眸看她。

方初榆走过去：“是啊，不过，也真是奇怪了，你以前跟它认识吗，否则它怎么会这么喜欢你？”

方初榆尝试着把老黑牵回去，但它趴在何寒深腿上就是不肯走。

何寒深低头看了老黑一眼，不仅认识，他救过它，还养了它一段时间，之后由于一些原因，他只能送给爱狗人士养了，后来听说它跑丢了，也不知经过了多少波折，竟被她带回了家。

“刚才尖叫的人是你吗？听声音好像不太像。”方初榆四处张望着问。

何寒深给了她一个眼神，仿佛说你在开玩笑吗？

“何先生！您别怕，我来了！”

此时，男护士孟小海从厨房里冲出来。他一手抓猪蹄，一手拿着个大袋子，一副要诱敌深入将其抓捕的架势！

结果一眼就看到大黑背乖巧地趴在何寒深的腿上，孟小海眨了眨眼睛，一种叫尴尬的氛围就这么蔓延开来了……

几分钟后，方初榆坐在沙发上，接过孟小海递过来的水，道了声谢谢。

孟小海腼腆笑道：“你好，我叫孟小海，负责照顾何先生的衣食住行。”

孟小海长得眉清目秀，一副羞涩又腼腆的样子。

“我叫方初榆，不用这么拘谨，放松点。”方初榆背靠着沙发，跷着二郎腿，就跟在自己家似的。

何寒深很善意地提醒她一句：“这是我家。”

“哎呀，都一样啦。”方初榆从不在这种事上注重细节。她心情很好，晃悠着小腿，看着依然黏在何寒深身边的老黑，她突然想到什么，眼睛猛然一亮！

而后另外两人，就见方初榆“啪”的一声，将水杯往桌上一搁，从沙发上跳起来，风风火火地跑出去了。

孟小海被吓得一个激灵，困惑的目光落在何寒深身上：“何先生，她是？”

“不用管她。”何寒深抚摸着老黑的脑袋，给它顺毛。

“哦。”孟小海不懂。

何寒深见状，顿了一下，还是补充了句：“她想做什么都可以，不用阻止，随她闹，我准许的。”

孟小海这下就听明白了，不由得咧起嘴角，憨笑道：“好的！”

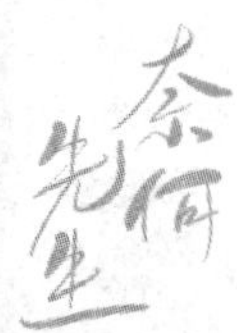

第六章

/

朕的江山朕自己打

Naihe Xiansheng

✦

[1]

方初榆再过来时，一手抱着两罐狗粮，另一只手拖着老黑的狗窝。

德国牧羊犬是窝居动物，习惯在自己的窝里休息，而且这个窝还必须干净又舒适。

于是，她就在网上给它订购了这个超大又柔软舒适的狗窝，也亏得她力气大，愣是哼哧哼哧地把这个大狗窝拖过来了。

只是进门的时候，她被门卡住了。

眼看方初榆硬要带着狗窝挤进屋里来，何寒深不忍直视，对孟小海示意了一下，孟小海立马上前帮忙。

两人费了九牛二虎之力，才总算把老黑的狗窝弄到何寒深家里来了。方初榆累得往沙发上一瘫，抱着两罐狗粮，对何寒深道："你来得太好

了！我正愁没人帮我看着老黑呢，你帮我带一个月吧，等李伯回公司了，就不用麻烦你了。”

何寒深瞥了她拖过来的狗窝一眼。

粉色帐篷顶，粉色的垫子，窝里还有一堆小玩偶……

她这是把威猛凶悍的黑背当小公主一样养吗？

何寒深刚要说好，话到嘴边，却问了句：“我为什么要帮你？”

方初榆想翻白眼，又来了，不就是想听她吹他彩虹屁嘛，没问题！

“因为，我能依靠的人，只有你了。”方初榆可怜巴巴地看着他，努力挤了挤眼睛，只可惜，没挤出眼泪。

何寒深不为所动：“是吗？看不出来。”

方初榆脸一黑，这家伙，绝对是故意的！没关系，苦肉计不行，她还有“美人计”。

“咳咳！”

她润了润嗓子，然后调整坐姿，摆出她自认为最性感的姿态，勾起嘴角，对何寒深抛去一个媚眼，撒娇道：“何大记者，我这么一个大美女请你帮忙，你怎么能忍心拒绝？”

纯情少年孟小海何曾见过这种场面，当即红了脸。何寒深注意到了，看着方初榆，面无表情地吐出一句：“我有点反胃。”

“反胃你个头啊！我这叫性感，性感懂不懂！”方初榆气得跳脚，昂着下巴，凶巴巴道。

何寒深没搭理方初榆，低头跟老黑玩，只是在方初榆看不到的角度里，何寒深的嘴角弯起了一抹微不可察的弧度。

方初榆气鼓鼓的，人生第一次使用美人计，就惨遭滑铁卢。再说了，

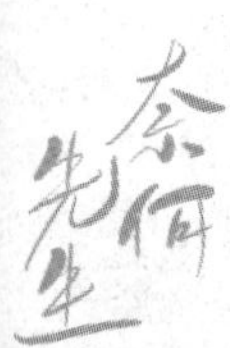

帮她养老黑，这对两人增进感情是多好的机会啊！结果他倒好，软硬不吃。

不过，她方初榆可不是那种轻易放弃的主！

于是，方初榆也不跟他扯那些有的没的，直接跟他说："那算我欠你一个人情行不行？也不需要你做什么，只要没事的时候牵它出去遛遛就可以了。"

"你让一个坐轮椅的帮你遛狗？"何寒深看着她的眼神里充满了怀疑。

方初榆这才想起来，不好意思地笑了笑："抱歉啊，我忘了。没事啊，小海也可以帮忙嘛，是不是？"

方初榆将期盼的目光投向孟小海。

孟小海腼腆一笑，正要说话，就感觉一道冷光朝他射了过来，他立马改口："那个，我……怕狗！"

方初榆小脸一垮，不会吧，难道真的不行？

"想让我帮你也可以。"这时，某人终于开了金口。

方初榆眼睛顿时一亮，有希望！

[2]

何寒深可以答应方初榆，不过，他有要求。

第一，除了她上班时间，他喊她，她必须随叫随到。

第二，让他帮忙遛狗可以，但她必须陪同，每天早上七点，准时去遛狗。

方初榆对第一个要求没意见，这第二个，就有点为难了："早上七点我怕起不来，换一个吧！"

何寒深只是看了孟小海一眼，说了句：“送客。”

“好好好！我起，我起还不行吗？”方初榆一脸不情愿，早起真是要她的命了，要不是看在可以跟他增进感情的分上，她才不答应呢！

只是等回到自己家里，方初榆还是忍不住问自己：“我这到底是赚了，还是亏了？怎么感觉，有点不对劲呢？”

方初榆自以为算盘打得很好，殊不知，她早被何寒深安排得明明白白。

第二天早上六点半，睡得正香甜的方初榆被电话吵醒，手在枕头边摸索摸到了手机，她眼眸半阖着，睡眼蒙眬间接了电话，放到耳边迷迷糊糊道：“喂？”

“起床。”

“你是谁啊？”声音有点熟，但她一下子没想起来。

“我给你半小时准备。”对方说完这句话，就挂了电话。

方初榆实在困得不行，眼睛完全睁不开，发现对方挂了，就随手将手机一丢，拉过被子蒙住头，继续睡。

大概过了十分钟，方初榆忽然惊醒过来，拿起手机一看，不是做梦，刚才的电话，确实是何寒深打过来的。

她顿时欲哭无泪，往床上一倒，气呼呼地踹着被子，哀号道：“方初榆啊方初榆！你何必呢，咱好好睡觉不香吗？”

何寒深七点准时出现在方初榆的门口，老黑乖乖蹲在一旁，时间一分一秒过去，他估摸着差不多了，正准备按门铃，门却先一步打开了。

方初榆穿着保暖的冲锋衣，将平时披肩的长发束成了高马尾，下面

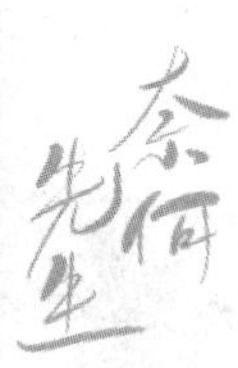

是紧身运动裤，衬得一双腿又细又长。

她还特地化了个淡妆，想着美美出现在他面前。

结果门一开，一阵冷风袭来，从她光溜溜的脖子直蹿到里面，她忍不住缩起了脖子，揣着手，跟个老大爷似的，心想自己也是够了，要风度不要温度。

唉，真想钻回她暖呼呼的被窝里。

反观何寒深，浅蓝保暖衣搭配白色毛衣，脖子上围着一条围巾，看着随意，却依然时尚有型。

果真是人长得好看，穿什么衣服都好看。

这家伙，平时一副清冷孤高样，现在被白毛衣一衬，唇红齿白，还挺帅气的。

何寒深说道："牵着吧。"

"这不太好吧？"方初榆有些羞涩，这才认识多久，这么快就牵小手了？

话是这么说，方初榆还是很主动地牵起了对方的手。原以为他的手会是冷冰冰的，没想到很温暖。他的手指骨节分明，刚劲有力，莫名有种安全感。

何寒深看了她的小手一眼，然后抬头看她，薄唇轻启，缓缓吐出一句："我是让你牵狗绳。"

方初榆："……"

唉，终究是错付了。

到头来，还是她一个人承担了所有！

[3]

方初榆原以为，答应何寒深陪他一起遛狗，早起已经是最痛苦的事了，直到被老黑拖着一路狂奔，她才深深体会到，什么叫“自讨苦吃”。

老黑一上马路，就跟脱了缰绳的野马似的，它是大型犬，就算被方初榆死死拽着绳子，往前奔跑的动作依然矫健。

方初榆严重怀疑，这哪儿是遛狗，分明是狗遛她！

至于何寒深就不用说了，他坐在轮椅上，一路优哉游哉地欣赏路边的花花草草，再把全自动按键开上，提前导航好方向，轮椅还会自动拐弯。

方初榆羡慕得不行。

最后，还是何寒深不忍心看她累过头，喊了老黑一声。

老黑就带着方初榆朝何寒深狂奔而来。

从方初榆手上接过牵引绳，见她满头大汗，气喘吁吁，何寒深颇感无奈。

她的体能实在太差，一看就知道平时基本不运动，要想改善身体素质，这每天的晨跑必不可少。

“累死我了……”方初榆扶着腰喘气，脸都跑红了。

何寒深递给她一条毛巾擦汗。

方初榆缓了半天，才缓过劲来，说：“我们商量一下，换个要求吧，太累了。”

“不行。”何寒深一口否决，“你也知道你体能差，必须多锻炼。”

发现没有商量的余地，方初榆彻底放弃了。行！跑就跑吧，看在是他的分上，她再坚持坚持！

“话说回来，张蒲清应该有跟你说过吧，你那房子闹过鬼，明知道

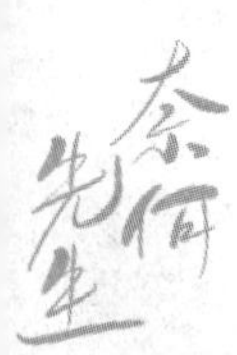

是凶宅，你干吗还搬过来住？”在牵着狗回去的路上，方初榆跟他闲聊。

何寒深看了她一眼，才说：“有人似乎说过，有鬼也没什么可怕，毕竟，憋屈的是鬼。”

“张蒲清那家伙什么话都跟你说吗？”听到自己的话从他口中说出来，方初榆失笑，突然很想知道，张蒲清背地里到底跟他说了多少。

“还好，不多。”就都是关于你的事而已。当然，这后一句，何寒深可不会说出来。

方初榆太久没有早起运动了，没一会儿就无精打采。

何寒深见她哈欠连连，叮嘱道：“回去洗个澡，然后过来吃早餐。”

听到有吃的，方初榆眼睛一亮：“还有早餐？有什么好吃的？”

“今天吃瘦肉粥，之后如果有什么想吃的，就直接跟小海说，他会给你做。”

“这么好啊！那还行，辛苦没白费，这波不亏。”方初榆心态比较乐观，也习惯苦中作乐。

见她重新恢复精神，走路都开始蹦跶了，何寒深凝视着她的眼神里是掩饰不住的温柔与笑意。

她的喜怒哀乐，她的一举一动，何寒深都看在眼里，并牢牢记在了心里……

[4]

何寒深有想过方柏崧会再次来找他，但没想到，他会来得那么快。

几乎是方初榆前脚刚离开，方柏崧就按响了门铃。

孟小海过去开门，发现是位老先生，便礼貌询问：“您好，请问您

找谁？”

方柏崧板着脸，报出一个名字：“何寒深。”

正在阳台帮忙浇花的何寒深听到声音，顿了一下，抬头望去，就看到方柏崧拄着拐杖，站在门口，身边也没个人跟着。

把老先生请进来之后，孟小海就去泡茶了。

孟小海小心翼翼端着茶出来，看到方柏崧跟何寒深面对面坐着，两个人都一言不发，气氛很凝重诡异，他大气都不敢喘一声。

放下茶之后，孟小海就退一边了。

还是何寒深率先打破沉默，开口道：“伯父特地过来，找我有什么事吗？”

“你的背景，我调查过了。说实话，确实很意外。”方柏崧端起茶杯，淡淡抿了一口。

半晌，他才接着说：“何寒深，赫赫有名的何家子弟，海外名校毕业生，能力出众，虽然不知为何辞去年入百万的工作，去当了一名战地记者，但我还是得承认，我很佩服你。”

方柏崧这话是肺腑之言，见何寒深没说话，只是端着茶杯静静端详，一副淡定从容的模样，方柏崧又开口道：“她可能不知道，但你隐瞒不了我，无论是之前公司请代言人，还是最近孟思泉不请自来到公司参观，这背后，都有你的手笔。”

“就算没有我，以她的能力，也能办到，我只是将她原本曲折的路线换为了直线，替她减去一些没必要的转折而已。”何寒深不想因自己的插手，而否定方初榆自身的实力。

另外，何寒深十分欣赏方初榆，才会力所能及地帮她一些微不足道

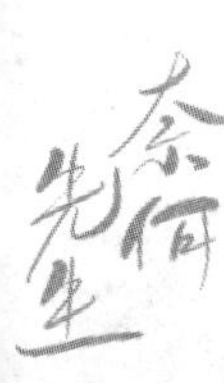

的忙。

这一点很重要，他不想被误会。

方柏崧点点头，发现这个何寒深心思缜密，他也就是随口一提，对方却各方面都想到了。

不得不说，何寒深这话，深得他心，毕竟没有一个父母，不喜欢听到自己的孩子被夸奖。

“你对她的好我知道了，但是，我有一个问题。”方柏崧的眼神瞬间犀利了下来，“据我所知，你跟她最近才认识，甚至连面都只见过几次，为什么要这么帮她？”

方柏崧话说得有些咄咄逼人，眼神锐利。

换了一般人，面对此种压力，怕是会忍不住心惊胆战，但何寒深只是漫不经心地转动着手里的茶杯，藏青色的瓷器茶杯，衬托得他本就白皙修细的手指宛如白玉般剔透。

半晌，何寒深才抬眸，缓缓吐出一句：“您怎么确定，我跟她，是最近才认识的？”

何寒深轻描淡写的一句话，让方柏崧的城墙不攻自破，方柏崧也彻底明白他的意思了。

当下，方柏崧也没有继续仗着长辈的身份审问他，而是很平静地对他说了句话：“既然如此，有件事，我要拜托你。”

“您说。”

何寒深表面眼神都没变一下，心里却是为之动容的。

他知道方柏崧想说什么，正是因为清楚，他才难免感到心情复杂。

何寒深这么爽快，方柏崧是很满意的，他不喜欢被问东问西，因此

也没有拐弯抹角，跟何寒深说了他此次前来的目的……

[5]

方初榆刚开完会，回到办公室，就听到张蒲清对她说有客人找。

她被一堆文件搞得头疼，皱眉揉着太阳穴，没什么耐心地问：“谁？”

张蒲清抿了抿唇，才说：“是小孙总，孙齐辉。”

“不见！”方初榆一口回绝。

“方总那么怕见到我吗？”不等张蒲清说话，办公室的门被推开了，孙齐辉单手揣兜，迈着悠闲的步子走进来，他穿着一身西装，梳着背头，还挺人模人样的。

方初榆扫了他一眼，冷漠道：“小孙总是有什么事吗？”

“没事不能来找你吗？”孙齐辉也不客气，自顾自地往沙发上一坐，跷起了二郎腿。

方初榆看了眼张蒲清，吐出两个字：“送客。”

“哎哟，开个玩笑嘛，方总这么认真干吗？”孙齐辉也没再逗她了，言归正传，他这次来，可是有正事的！

方初榆可不相信，他一个不学无术，整天只想赛车的纨绔子弟，跟她能有什么正事谈？

“方总，你别看我平时那样，好歹我也是商学院毕业的，你公司的情况，我也了解过。”孙齐辉一脸自信，侃侃而谈，“方家是研发中药护肤产品的企业，二十多年历史的老牌子了，本该发展得越来越大，但架不住是家族产业，在公司最需要上升的时候，出了内部纷争，愣是让公司错过了最佳的上升机会，我说得对吗？”

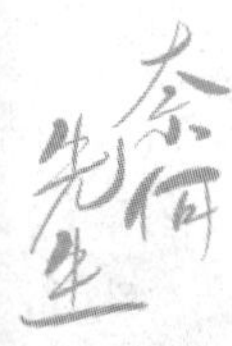

方初榆听到他这话，确实感到了一丝意外，没想到他还说出这样的话，之前倒是小看他了。

“那你说说——”方初榆漫不经心地转动着手中的钢笔，饶有兴致地问，“我现在该怎么办？”

孙齐辉嘴角勾起一抹精明的弧度，狡黠道：“那当然是，跟我孙家联姻。”

方初榆翻了个白眼，果然就不该奢求他能说出什么好主意。

“方总，你先别这么快否定嘛。”孙齐辉始终一副嬉皮笑脸的样子，有理有据道，“你呢，知道如今时代不同，运营观念也该改变了，至少你得迎合市场。”

“但谁叫董事会那边全是老古董，无论你做什么都阻挠，生怕公司有一天会变成你一个人的，个个守着自己的一亩三分地，寸土都不挪，这种情况下，你需要自己一个人掌握住公司大权。”

“所以——”孙齐辉笃定道，“我们孙家的融入，正如虎添翼。到时候，话语权就掌控在你手里了。”

“在你眼里，我方初榆就那么没有本事？自己的家务事，还得依靠你孙家的帮忙？”方初榆握着钢笔，有一下没一下轻敲着桌子，她的语气很平静，但不怒自威。

“当然不是，你的能力我还是相信的。”孙齐辉看着她的眼神里充满了欣赏，不过，他还是有自己的看法，“只是眼下既然有这么便利的条件，何必辛苦多奋斗几年呢？你一个女人，没必要那么强势。你也不想想，等你事业上去了，你都是个三十多岁的老女人了，多不好看啊是不是？”

孙齐辉说着还劝起她了。

听到他这话，方初榆笑了，笑得把笔都给扔了。

一旁的张蒲清胆战心惊地直擦冷汗，心想这小孙总哪儿都好，偏偏就是这张嘴，不该说的话都说了！

[6]

何寒深明显看出，方初榆今天不对劲。

虽说平时来他家里，也是大大咧咧的、毫不客气，但像今天一样，进门大衣一脱，就往沙发上一瘫，然后唉声叹气，还是第一次。

“怎么，工作不顺？”何寒深捡起被她扔在一边的大衣，顺手搭在了沙发上。

方初榆浑身没劲，疲惫道：“还好吧，这不是年底了嘛，杂事一大堆，元旦得办年会，还得分发奖金，肉疼。”

归根结底，还是心疼钱。

“这些事其实还算好了，至少不会被气得心肝疼。”方初榆说着又叹了口气。

何寒深闻言问：“谁气你了？”

方初榆抬头看他，见他是真心想当她倾诉对象，她也来了精神，将今天孙齐辉来公司的事都跟他说了。虽然最后皮笑肉不笑地“请”孙齐辉走了，但她一想起，就一肚子怄火。

“说！你是不是也觉得，我该走捷径，不应该那么辛苦自己，把自己熬成三十多岁的老女人？”方初榆突然质问他，有种何寒深敢点头，她就翻脸走人的架势。

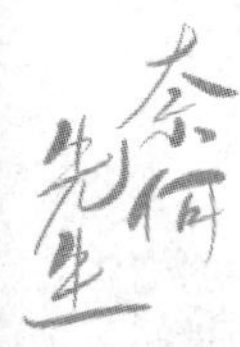

但何寒深只是很平静地反问她：“你是怎么想的？”

“我怎么想的？”方初榆笑了一下，然后雄赳赳气昂昂道，“那当然是朕的江山朕自己打！”

“那不就行了，自己想做什么就去做什么，管别人怎么说。”何寒深一副不以为然的态度，显然，压根没把这问题当成问题。

方初榆心情大好，不过，她还是想从他口中听到一些话：“所以，你的意思是，无论我做什么，你都支持喽？也不会强迫我做不喜欢的事？”

何寒深顿了一下，对上方初榆期待的眼神，思量了许久，才挑了一句最符合眼下他们关系的话：“你开心就好。”

何寒深这话说得很官方，但架不住一个喜欢浮想联翩的方初榆，她欣喜道：“那就是，在你心里，没什么比我开心更重要了？”

何寒深想了想，这话也没什么不对，于是点头。

方初榆瞬间跟充了钱似的，原地满血复活了！

而在很久之后的某天，方初榆回想起这一幕，都忍不住感慨幸亏自己会脑补恋爱，不然她铁定拿不下他这尊大佛！

“工作上有什么麻烦，你也可以问我。”何寒深也看到了她的黑眼圈，最近，她工作确实辛苦。

当然，某人是绝不会承认，这疲倦还有他每天把她喊起来遛狗的缘故。

“不是我不愿意请教你，但你不是记者嘛，也懂商业？”方初榆是真的认真在问，没有看不起他的意思。

何寒深道：“懂一点，不多，只是学了几年金融而已。”

“你大学读的是金融系？”方初榆上下将他打量了一圈，还是忍不

住笑了，“我实在想不出来，你穿着西装，揣着公文包，朝九晚五，每天挤地铁，在自己的办公区埋头苦干的画面。太怪了，还是战地记者适合你！”

也许是先入为主吧，方初榆实在想象不出来，他穿西装的样子，总觉得很别扭。

但方初榆不知道，何寒深的实况跟她想的完全就不是一回事。

人家那根本就是霸道总裁！

在美国华尔街，何寒深就拥有自己的金融公司，上下班司机接送，日常身后到哪儿都是跟着一群助理。

何寒深的朋友，也只知道他精通股票，他就算现在整天什么也不做，赚的钱也足够他下半辈子随意挥霍了。

[7]

深夜一点，何寒深还没睡，在客厅里看书。

这是他的习惯，他习惯在夜深人静的时候看看书。

估摸着差不多要睡了，何寒深正要回房，余光一扫，看到外面走廊的监控画面里，有一个长发女人，在他门口“飘荡”。

何寒深见状，放下书，操控轮椅过去开门。

女人披头散发，直挺挺地站在他面前。

“方初榆，你有事？”何寒深很平静地问。

但方初榆没回答他，依然垂着头，就跟没有灵魂的傀儡似的，魂不守舍，飘进他的家里。

何寒深给她让了路，看着她晃晃悠悠转了一圈之后，打开了他卧室

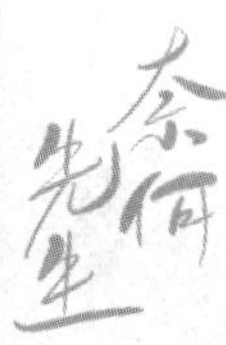

的房门，走进去。

他跟过去一看，就看到她躺在他床上睡了，还知道盖好被子，睡姿平躺着，就跟躺在棺材里似的。

“梦游？”何寒深也只有这个猜测了。

见她睡着了，何寒深便没有打扰她，关上房门，准备睡客厅。

方初榆早上醒来的时候，已经是七点钟了。这几日在何寒深每天催起床的电话下，方初榆形成了生物钟，迷迷糊糊地睁开眼睛坐起来，自言自语道：“几点了？”

“七点。”

“哦，七点啦，该去遛狗了。”方初榆刚要下床，忽然一个激灵，猛地回过神。

她转头一看，就见何寒深坐在轮椅上，单手托着下巴，正看着她。

“妈呀！”方初榆被吓一跳，赶紧抱着被子往后缩，惊恐道，“你怎么会在我房间里？你是变态吗？”

何寒深都懒得说话，示意她转头看四周。

方初榆转头四处一看，更蒙了：“这里是哪儿啊？”

何寒深回答她：“我家。”

“我怎么到你家来了？”方初榆茫然。

“这就要问你了，你大半夜，进我家干吗？”何寒深说着，还示意她看一眼，“还睡了我的床。”

方初榆瞪大了眼睛，不敢相信道：“是我自己跑你家来的？”

“我说，你是不是梦游了。”何寒深这话不是询问，而是笃定。

不过关于她梦游这件事，何寒深也觉得没什么，但她的反应很大，直接尖叫一声。

于是，外头一阵兵荒马乱的声响，不一会儿，孟小海衣衫不整，急匆匆地跑过来，推开门一看。

空气瞬间似乎凝固住了。

孟小海呆了三秒，然后脸一红，手忙脚乱关上门，跑了！

方初榆还是不敢相信自己会梦游，并且觉得自己梦游这事，极其丢脸！都这么大个人了，怎么还会梦游？梦游也就算了，怎么能跑别人家里睡？

这种事放在以前，她想都不敢想。

何寒深就静静看着她纠结，突然想到什么，何寒深又给她补了一刀。

“我说，之前闹鬼的那个传闻，里面的女主角，该不会也是你吧？”何寒深也只是猜测而已，结果，就见方初榆的脸瞬间僵硬。

艰难地转过脖子，方初榆看着他呆滞道：“你在无意中，利用科学原理，为国家破解了一个封建迷信。”

何寒深：“……”

[8]

梦游这件事显然对方初榆打击很大，一大早收拾妥当，方初榆就直奔医院，顺便拖着何寒深一起。

毕竟，何寒深说他认识一位对梦游方面很有研究的老医生。

有他在一旁，方初榆也心安不少。

老医生检查过后，慈祥地笑了：“没事，就是最近压力太大了。这

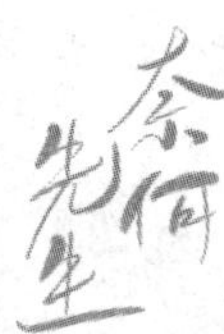

人啊，一旦过于压抑，身体就会产生反应。小姑娘平时习惯有什么事都藏在心里吧，别把自己逼太紧了，注意多休息，别太劳累。”

方初榆听了很惭愧，没想到归根结底还是自己的原因。

她原以为像以前一样自己消化那些压得她透不过气的事，就行了，原来，她一直就没有释怀过，情绪一直积累着……

何寒深一直在看她，见她眼神黯淡下来，但很快就又扬起嘴角，露出乐观积极的模样，他的眸底笼罩着一层晦涩的阴霾。

从医院里拿着药出来，方初榆心情大好。

既然知道了梦游是因为压力过大，那她注意休息就行了。

走在路上，帮何寒深推着轮椅，方初榆跟他道谢：“谢谢你啊，介绍给我这么好的医生，让我安心了不少。”

“没什么。”何寒深从出了医院，话就很少。虽然他平时基本不太说话，但在方初榆面前，话倒是蛮多。

方初榆很快察觉到他的异常，关心地问：“你怎么了吗？”

何寒深正要回答，就听到远处传来一个女人的声音：“方初榆？”

方初榆抬头一看，发现叫住她的是顾白曦。

在医院门口遇到顾白曦，方初榆还是挺意外，边打招呼边问：“你怎么会来医院？身体哪里不舒服吗？”

顾白曦走过来之后，眼神有意无意地往何寒深身上瞥，听到方初榆这话，才回道：“哦，过来探望个朋友，没想到会这么巧跟你碰上。话说，你不打算介绍下吗？”

方初榆表情微微有些尴尬，虽然不太想介绍，但对方这么直白地问了，也躲不过了。

“他叫何寒深，我朋友。”

“只是普通朋友？”顾白曦眼神暧昧。

方初榆闻言笑了笑，语气带着强调：“只是普通朋友。”

但顾白曦还是不相信，她主动对何寒深伸出手，笑靥如花道：“你好，我叫顾白曦，是初榆大学四年的好朋友。”

“你好。”何寒深很冷漠地吐出两个字，没打算跟她握手。

顾白曦停在半空的手有些尴尬，默默地收回。她看着方初榆，假装不经意一问：“他怎么坐在轮椅上？是腿受伤了吗？过一段时间应该就康复了吧？”

“咳！”方初榆咳了一声，用眼神暗示她别乱说话。

顾白曦接到信号，一副才反应过来的样子，盯着何寒深那张冷冰冰的表情，抱歉道：“不好意思啊，我不知道你会是个……残疾人。”

顾白曦刻意拉长了尾音，似乎是在犹豫该用哪个词形容。

结果显而易见，方初榆的脸瞬间就黑了，连带着对她说话都没什么好语气：“你去看你朋友吧，我们还有事，先走了。”

说着，不管顾白曦还想再说什么，方初榆推着何寒深离开了。

[9]

等走远，方初榆才对何寒深道歉：“我替她向你道歉，她也许……是无意的，但如果伤害到你了，你告诉我！”

“她有意无意我不关心，我只想知道——”何寒深停顿了一下，才说，“我‘残疾人’的身份，你介意吗？”

“不介意啊！”方初榆回答得很坦然，连想都没想，就直接脱口而出。

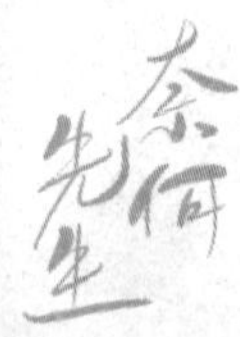

担心他胡思乱想，方初榆还安慰他：“你别想那么多，人生来平等，谁也没资格瞧不起谁。你人很好的，所以，不用去在意那些声音。”

不过，话是这么说，但方初榆也有些遗憾，虽然她不介意以后辛苦一点照顾他，但要是他能站起来多好。

只可惜啊，幻想终究是幻想，这种话方初榆也不敢当着他的面说。毕竟，他肯定比任何人都想站起来。

只是，但凡方初榆“自私”一些问了，何寒深一定会气定神闲地回她一句：快了，再过不久，我就能站起来走了。

顾白曦也许是发现自己说错话了，才会隔天到方初榆的公司去找她，郑重地跟方初榆道歉，希望她能原谅。

方初榆的心情很复杂，她看着眼前这个既熟悉又陌生的朋友，只觉得心里很苦涩，有生气，但更多的是无奈，最终化为了一句：“没关系。”

因为不在意，所以没关系。

顾白曦还想跟方初榆多聊一会儿，张蒲清推开办公室的门进来，为难地对方初榆道：“老板，小孙总又来了。”

“他来就来吧，反正我要走了。”方初榆已经无所谓了，外套一穿，拎上电脑包。

方初榆动作雷厉风行，临走前对顾白曦道：“你想在公司逛逛，就让张蒲清带你转转，没什么事的话，我们下次再约。”

“可是……”顾白曦还想再说什么，但方初榆已经大步流星地走了。

顾白曦看了张蒲清一眼，后者态度冷淡，顾白曦见状哪还敢麻烦他，只是正要走，就撞见孙齐辉抱着一束玫瑰花进来。

发现方初榆又不在，孙齐辉一脸沮丧，对张蒲清道：“哥们儿，下次能不能别通风报信？让我给她一个惊喜不成吗？”

张蒲清呵呵假笑了两声。

孙齐辉一脸失望，觉得没意思。

顾白曦喊住了他，问他说：“你在追初榆？”

“你是？”孙齐辉上下打量了她一眼。

顾白曦笑靥如花，从容大方道：“我叫顾白曦，是她的朋友。”

“有什么事吗？”孙齐辉直觉她有话想跟他说。

果不其然，顾白曦走到他面前，意味深长地道：“只是想跟你说，你这样的追法，是追不到她的，尤其，她好像已经有喜欢的人了。”

孙齐辉眉毛微微一挑：“谁？”

“是一个——”顾白曦故作玄虚，吊足了他的胃口后，才说，“坐轮椅的残疾人。”

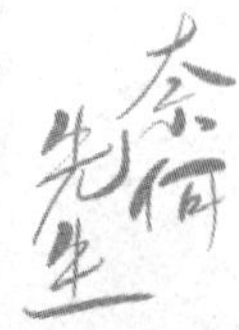

第七章

/

有你喜欢的就拿走

Naihe Xiansheng

✦

[1]

下午三点，茶馆里，孙齐辉动作生疏，端起茶杯作势就要品。

坐在他对面的方柏崧道：“第一次倒是洗杯，第二杯才是正茶。”

“啊，是吗？还有这种讲究？”孙齐辉尴尬，赶紧把茶倒了，恭恭敬敬地放下茶杯。

方柏崧瞥了他一眼，慢条斯理沏着茶：“说吧，找我有什么事？”

“我想问一下伯父，知不知道方初榆已经有喜欢的人了。”孙齐辉也不拐弯抹角，毕竟请他老人家来喝茶，就是因为有事要问他，因此直言道，“而且，听说好像还是个——残疾人。”

在说到“残疾人”的时候，孙齐辉还特地观察方柏崧的表情，只可惜，方柏崧面上一丝波动都没有。

方柏崧倒茶，头也不抬道："你听谁说的？"

孙齐辉笑了笑："就是听说来的，我想，伯父应该不知道吧？"

不想方柏崧说："我知道。"

孙齐辉笑容一僵："伯父既然知道，那为什么还安排她跟我认识呢？"

方柏崧抬眸看他，眼神凌厉。

孙齐辉不禁紧张地咽了咽口水。

方柏崧说："换作是你，你愿意把女儿嫁给一个残疾人吗？"

孙齐辉愣住，这话是什么意思？

"我是站在你这边的。"方柏崧端起茶杯，淡淡抿了一口，才接着说，"你不是跟我说过，你喜欢她吗？"

孙齐辉欣喜，立马拍胸脯保证："伯父放心！我知道自己该做什么，一定不会辜负您的期望！"

"年底，有一场商业酒会，往年都是我陪她去，今年我就不去了。"方柏崧突然提了这么一句。

孙齐辉听了，猜测道："伯父的意思是，让我陪她去？"

"你想去就去。"方柏崧的回答模棱两可，自始至终，都是一副漫不经心的态度。

孙齐辉暗喜，天真地以为方柏崧是在帮他，殊不知，他完全被方柏崧当"枪"使了。

就在孙齐辉走后，方柏崧给何寒深打了电话，跟他进行了一个下午的友好"洽谈"……

自从知道自己梦游后，方初榆每天都坚持吃药，同时也坚持加班加

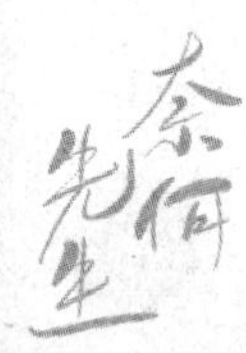

点工作。

于是，在第四次一睡醒，发现又在何寒深的床上后，方初榆都见怪不怪了，甚至很淡定地下床，把被子叠好，然后跟在客厅看晨间新闻的何寒深道声早。

何寒深虽然不介意她大半夜经常过来“串门”，但她这种吃了药就心安理得地熬夜的习惯，还是有必要说道说道。

但显然，方初榆不是会乖乖听话的主，她只会嬉皮笑脸地来一句：我错了，下次还敢！

三番五次下来，何寒深都没脾气了。

只能每晚守着监控，看到她一出现，他就立即去开门。这么些天下来，何寒深睡眠质量都变差了。

这些事，方初榆当然不会知道，她只觉得最近睡得很好，感觉有人在暗中保护她，让她睡得很安心。

那可不嘛，有一次她直接在走廊上睡了，还是何寒深这个“残疾人”把她抱进屋里。结果就是，他尚未彻底康复的腿酸了两天……

[2]

当然，何寒深也不是没有原则，什么都让着方初榆，有时候被她惹怒了，何寒深也是会生气的。

就比如，现在……

孟小海今天的早餐做了方初榆最喜欢的葱香拌面，何寒深其实不太喜欢面条，但因为她喜欢，何寒深便让他以方初榆的喜好为主，每天的早餐做她喜欢吃的。

于是，孟小海像往常一样，把早餐端上桌，招呼他们过来吃早餐。

何寒深却板着脸，说了句："不准吃！"

孟小海被吓得一个哆嗦，小心翼翼地看了正在逗老黑的方初榆一眼。

方初榆一脸无奈道："我说大哥，你至于生气到现在吗？我就今天偷懒了一会儿，平时还是有在锻炼的。"

何寒深没有说话，脸色依然很难看。

他气的是她偷懒没跑步吗？

哼！他更气的是她跟一个男人，在草地坐着聊了半个小时！

方初榆不知道他生气的原因，如果知道了，一定会大呼冤枉！

她是因为人家是国家队的康复师才跟他聊了大半天的，聊天的内容还是请教怎么样能更好地照顾残疾人，他前两天腿不是酸嘛，真不是他想的那样！

不过也正因为方初榆不知道，所以才会跟何寒深杠上，觉得他太小心眼儿了。

两人都赌着气，谁也不理谁。

方初榆就纳闷了，他老让她运动干吗？难道是因为自己没有机会跑了，想看有腿的她多跑一跑？

能想出这种理由，方初榆自己都觉得扯。

不过何寒深还是嘴硬心软，舍不得真让她饿肚子，没一会儿就让她去洗手准备吃早餐。

但方初榆倔脾气上来了，何寒深让她吃就吃，那她多没面子？于是，她一抬下巴，哼声道："不吃！"

何寒深皱眉。

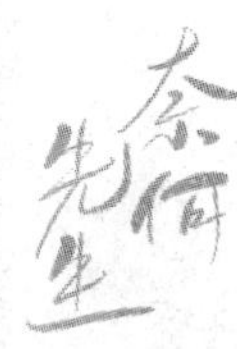

到头来还得要他来哄她？

一旁的孟小海一看情况不对，赶紧站出来充当和事佬，劝劝这个，安抚那个，希望两位能跟平时一样，恩恩爱爱的，不要吵架。

说实在，这两位孟小海哪个都惹不起，他当然害怕他们真的闹翻了！

方初榆其实很好哄，只要何寒深说句好听的，就行。

但他不说，方初榆在气头上，也不想搭理他了，故意把电视声音调大，就是不听他们说话。

变故也在这时发生。

电视上正播枪战戏，一声枪响，老黑被吓到了，浑身的毛都立了起来，它龇牙咧嘴，突然变得很狂躁。

方初榆一看不对，就想安抚它。

何寒深立马抓住她的手，将她拉到身后，沉声道："别过去。"

而这时，老黑喘着粗气，胸膛激烈起伏着，瞳孔震动，像是受了什么刺激，龇着牙凶猛地朝方初榆冲了过去！

方初榆一惊，下意识想跑开。

何寒深却紧扣她的手腕。

老黑冲过来，肯定是先扑到他身上！方初榆就担心这一点，但何寒深明知却还是没把她放开。

老黑想咬她，何寒深抬手阻挡，她才醒神，惊恐地瞪大了眼睛，同时在心里骂道：何寒深，你这个傻子！

[3]

何寒深去医院打狂犬疫苗了，方初榆陪同。

医生撩起他的袖子。

看到他清瘦白皙的一截手腕上那两道带血的齿痕，方初榆的火气就控制不住，噌噌往上涨。

“你干吗不躲？我又不是第一次被咬了，你让老黑咬我不就行了吗，你都这样了，要是出了事怎么办？”方初榆气呼呼的，嘴上虽是埋怨，但其实还是担心他。

医生听到方初榆跟小媳妇似的语气，没忍住笑了，对何寒深道：“你这女朋友，是真的心疼你，你可得好好珍惜。”

方初榆正气着，也没那心思解释他们不是那种关系，让医生误会去吧！

等医生包扎完了，何寒深才喊了她一声：“方初榆。”

“干吗？”方初榆没好气。

何寒深看着她，语气很平静：“你以前被咬，是我不在，但我既然在了，就不会让你受伤，明白了吗？”

方初榆愣住，然后很不争气地脸红了。

明明就是很简单的一句话，她竟然被撩到了？

“哥，你没事吧？”何微雨这时过来了，他从孟小海那儿知道何寒深被咬了来医院的消息，便直接找了过来。

何寒深摇头表示没事，但方初榆表示有事。

“你叫他哥，你们是兄弟？亲的？”方初榆的小眼神在两人之间来回扫射，这两人五官越看越像！

何微雨笑着点头：“嗯，亲的，他是我大哥。”

得到答案的那一刻，方初榆好像知道了什么。趁何寒深等拿药单的

空当，方初榆把何微雨叫了出去，问他一些事。

“上次我来医院做体检的时候，你会帮我，是因为他吗？”

“我以为，你不会注意到。”何微雨也没有隐瞒，大方承认了。

得知真相，方初榆不由得撇嘴道：“那他干吗不跟我说？”

“这可能得你自己去问他了。”何微雨提议。

方初榆吐槽：“问他？还是算了吧，没说两句就能把我气死，就他那脾气，太傲娇了。”

何微雨没忍住笑了，嫂子分析得很精辟！

不过，方初榆也想通了一件她之前想不明白的事——那就是何寒深为什么总逼她跑步。

敢情是知道她缺乏锻炼，身体虚弱。仔细想想，他也算用心良苦了。

等何寒深处理好，时间已经快接近中午了。方初榆也不让孟小海赶回去做饭了，表示她请客，等何微雨下班，就找了家火锅店，一起去了。

何寒深忌辛酸辣，也忌海鲜，方初榆特地给他点了份清汤锅底，让他涮五花肉跟蔬菜吃。

方初榆喜欢吃辣的，但每次都被辣得不行。

最后何寒深看不下去，盛了碗清汤给她，让她将从辣锅捞出来的菜过一遍汤水再吃。

方初榆一边觉得多余，一边在某人的眼神警告下，乖乖过了清汤再吃。

一旁的何微雨看着他们之间的互动，心里忍不住偷笑，原来他大哥对喜欢的女孩子，这么温柔细心啊。

瞧他这架势，根本就是将方初榆当女儿宠嘛，还没宣布在一起呢，

就这样了，在一起之后那还得了？

[4]

日子过得飞快，元旦过后，又一个多月过去，眨眼就到年底了。

公司放假了，员工陆陆续续回老家，平时热闹的公司，也慢慢冷清下来。

张蒲清也提前放假了，他要带老婆儿子回老家过年。方初榆给他包了个大红包，让他开心得合不拢嘴。

作为公司的总裁，方初榆坚守岗位到最后一刻，直到全公司只剩下她一个人，她还磨磨蹭蹭不想走。

这一天下班，方初榆刚回到家，就看到何寒深的家门敞开着，路过一看，就见孟小海拿着打包好的行李，准备推何寒深出门。

方初榆打了声招呼："要回去过年了？"

"是啊，方小姐打算什么时候回去跟家人过年？"孟小海心情很好，一想到能跟家人团聚，嘴角就抑制不住笑容。

方初榆笑了笑，有些不在乎道："我家不过年的。"

"不过年？"孟小海显然不能理解。

方初榆解释："是啊，我妈在大年三十那天去世，所以从我三岁起，我们家就不过年了。每年这时候，去墓地祭拜完我妈之后，我爸就会飞去加拿大，也不管我。"

方初榆说得轻描淡写。

何寒深一双深邃的眸子凝视着她，没有说话。

孟小海则有些愧疚，觉得说了不该说的话，跟她道歉。

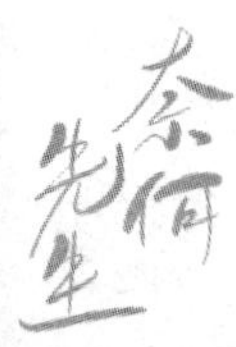

方初榆哪会在意这些，都多少年前的事了，只笑着叮嘱他们回去的路上注意安全。

何寒深这时问她：“还记得门锁密码吗？”

“记得啊，密码是 19491001，新中国成立的日子嘛，忘不了。”方初榆一脸自信。

“老黑就继续留在我这儿，也别折腾它了，早上记得把它牵出去遛遛。”何寒深想了想又说，“没什么事也可以过来，你想待多久都可以。”

听到他这话，方初榆忍不住调侃：“你就不怕我进你家，趁你不在偷东西吗？”

“你有喜欢的就拿走。”某人倒是满不在乎，这口气，听着还挺霸总。

方初榆感觉心里暖暖的，很简单的一句话，却让她感觉到了被信任，以及被宠爱。

目送何寒深跟孟小海进电梯离开之后，方初榆才进屋。她今天下班有点早，五点就离开公司了，晚餐就给自己叫了份外卖。

在点菜的时候，方初榆差点多点了两份，幸好在付款的时候想起来，何寒深他们……才走没多久。

很快，方初榆就发现什么叫食之无味了，何寒深不在，她连小龙虾都没胃口吃了。

仔细想想，平时在何寒深家里待着的时候，因为他不能吃辣，她都故意吃得很香诱惑他，他一边用眼神嫌弃，一边又帮她剥虾。

最后，方初榆总结出一个道理：

一个人其实不孤独，孤独的是，习惯了陪伴之后，所有人都走了，

只剩下自己。

何寒深当天晚上就回到何家老宅了。

何家有规矩，平时走南闯北不管你，但过年团聚这种重要日子，无论你在非洲还是在太平洋，都必须赶回来。

借何昭墨的一句话来形容：就是老爷子要统计一下活着的人数，看有没有谁挂掉了。

听到何寒深回来的消息，何老爷子还期待了半天，以为某人会带个女眷回来，结果一看，得，又是孤家寡人一个！

何老爷子很生气，吹胡子瞪眼睛，一副恨铁不成钢的表情，嫌弃他没带个女孩子回来。

何寒深很淡定，对孟小海说："去换身女装，爷爷喜欢我带回来的是女孩子。"

孟小海的脸煞白，何老爷子的脸气得铁青。

这臭小子，走走走！别回来了！

[5]

这天晚上，方初榆有场商业酒会要参加，下午两点她出门，找专业化妆师弄个妆容。在化妆的空当，她给方柏崧打了通电话，问晚上的车几点去接他。

结果方柏崧回她一句："不去。"

方初榆眉头皱起，不去了？不等她细问，方柏崧又说了句："有人会代替我。"

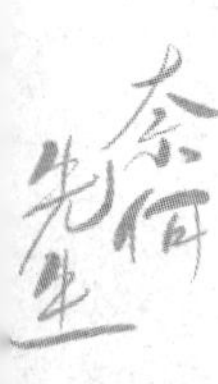

“谁？”方初榆立马警惕，“爸，你别告诉我是小孙总？”

“到时候你就知道了。”方柏崧只留下这么一句话，就把电话挂了。

方初榆难以置信。一想到今晚那么重要的酒会，要跟孙齐辉一起度过，她就浑身难受！

最后，方初榆看着镜子中妆容淡雅的自己，皱着眉头，对化妆师道：“姐们儿，帮我整个大浓妆！要烈焰红唇，让人显得性感又霸气，让男人见了都自惭形秽，不敢靠近过来的那种！”

这化妆师也是个行动派，客人要求改，她就立马给卸了妆重来，还拿出女明星专用高级套装，将方初榆的妆容往国际巨星要去戛纳电影节走红毯上打造。

为了搭配妆容，原先的晚礼服也不能穿了，方初榆挑了一套深V领露背修身长裙，还是最显眼的红色，真丝材质，对身材要求极高，有一丝赘肉都会突显出来。

也亏得方初榆该细的地方细，该丰满的地方分毫不差。一穿上这条大红裙，踩上十厘米高跟鞋，顿显摇曳生辉，瞬间就吸引了所有人的目光。

晚上八点，方初榆抵达酒店，车门一开，方初榆那双十厘米的高跟鞋率先踩在地面上。

下了车，她嘴角勾出一抹似笑非笑的弧度。

整个人散发着极致魅惑，性感，撩人，又霸气！

但这种气场没维持几秒，下一刻，方初榆就裹紧羽绒服，冻得缩成一团，嘴里骂骂咧咧：“冻死姐了！方初榆，撑住！在风度面前，温度

算个屁！”

与此同时，另一边的何家。

何微雨拖着行李箱，一回到老宅，就直奔何寒深房间，第一时间先探望他大哥，结果敲了敲房门，没人应。

“大哥，你不说话，那我就推门了哦。”发现房间门没锁，何微雨说了一声之后，就小心慢慢地推开门。

结果，轮椅上空空如也，偌大的房间也空无一人。

何微雨疑惑：“大哥呢？”

“你在找寒深？”这时，何昭墨端着一盘水果经过，注意到他回来了，随口问了句。

何微雨转头，见他穿着居家服，端着水果边走边吃，便问他：“昭墨，你今年这么早就过来了？”

“是啊，你嫂子喜欢在这里过年，早早就收拾好行李拉着我过来了。”何昭墨一说起池槿忧，脸上就掩饰不住幸福的笑，说着突然想起来，“光顾着跟你说话，差点儿忘了我老婆还饿着，正等水果吃呢，我先走了。”

“哎！等等！”何微雨忙拉住他，这正事还没问呢，哪能走？“你知道寒深在哪儿吗？”

“哦，他出去了，还穿着一身西装，也不知道去干吗了。”何昭墨一心只想投喂老婆，没心思跟他聊太多，说完就走了。

何微雨还想再问，见何昭墨赶着去投胎似的，眨眼就跑没影了，忍不住吐槽：“这都结婚多久了，还腻歪得跟新婚蜜月似的，这是要羡慕死谁？”

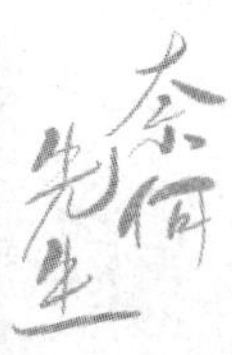

何微雨鄙视，但那语气里，却透着一股酸味。

[6]

方初榆原以为自己的计划万无一失，只要姐姐我的气场足够强，那些男人就不敢凑上来，但她忽略了一件事。

那就是，在孙齐辉的字典里，没有“自知”两个字。

酒会上出众的精英人士，大多都有自知之明，先不说她的气场如何，光她这几乎俯瞰全场的身高，就让人望而生畏了。

方初榆净身高一米七，加上一双十厘米的高跟鞋，没有一米八以上身高，站她面前，都要矮一截。

但孙齐辉不介意自己矮一截。

相反，看到方初榆如此高调耀眼地出现，孙齐辉开心还来不及，甚至怀疑方初榆是因为知道今晚他会来，而特地打扮的。

这么一想，孙齐辉就觉得倍有面子!

于是，方初榆真正诠释了什么叫：弄巧成拙!

“方小姐，真巧啊，在这儿都能遇见。”孙齐辉嬉皮笑脸的，端着两杯红酒，很殷勤地递给她一杯。

方初榆接过，但没喝，态度冷漠道：“说什么巧，你不是早知道我会来吗？”

“我是知道你会来，这还是伯父告诉我的。”孙齐辉说这话时，掩饰不住地得意，“不过，为了弄到能进来这里的邀请函，还费了我不少功夫。”

方初榆面露疑惑。

奇怪了？她爸既然让孙齐辉代替他过来，那干吗不把邀请函直接给他？还让他大费周章靠关系要？

方初榆隐约觉得不对，借口去洗手间，给方柏崧打电话，想问他是怎么想的。

结果电话打过去，不等方初榆问，方柏崧就先开口了："看到他出现，意外吗？"

"爸，你说的是谁？"方初榆一听，就察觉出端倪了。

电话那边，方柏崧沉默了半晌才说："那就是他还没出现了。"

"爸，你真的没有让孙齐辉代替你来吗？"方初榆在问的时候，心里其实已经有答案了。

方柏崧这人也是别扭，没有直白回答她，只是说："他答应我会过去，邀请函已经给他了。我想，跟孙齐辉比起来，你会更想看到他。"

"爸，你说的，该不会是何寒深吧？"方初榆斗胆猜测，并且觉得这个可能性很大。

但关键时刻，方柏崧又不说话了，并且，还把电话给挂了。

而方柏崧这一举动，也侧面证明方初榆猜对了，一想到何寒深等会儿就来了，方初榆就欲哭无泪。

早知道何寒深会来，她就打扮得稍微贤良温柔一点了，现在穿成这样，等会儿连弯腰帮他推轮椅都弯不下去！

更重要的是，她根本不敢往他身边站了。

方初榆想想，她今晚的行为还真是完美诠释了什么叫搬起石头砸自己的脚，还想着让别人不敢靠近她呢，这下好了，她不敢靠近何寒深了……

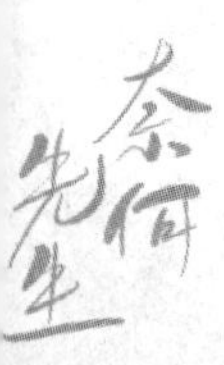

酒店门口缓缓驶来一辆银灰色奔驰 S600 的时候，保安并没怎么在意，直到看到车牌号，表情立马就变了。

在外堂接待宾客的侍者都跑出来围观。

车门打开，率先映入眼帘的是一双笔直修长的腿。

再然后，男人下车了。

他将车门关上，一只手自然地滑入兜里，行云流水的动作看起来赏心悦目。

男人西装穿得很考究，手腕处露出的半截衬衫袖边，使看起来难以驾驭的暗墨色西装更加立体。

何寒深漫不经心地扫了酒店一眼，抬腕看了眼时间，低喃了句：“应该，没来晚吧。”

[7]

方初榆回到酒会上的时候，舞会已经开始了。众男士纷纷邀请女伴共舞，孙齐辉也摩拳擦掌，一看到方初榆过来，立马故作绅士，风度翩翩地对她做了个邀请的手势。

方初榆很无情地拒绝了他，并表示，她今晚的男伴不是他，让他哪儿凉快哪儿待着去。

孙齐辉可不信，胸有成竹道：“我才不信，伯父只告诉了我一个人，今晚根本不可能有别人来。”

“你确定？”方初榆的眼里透着狡黠的光。

孙齐辉原本还很笃定，听她这么一说，又有点动摇了，心想伯父该

不会虚晃了一枪，实际他另有所属吧？

“是谁？”孙齐辉也不胡思乱想了，直接问。

方初榆其实不大想告诉他，之前她听张蒲清说了。那天她走后，顾白曦对孙齐辉说她喜欢一个残疾人。

孙齐辉虽然表示了不信，但方初榆知道，孙齐辉心里已经有数了。

既然他已经知道了何寒深的存在，方初榆也没有藏着掖着了，大方道出了是何寒深。

“何寒深？”这个名字听着有点熟悉，很快，孙齐辉就想起来了，“就那个坐轮椅的残疾人？”

方初榆脸色一沉：“注意你的用词，给我放尊重点！”

孙齐辉被她震慑了一下，但也仅此一下。

孙齐辉的嘴角勾起一抹嘲讽的弧度：“方小姐，不是我说话不好听，你让一个坐轮椅的过来，他能邀请你跳舞吗？”说着，他还吊儿郎当，小声嘀咕了句，“别丢人现眼就不错了。”

“关你屁事！”

要知道，方初榆也是个暴脾气的主，哪会乖乖忍受孙齐辉阴阳怪气地嘲讽？当然是正面“刚”，于是一字一句地撑了回去。

孙齐辉也用实力证明，“自知”这东西对他来说，不存在的。

发现方初榆被他激怒了，他反而得寸进尺，一副高人一等的口吻道：“难道我说错了吗？方小姐，你别觉得我的话不好听，但我说的可句句都是实话，一个残疾人，确实没办法陪你跳舞嘛。”

说到“残疾人”三个字的时候，孙齐辉还提高了嗓门儿，至少就近的都听到了，好奇投过来的目光也越来越多。

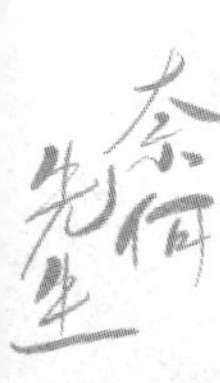

方初榆气得牙痒痒，这人的嘴，怎么能这么碎呢？

“这就不劳你操心了。”

这时，一道低沉磁性的男性嗓音传了过来。

听到这熟悉的声音，方初榆一怔，下意识地转头，就看到人群散开，一个身影也随之映入眼底。

方初榆的瞳孔瞬间放大。

什么情况？他……他这是站起来了？

等等！不是说下半辈子只能依靠轮椅了吗？这怎么还会走了？

[8]

孙齐辉看到何寒深，脑海里只有一个想法，他是谁啊？

何寒深迈着大步，走向方初榆的同时脱了西装外套，没有一丝犹豫与迟疑，干脆利落地将西装外套披在方初榆身上，还把衣襟合拢拉了拉。

瞧这架势，是恨不得将她裹得严严实实。

方初榆已经傻了，眼前这一幕她做梦都不敢想，毕竟太不现实了，让她诧异的是，这种事，竟然还真的发生了！

“喂！你是谁啊？”看到这男人一出现就对方初榆做出这样的举动，情敌雷达一启动，孙齐辉的态度就很不客气了。

相对于孙齐辉这摆在表面上的“不乐意”，何寒深淡淡斜睨了他一眼，然后说：“关你什么事。”

“哎，你！”孙齐辉不淡定了，这熟悉的语气，敢情他是被他们轮着撑了两遍？

“你问他是谁？”方初榆冷静下来了，没有第一时间吵着跟何寒深要一个解释，而是跟他配合着，冷脸对孙齐辉道，“你刚才不是还在关心他没办法邀请我跳舞吗？”

话都说到这份上了，孙齐辉要是还没听出来，那他也太傻了。得知眼前这个男人就是何寒深，孙齐辉的脸都绿了，忽然有种被耍得团团转的羞辱感！

方初榆转头对何寒深道：“何寒深，请我跳舞。”

她可不会心软。

对敌人仁慈就是对自己残忍，对付孙齐辉这种人，就应该乘胜追击！

何寒深也很配合，不过他没有用绅士礼，那不适合他，他的行事风格比较硬，想怎么来就直接来。

因此，他将方初榆的小手一拉，带她跳舞去了。

之前见到的何寒深，不是在病床，就是在轮椅上，因此他具体多高，方初榆也不清楚。

直到现在跟他面对面站在一起，当发现自己得抬起头才可以跟他对视时，方初榆才知道。

另外，方初榆也要收回之前觉得何寒深穿西装会很别扭的话，他穿西装，简直帅爆了好吗，什么霸总的气场之类的词都不够形容他。

她也没想到，何寒深随便捯饬一下，变化会这么大！

他本身气质矜贵，穿上高级定制西装，完全就是一派精英人士。不过，她方初榆比较俗，比起气质，她更看中他的身材。

这腰，还有这大长腿，方初榆承认了，她就是馋他身子！

看着两人真的跳起舞来，一个手搭着他的宽肩，一个手搂着她的细腰，

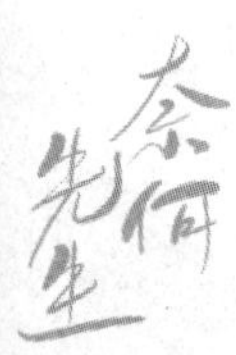

一进一退，搭配得默契极了，跟练习过上百遍似的。

孙齐辉这才喃喃自语，说了句：“我到底是来干吗的？”

他不干了！费了那么大劲儿，就是来看他们跳舞的？

[9]

晚上十一点，方初榆坐在车上，裹紧身上的羽绒服。

一旁的何寒深瞥了她一眼，见她还哆嗦着，有些无奈，但语气还是带着点责怪说了句：“明知怕冷，还穿成这样？”

“我也后悔啊，早知道那个孙齐辉脸皮厚成那样，我就该往丑了打扮，不过——”方初榆说到这里，一撩头发，露出性感迷人的一面，做作道，“扮丑是不可能的了，姐长这么好看，再怎么扮，都丑不了。”

何寒深看着她，幽幽吐出一句：“你的脸皮，也薄不到哪儿去。”

方初榆白他一眼，会不会说话？算了，不跟他一般计较！谁让她就看上他了呢，忍！

不跟他瞎扯这些了，方初榆有正事要问他，当下道：“说吧，干吗骗我？”

“我没骗你。”

“没骗我？”方初榆才不信，质问他，“你不是说你以后只能坐轮椅度过了吗？怎么这又好了？”

方初榆兴师问罪，势必要从他口中问出一个解释。

何寒深却气定神闲地回她一句：“你确定，我有说过？”

“难道没有吗？那我是怎么误会的？”方初榆有些动摇。

何寒深好整以暇道：“我只说过，没什么比活着更重要。”

方初榆被他这么一提醒，也想起来了，他当时就指着轮椅说这么一句而已，全都是她在脑补猜测。

于是，她更憋屈了！

亏她还那么心疼他，将他照顾得无微不至，还对他言听计从的，她简直亏大了！

某人自动忽视她之所以被何寒深使唤，是因为何寒深帮她养狗而提出的条件了，此刻暗自神伤，老心疼自己了。

“那好，这事就过了。”方初榆心态好，不计较，一副审问的口气问他，“还有件事，你什么时候跟我爸勾结上了？”

何寒深斜了她一眼，想吐槽，但又十分无奈：“在你审问我时，能不能稍微注意一下你的措辞？”

方初榆懒得在意这些细节，只想知道答案。

何寒深倒也没有隐瞒，坦然道：“他见过我几次。”

“果然，他还是去找你了。”方初榆猜到了，她就不该相信那只老狐狸说的话。

但她还有件事没想通，那就是何寒深为什么要答应代替她爸来参加酒会。

是她爸给了他什么好处？还是，他是自愿的？如果是，那他自愿的原因是什么？

方初榆的性子比较直，有什么想法也不会藏着掖着，因此很直接地问他：“你为什么会答应来？”

问完，她就仔细观察他的表情，企图从他脸上看出一丝端倪。

但何寒深的情绪隐藏得很好，她愣是看不出一点波动来。

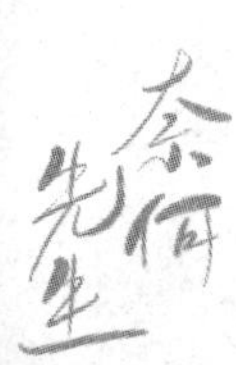

何寒深轻描淡写回了她一句："这种问题，你不该去问你爸吗？"

方初榆被噎住。

好吧，她妥协了，这家伙，嘴严得跟什么似的，什么话也别想从他嘴里撬出来！

第八章

/

我把你当对象，你把我当姐妹！

Naihe Xiansheng

[1]

何寒深送方初榆回家，一进电梯，方初榆就摸着平坦的肚皮，说了句："饿了。"

"你晚上没吃吗？"何寒深接了一句。

方初榆故作委屈，可怜巴巴道："没有，连午餐都没吃，就为了穿这身衣服，是不是很可怜？"

何寒深的脸一下就沉了，想说什么但又克制住了，抿了抿有些干燥的唇，最后低声说了句："活该。"

方初榆气鼓鼓的，但也自知理亏，于是再三告诫自己，这哥们儿是她自己看上的，不能发火！

电梯"嘀"的一声，到了。

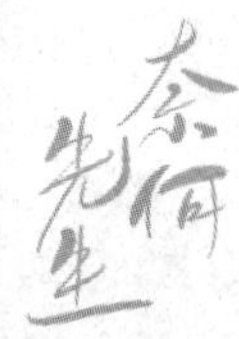

方初榆心情愉悦地出了电梯，脸上掩饰不住开心的笑。

进屋前，她还转头对何寒深得意地说了句：“你说到就要做到，我等着你的大餐哦！”

说完，她哼着歌进屋去了。

何寒深故意板着脸，等方初榆进屋了，他才弯起嘴角，眉宇间一派深情惬意，眼神里更是藏不住的纵容与温柔。

果然，还是舍不得她挨一点饿，再这样下去，何寒深都怀疑，在她面前，他真的会毫无底线了……

方初榆赶紧洗完澡，跑何寒深家里等饭吃！

在她洗澡的空当，何寒深去了趟楼下的超市买了些新鲜蔬菜，挑的基本都是方初榆喜欢吃的。

方初榆守在餐桌前，双手托着下巴，一脸痴迷地看着何寒深做饭的背影。

穿着西装的男人下厨最帅了！

何寒深能注意到背后那道明目张胆“花痴”他的目光，只当她饿狠了，每做好一道，就先端去给她。

这也是方初榆第一次吃到他做的菜，一口下去，眼睛唰地亮了，太好吃了！

这男人，方初榆越看越想嫁！

除了经常撑她，能把她气死之外，没有任何缺点！

而作为两人第一次正式“独处”，这种重要日子怎么能不喝点酒庆祝呢？

方初榆在厨房搜罗了一圈，才看到酒柜上摆着的红酒，她随手拿了

一瓶，问了何寒深一声能不能喝。

何寒深正专心放调料，也没注意她拿了什么，只应了一声，她想喝什么都可以拿去喝。

得到同意，方初榆屁颠屁颠拿了两个高脚杯，自己先就着菜，喝起酒了。

等何寒深把最后一道菜端出来时，方初榆已经喝了半瓶，边喝还边傻呵呵地对他说：“你这酒……嗝，好上头啊！”

何寒深一看她通红的脸，就知道她喝醉了。拿起酒瓶看了一眼，他不由得叹了口气，她还真会挑，这一瓶的度数可不比白酒低啊。

方初榆是真的喝醉了，连站都站不稳，还是何寒深眼疾手快扶住了她！

她依偎在他怀里，伸出一只不安分的手，缓缓地从他腰间一直往胸口上移，嘴角还挂着一抹若有似无的笑。

何寒深很想扣住她的手腕，制止她乱来。

喝醉的方初榆眼神仿佛会放电，望着他，他什么都做不了。

[2]

“何寒深……”方初榆双手抱着何寒深的腰，就跟无尾熊似的，黏着他，像个小孩子在撒娇，“我有没有跟你说过，我好喜欢你啊？”

何寒深幽深的眸子微微闪动，喉咙不自觉一紧。

感觉到他的喉结动了，方初榆仰头凑过去研究，伸出手指轻轻碰了一下，然后跟做坏事被发现似的，赶紧收回手，呵呵笑道：“原来这就是喉结啊。”

这是她第一次碰男人的喉结，感觉很特别。

想着，她还想再多碰几下，但手被一只手紧紧抓住了。

何寒深低哑克制的嗓音从她头顶传来：“听话，别乱碰。”

方初榆抬头看他，正好何寒深也低着头注视她，两人的视线就这么对上了。

何寒深的眼神很复杂，灼热，又压抑。

而如果眼神能吞噬人的话，方初榆早被他吞得一干二净了。

方初榆就这么看着他，像是被他的眼睛吸引了一般，不由自主地踮起脚，仰起头朝他靠近……

两人之间的距离越来越近，只要何寒深低下头，两人就能吻上。

但，何寒深没有。

他一巴掌摁住她的脸，将她的脑袋推开。

方初榆猝不及防被推开了。

何寒深沉默地把方初榆扛起来，进了卧室，将她往床上一丢，就咬着牙，恶狠狠地说了句：“我不会乘人之危，这种酒精驱使下流露出的欲望，就仅仅只是欲望，所以，乖乖睡觉，听到没有？”

“哦。”方初榆现在已经是半梦半醒的状态了，也不知道听懂了没，倒头就睡。

方初榆就这么睡了，被撩得一身火的何寒深烦躁地扯了扯领带。感觉到呼吸逐渐加重，他压抑着进了浴室，将水龙头一开，打算就这么冲个冷水澡。

方初榆睡到早上九点才醒来，而且很幸运的是，她没有喝断片，昨

晚发生了什么她记得清清楚楚。

她呆滞了片刻之后，义愤填膺地想：我这么大的一个美女，主动投怀送抱，他竟然还能坐怀不乱？不至于吧，难道他对我真的一点动心的感觉都没有？

方初榆现在的心情很矛盾。

如果何寒深真对她做了什么，她可能会不舒服，会觉得他不够正人君子。

但现在他什么都没做，方初榆也有种说不出的感觉。

她甚至都怀疑他的性取向……

方初榆心里咯噔一下：不会吧？

仔细想想，一个男人，长得帅，还会做饭，又那么讨女人喜欢，没理由连个女朋友都没有，除非……

刚这么想着，方初榆的脑海里就浮现出孟小海那张脸，再联想他平时看何寒深时崇拜又羞涩的眼神……

刹那间，方初榆猛地打了个哆嗦。

[3]

何寒深已经走了。

方初榆小心翼翼地走出卧室，没看到何寒深的身影，只看到餐桌上刚做好没多久的早餐，粥还是热的，袅袅地冒着热气。

何寒深留下了一张便利贴，很简便，上面只有一行字：

我走了，醒了就吃早餐，另外……方初榆，新年快乐。

不知怎么，看到“新年快乐”这四个字，她心头不由得涌上一股苦

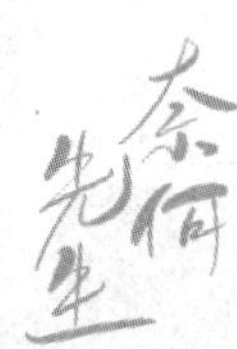

涩的滋味。

她苦笑。

看着那锅香味扑鼻、热气腾腾的养身排骨粥，方初榆莫名感慨，突然低喃了句：“不知道我能不能把他……”

幸亏某人不在，否则一定对她翻个白眼！

日子过得很快，一转眼，国家法定的春节假期结束了。对方初榆来说，无非是把办公的地方从在家换为了办公室。

公司定好了开工日，正式宣布了假期的结束。

方初榆原以为何寒深回老家过完年，没多久就会回来了，结果大半个月过去，也没见他回来，导致她心里总感觉空落落的。

“老板，不好了！”

这天刚上班，方初榆一进办公室，就见张蒲清脸色凝重，说了这么一句。

方初榆倒是很冷静地问他发生了什么。

张蒲清表情极为严肃，道：“有人故意抹黑我们公司的产品，在主播推销我们产品的时候，一直在刷恶评，现在，我们公司产品导致顾客毁容的消息已经上热搜了。”

“查出是谁在背后散布谣言了吗？”

张蒲清想了想，才说：“有一个怀疑的人选，叫昭兰兰，是个模特，最近在网上挺火的。她上了一档节目，说她用过一种护肤品，差点儿把她的脸毁了，虽然她在节目里没说是什么产品，但底下的评论都在刷那个护肤品是我们公司的。肯定有人故意引导，故意针对我们家的

护肤产品。”

“有证据吗？”方初榆问他。

张蒲清摇头：“没有，不过，我查出，昭兰兰曾是孙齐辉的女朋友，过年期间传出他们在交往的消息，但听说没几天他们就分手了。”

一听到跟孙齐辉有关系，方初榆就知道是怎么一回事了。

这孙齐辉是和她有仇吧？三番五次跟她作对！

当天下午，方初榆将孙齐辉约了出来，问他关于昭兰兰的事。孙齐辉也承认了，他分手时，拿方初榆当了挡箭牌。

也就是说，昭兰兰不甘心被分手，怀疑是方初榆勾引了孙齐辉，才故意给她找麻烦的。

得知真相后，方初榆也没有骂孙齐辉，更没有打他，她只是嘴角勾起了一抹冷笑，然后，将面前的一杯水泼到他脸上。

她恶狠狠地将杯子往桌上重重一撂，拎起包，扭头就走。

孙齐辉抹了把脸，越想越憋屈，最后气得一脚踹倒了椅子，引来不少人侧头围观。

[4]

方初榆虽然针对产品被抹黑这件事，及时做出了应对处理，但公司还是损失了不少。

先不说他们的名声坏了，光退回来的产品以及各合作商要求的赔偿，方初榆就不得不自掏腰包补了一大笔钱进去。

偏偏外部形势都如此紧张了，公司内部那些人还嫌事不够大，开始

胡乱搅和。

这又给方初榆添加了一份巨大的压力。

现在全公司都在看着她，看她如何应对，又或者，是看她什么时候崩溃倒下。

但方初榆始终冷静沉稳地处理每一个问题。

这无疑给大家打了一针镇静剂。

毕竟这段时间，公司内外都在传公司再过不久就会倒闭，搞得人心惶惶的。

这些天，方初榆都早出晚归。

这天晚上回去后，她一个人在车上静静待了很久，只有这一刻，她才能卸下肩上的重担，不必佯装得很坚强。

方初榆要强，她不允许自己被看不起，但她也会有脆弱的时候。

只是这脆弱的一面，她不会让任何人看到。消极的情绪，自己躲起来消化就可以了，没必要影响别人。

方初榆在车上坐了很久，等回过神，发现已经是凌晨一点了。

她无奈地叹了口气，下了车，离开车库。

凌晨一点的小区很安静，方初榆散了会儿步，吹着寒风，感觉阴郁的心情都消散了不少，才步伐轻快地回家去。

电梯门打开，方初榆一抬头，就看到了一道熟悉的身影，他回来了……

跟以往见到的形象都不一样，此刻的何寒深一身黑，一袭长款风衣，脚踩军靴，背着包，整个人干练又飒爽，像是徒步前行的旅人，经过了长途跋涉，风尘仆仆，来到了这里。

何寒深正背靠着门打电话，微微仰起头，精致的下颌线清晰可见。

他的表情还是一如既往的严肃沉稳。

正因如此，才给人一种很安心的感觉，仿佛天塌下来，都有他撑着，什么也不用怕。

何寒深听到电梯门打开的声音，下意识斜扫了一眼。一眼，他的眉头就是一皱，而后不多言，挂了电话，大步朝她走过去。

“嗨，好久不见啊！”方初榆笑着跟他打招呼。

何寒深却一言不发，沉着脸，走到她面前停下，凝眸注视着她，半晌，才沉沉道：“你哭什么？”

方初榆怔了一下，随手擦了下眼睛，就感觉到手背上的温热。

奇怪，她怎么流眼泪了？

半晌，方初榆看着何寒深，说了句：“我饿了。”

何寒深的眉头皱得更紧了。

十五分钟后，方初榆窝在何寒深家里的沙发上，吃着他特地给她加了蛋的泡面，她一脸心满意足，果然还是在他家吃东西香！

何寒深洗了手从厨房里出来。

方初榆对他笑道：“我还以为你不回来了呢，差点儿都要打电话给你了。”

“那为什么没打？”何寒深将手擦干，才走到她对面坐下。

方初榆讪讪笑了笑：“这不是怕打扰你嘛，而且，你现在不是回来了吗？”

“如果我不回来呢？”何寒深咄咄逼人，似乎是想从她口中听到一个答案。

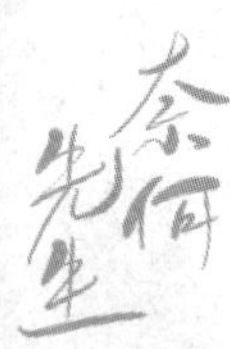

方初榆表情瞬间严肃下来，思考良久，很认真地说了句：“赶紧把房子租出去，狠赚一笔！”

何寒深：“……”

这小财奴！果然就不该对她抱有期望。

[5]

自从何寒深回来之后，方初榆睡觉都安稳了，第二天就满血复活了。

在去公司前，方初榆想跟何寒深打声招呼的，但又一想，昨晚耽误他到那么晚，还是不打扰他了。

谁料刚准备走，对面的门就打开了。

何寒深换了身居家服，看着慵懒恣意，气色很好，不像是刚睡醒的。方初榆随口问了句，才知道他整晚没睡。

他让她进来吃了早餐再走。

方初榆也不跟他客气了，顺便跟他说老黑可以带去公司让李伯照顾，他可以省不少麻烦了。

何寒深也没有阻止。

方初榆吃饱后，就把老黑一同带去公司了。

直到方初榆走了，何寒深才拿起手机，给某人发了信息。他要知道，方初榆这段时间都发生了什么事……

方初榆其实私下有找过昭兰兰，见昭兰兰一面可真不容易，比见一线女星池槿忧还难。

昭兰兰真人嘛，比照片上难看了一点，才刚有点名气，就已经开始

耍大牌了。

方初榆找她，是想追究她恶意抹黑的事。

昭兰兰死不承认，也是，没有证据的事，她干吗要承认?

昭兰兰承不承认没关系，方初榆过来，就是为了警告对方，最好停止这种利用粉丝损害他人利益的行为，否则她一定追究到底!

昭兰兰一点也不怕。

看得出来，她背后有靠山。

她还反过来警告方初榆，再污蔑她，就别怪她请律师发律师函了。

方初榆冷笑，没见过这种害人在先，还倒打一耙的。

好啊，她不是想要证据嘛，那找出来给她不就行了吗?

只是，让方初榆没想到的是，她刚准备派人去调查，就得知昭兰兰收到律师函了。

发律师函的人叫何昭墨，起诉人是池槿忱。

起诉的缘由是昭兰兰私下联系粉丝对池槿忱代言的产品进行抹黑与污蔑，侵犯了他人声誉与利益，造成金钱上的损失，等等，现要求赔偿。

方初榆得知这个消息的时候都乐嗨了!

这昭兰兰绝对是搬起石头砸自己的脚，原本昭兰兰想对付她，谁能料到，自己却惹上何昭墨与池槿忱这对夫妻?

在娱乐圈里，谁都知道，惹谁都可以，千万别惹池槿忱。

因为她的老公何昭墨，不是个好惹的。

方初榆迫不及待想见到他们，于是联系了池槿忱，表示想请他们夫妻俩吃顿饭。

池槿忧答应了。

不过，她想在方初榆家吃饭。

这可把方初榆难住了。

不过，脑海里突然浮现了某个人的身影，方初榆立马喜滋滋地答应了，让他们今晚就来她家里吃饭。

跟池槿忧道别后，方初榆就给何寒深打电话。

“何寒深，何大哥……我叫你姐姐还不行吗……你就帮我做顿晚饭吧！”

电话这边的何寒深一脸黑线，叫姐姐是什么意思？她现在对他，可真是越来越不客气了。

“不会做饭就不要答应，你凭什么觉得，我会帮你？”何寒深的话听起来很难听，但实际上，他的语气十分无奈，根本一点威慑力都没有。

方初榆也觉得奇怪，为什么她会第一时间想到他，而且还理所当然地觉得他会帮忙，到底是谁给她的自信？

但如果真要追溯源头，那么这个人，绝对是何寒深！

[6]

方初榆的直觉其实很准，何寒深会帮她，只是，他想从她口中听到一句话，比如，给他一个名分什么的……

然而，此时的何寒深还不知道，方初榆已经怀疑他的性取向了，哪还敢跟他表白。

听到何寒深这话，方初榆叹了口气，放弃了，表示她会找张蒲清，不求他了。

何寒深的脸一下就黑了，最终还是妥协了，但他有个条件，晚餐的食材，她必须跟他一起去买。

方初榆答应了，正好公司最忙的阶段已经被她熬过去了，接下来就只需要收拾残局，这些事情，安排底下的人去做就行了。

于是，方初榆提前下班，开车回去接何寒深一同前往超市。

方初榆很久没逛超市了，这一看，觉得什么都新奇，看到什么就拿什么。

于是，何寒深就跟个爹似的，不得不管好自家小孩，她拿下来，何寒深就给她放上去。但尽管如此，最后还是买了一大堆。

问其原因？

呵，四个字：色令智昏。

毕竟某人一撒娇，何寒深就心软了。要这个是吧？买！

回去的路上是何寒深开车，下车后，他把一颗红心大柚子塞给方初榆抱着，他则拎着沉甸甸的两大袋东西上楼。

晚餐在何寒深家里做，这次他没让方初榆坐着等吃，而是喊她过来帮忙打下手，其实也就安排了一些剥剥蒜、洗洗菜的工作而已。

晚上七点，何昭墨跟池槿忱提前过来了，而且他们还带来一个方初榆没有见过的男人。

听他们介绍说是叫古博臣，这人长相很硬气，男人味十足，应该经常锻炼，进屋后他脱了外套，能看到衬衣下微微凸起的肌肉。

这个古博臣，是过来找何寒深的。

何昭墨一过来，就自然地撸起袖子进厨房帮忙，还让何寒深出去，

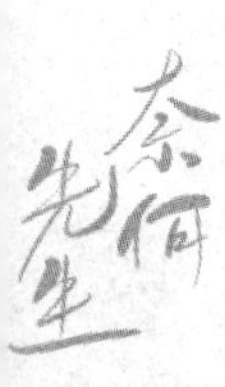

说古博臣来找他，有话想跟他单独说。

何寒深却没搭理，依然忙着手上的活。

但古博臣是个急性子，等不了，他直接走进来，拉着何寒深的手腕，强制把他从厨房拉去卧室，“砰”的一声把门关上后还锁了。

方初榆都傻眼了。

“怎么了吗？”池槿忱注意到她的表情不对，关心地问了句。

方初榆收回目光：“没、没事……”

池槿忱疑惑歪头，心想两个男人进卧室关上门谈比较机密的事情，有什么不对吗？

当然，理论上来说，确实没什么不对……

两人在卧室里待了许久，何寒深率先出来，神色看起来没什么不对，古博臣却板着脸，显然心情很不好。

吃饭的时候，方初榆的视线总在两人之间徘徊。

何寒深吃饭很优雅，慢条斯理的，古博臣则暴风吸入，狼吞虎咽的。

不知怎么，这一静一动，方初榆愣是从两人身上看出了点东西……

最终，方初榆这顿饭吃得食不知味，因为何昭墨跟池槿忱有别的事，得提前离开，方初榆便送他们到门口。

池槿忱对她说道：“你放心吧，昭兰兰敢欺负你，我会教训她。”

她这话，诠释了什么叫用最温柔的语气，说最霸气的话。

方初榆挺受宠若惊，以往都是她罩着别人，这还是第一次有人对她说这种话。她能感觉得出来，虽然她们没见过几次，但池槿忱对她是真的好。

“其实，这种话都轮不到我来说。”池槿忧能感觉到她的情绪波动，因此多说了一句，“只不过，这种小事，还不需要他亲自出面，我们来处理就可以了。”

方初榆愣住，她口中的“他”指的是谁？

[7]

目送他们离开后，方初榆才进屋，结果看到古博臣跟何寒深好像还有话要说，她也不好打扰，跟何寒深打了声招呼就先撤了。

何寒深也没有阻止。

倒是古博臣，看着几乎是落荒而逃的方初榆，对他说了句：“你家这个小姑娘，看我们的眼光有点奇怪啊？该不会是想多了，以为我们……”

“她没那么傻。”何寒深置若罔闻，压根就没往心里去。

古博臣却道：“不一定哦，千万不要小看一个女人的脑补能力，我媳妇就那样，无意说了句话，她都能脑补出一篇 600 字小作文来！”

何寒深表面无动于衷，心里却忍不住腹诽，不至于吧？难道她真的是聪明一世糊涂一时？

古博臣看了看时间，也没再跟他闲聊了，表情严肃，跟他说正事。

“寒深，你现在的处境很危险，暂时留在国内吧，毕竟没有任何一个地方，比我们的国家更安全。”

何寒深凝眸沉思，没有说话。

古博臣心情沉重道：“寒深，我不希望你成为第二个赵奇。”

“我自有分寸。”何寒深道。

古博臣点头：“我知道，我也相信你，别的不说，就以这件事来说吧，

你处理得很好。不然的话，不知道有多少人会被牵连。”

每次想起，古博臣都心有余悸，这算是很惊险了。

因为那次车祸之后，何寒深不知道发生了什么，但他却在第一时间将事情压下去了，没有让警方大张旗鼓地调查，从而保住了自己一命。

其实，所有人都误解了。

赵奇的死，不是受到了何寒深的牵连，情况是反过来的，何寒深才是那个被牵连的人。

想害赵奇的是一帮毒贩，之前在中缅边境，赵奇无意间拍到了毒品交易现场，虽然他及时逃脱，但还是被发现了。

后来，赵奇把照片发给了古博臣。

他是一名缉毒警察。

因为信息是匿名的，古博臣也没有深入去查，直到何寒深找来，他这才知道。

要是知道何寒深跟赵奇在一辆车上，他还活着，不知道那帮人会不会再次对他下手。

“到了不得已的时候，记得告诉我，我不介意当这个诱饵。”何寒深说得轻描淡写，听得出来，他确实不介意。

古博臣忍不住爆粗口，咬牙切齿，恶狠狠道：“我介意！你给我好好留在国内，你也不想想你是什么身份，真出了事，那还得了？”

“我只有一句话。”何寒深不跟古博臣扯那些有的没的，盯着他的眼睛，直截了当地告诉他，“我不希望再有伤亡了。”

古博臣深深叹了口气，抽了根烟，心里头一阵苦涩：“我比你更想看到我们的人一个不少地回来！”

另一边，昭兰兰被经纪人骂惨了。

将一堆合同狠狠甩在她面前，经纪人气急败坏，骂道："看看！都是毁约合同，我说你是什么脑子？才刚火，你招惹谁不好，偏给我招惹上池槿忧那尊大神！"

"罗姐，我哪知道方初榆还有池槿忧这个靠山啊，早知道，我肯定不会使这种手段。"昭兰兰也委屈，但心里头更多的是怨恨跟不甘心。

罗姐不听她说这些借口，直接命令她："不想被封杀，就去跟池槿忧道歉。还有方初榆，自己捅的窟窿自己去补上。"

"跟方初榆道歉？我不！"昭兰兰嘴里含着一块糖，一想到要给方初榆那个女人道歉，就气得将糖咬得咯吱响。

罗姐冷笑："你觉得，你还有说不的资格吗？我告诉你，池槿忧已经对你手下留情了，别忘了，你签约的这家公司，就是她爸的。人家一句话，把你雪藏个几十年，我看你找谁哭去！"

昭兰兰的脸一下就白了。

但有些人识相，懂得见好就收，也有人不识抬举，还想变着法子报复。

而昭兰兰，显然就是后者……

[8]

方初榆这几天在公司，经常看到几个女同事围在一起，不知在窃窃私语讨论着什么。

她有意想了解一下，就问了张蒲清，才知道公司到地铁站人流量少的那一段路，出了一个专门尾随女职员的变态男，公司很多女同事都遇

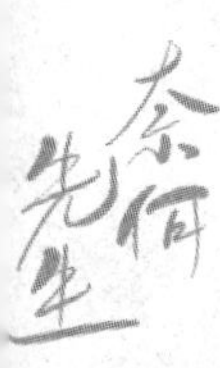

到过。

虽然报过警了，但警察没找到。

再说，就算找到了这个变态男，因为对方没有实质犯罪，就只是脱衣服吓人，可能顶多被关几天就放出来了。

毕竟这种问题，最难处理了。

但方初榆可不会置之不理，她一向警惕。对方现在没有实质性犯罪，谁能保证他以后不会有？

因此，方初榆想了个主意。

一听方初榆要晚上一个人走路去乘地铁，张蒲清第一个不同意。这太危险了！

方初榆倒是很淡定："怕啥？好歹我也是练过的，力气比你都大，要是你真怕，帮我往包里塞点辣椒水跟防狼器。神器在手，我还怕有危险吗？"

"可是，老板，你这样做有用吗？"张蒲清忧心忡忡，"担心"两个大字仿佛就写在脸上。

方初榆自信满满地说："当然有用，有些人啊，不打一顿，是不会长记性的。"

"老板——"张蒲清还想再劝她，但方初榆心意已决，张蒲清也拗不过她了。

当天晚上，方初榆按照计划，走路去搭乘地铁。

她特地等到晚上十点才离开公司，往地铁站去的一路都很安静，除

了风吹过树叶发出的沙沙声响，以及，不断逼近的脚步声……

等等！

脚步声？

方初榆挑了挑眉，这么快就出现了？

方初榆将辣椒水拿出来握在手上，假装漫不经心地走着。

听到脚步声距离她的后背越来越近，她眼神一敛，猛然转过身，将辣椒水对准对方一喷！

但她还来不及按下瓶嘴，手腕就被扣住了，并且对方将她的手腕抓过了头顶。

方初榆感觉到一只强有力的臂弯将她的腰紧紧钳住。

很可怕的蛮力！方初榆的脸都白了。

她感觉到了男女间力量的悬殊。

那力量感宛如黑压压的一片，朝她笼罩过来，压得她透不过气。

恐惧与害怕同时袭上心头，不仅她的双手被扣住举过了头顶，就连两条腿也被对方压住了。她毫无反抗之力，就这么被对方狠狠往墙上推去！

方初榆原以为这一撞，背会生疼，但没有，对方的手先一步抵在了墙上，替她缓冲了力道。

心脏在扑通扑通地跳动，方初榆的喘息都粗重了些许，有那么一瞬间，她觉得心跳都要停止了。

“知道害怕了吗？下次还敢不敢乱来了？”

方初榆一怔，这声音是……何寒深？

何寒深松开了对她的束缚，但依然将她禁锢在怀里，低下头，看到

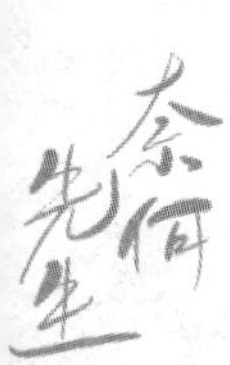

她那张煞白的小脸上还带着恐惧与害怕，他心里一紧，知道自己刚才确实吓到她了。

但他又不得不这么做，以身试险，这种事她也做得出来？

发现是何寒深的那一刻，方初榆悬在心头的一块巨石才总算卸下了。

她闭上眼睛，深深吸了口气，然后咬着牙，恼羞成怒吼道：“谁知道会是你啊！力气还那么大，吓我很好玩是不是？”

何寒深没想到她反应会这么大，被她这么一吼，突然有些无措。

方初榆真的被吓到了，也被气着了，凶巴巴地瞪着他。

[9]

其实，方初榆真正生气的原因，是自尊心受损了。

她一向很有信心，也从不做自己没把握的事。这次她敢当诱饵，也是因为知道对方不过是一个身材消瘦的中年男人而已，她轻轻松松就能撂倒。

谁知道，何寒深中途冒出来，给了她这么大一个冲击。

她不生气才怪！

于是，不准何寒深跟着她，她气鼓鼓地走了。

被勒令在原地不准动，何寒深略微有些头疼，在想是不是该告诉她，她不用觉得失自尊，他在部队待过，她反抗不过他是正常的。

毕竟换成一个高大魁梧的男人，也无法从他手中轻易挣脱。

方初榆走远后，气也消了，也觉得自己刚才确实过于小气了，正要转身回去找他，谁料一转头，迎面就被一块砖头狠狠砸在了额头上！

被袭击倒下的那一刻，方初榆很后悔一件事。

早知道，就让何寒深跟着了，果然死要面子活受罪！

深夜十二点，正值夜班的何微雨得知方初榆遭到袭击的消息，一出手术室就立马狂奔而去，一方面是担心方初榆，一方面也是担心他大哥。

何微雨一路胡思乱想，喘着气跑进病房后，却看到方初榆躺在病床上——在含着吸管喝牛奶？

没有想象中的奄奄一息的模样，她跟个没事人似的，除了额头上被缠着纱布，其他的，看不出来她遭受了袭击。

“你、你没事？”何微雨半天才找回声音，一脸呆滞。

方初榆耸耸肩：“没事啊。”

“那、那我哥呢？”何微雨一时竟不知该说什么了。

方初榆摇头：“我也不知道，估计在外面吧，你可以去找一找。”

“那我就先去找他了，等会儿再来看你？”何微雨忐忑地说。

方初榆笑了笑，对他挥挥手。

直到何微雨离开病房了，她才放下牛奶，无奈地叹了口气。

掀开被子的一角，小腿被纱布包得严严实实的，但依然有血迹渗透出来。方初榆疼得小脸一皱，刚才被医生缝针的画面还历历在目呢。唉，她真的太大意了！

但比起自己，方初榆更担心何寒深。

他好像，被她吓到了……

何微雨在医院的走廊长椅上找到了何寒深，远远就看到他衣服上都是血，手上也有，十分扎眼。

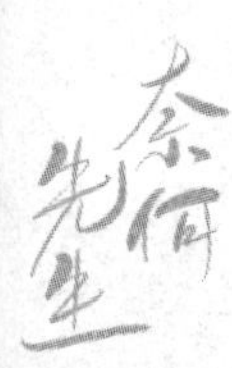

何微雨作为一个外科医生，动手术难免手上沾血，但在何寒深身上看到血，他依然心惊。

“哥？”

走近一看，何微雨才发现他的手在抖。

何寒深仿佛如梦初醒，怔了一下，迷离的目光落在自己的双手上，泛白的指尖在轻颤，一股刺骨的冷意忽然从脚底直蹿心窝，让他不寒而栗。

直到现在，何寒深回想起那个画面，还心有余悸。

看到方初榆倒在马路中间的那一刻，何寒深的心脏都差点儿停止跳动了，只觉得浑身无法控制地颤抖。

那种濒临于绝望边缘的无措感，何寒深想，这辈子他体会过一次就够了。

“哥？”

看到何寒深这种反应，何微雨眉头紧皱，实在担心。

原本他以为方初榆没受太重的伤，但看自家大哥这模样以及衣服上的血迹，恐怕只是方初榆在假装若无其事吧。

何寒深闭上眼睛，掩下眸底的挣扎，深深吸了口气，许久才睁开，低低道：“我从来没见过，像她这样的人，职场上雷厉风行，私底下却大大咧咧，平易近人；脾气有时会很暴躁，容易生气，但也能转眼就消气了；有时候天真得像个孩子，调皮又无赖；她很自信，总是一副胸有成竹、得意扬扬的模样……”

何微雨都呆住了，这还是他第一次听到他大哥说这么多话。

而且，说的还全都是关于方初榆的。

何微雨之前觉得，大哥对方初榆再有好感，充其量也就喜欢而已，

但现在看来，何寒深爱方初榆有多深，恐怕只有他自己知道了……

“你知道吗？”

何寒深突然抬起了头，看着何微雨，一双深邃如墨的眸子里仿佛蕴含着万千星光。

何寒深缓缓说出那一句藏在心里许久的话：“一想到是与她共度余生，我就对明天充满了期待。”

何微雨愣怔，而后笑了。

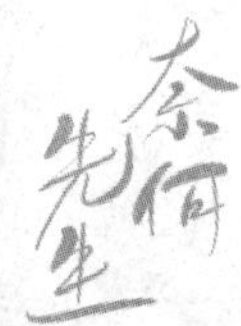

第九章

/

方初榆，我喜欢你，不行吗？

Naihe Xiansheng

✦

[1]

方初榆越想越觉得，自己的玩笑开大了。

她就想报他吓她的仇而已，被袭击后，故意躺在地上装死，想着等他过来了吓他一跳。但她没想到，他会被吓成那样，他竟然会露出那么恐慌害怕的表情。

她心软了，连忙跟他道歉。

但何寒深什么也没说，他只是将她紧紧抱住，力度之大，仿佛要将她融入身体里。她能感觉到，他的身体在微微发颤……

导致她现在很怀疑，何寒深会回来报复她。

抱着不安的心情，在胡思乱想之下，方初榆就这么睡着了。

隔天醒来，方初榆睁眼，就发现何寒深坐在一旁。沾了血的外套已经被他脱下了，此刻只穿着件白毛衣，窗外的阳光倾洒在他身上，整个人就跟从天而降的天使似的在发光。

方初榆咽了咽口水，也不知是饿了，还是因为别的什么原因。

何寒深没睡，一直在看她，见她醒了，第一时间就问她："感觉怎么样？有哪里不舒服或者难受吗？"

"头有点晕。"方初榆没有隐瞒，她确实有不舒服的地方。

何寒深表示知道了，二话不说就去找医生。

医生过来后解释这是正常现象，缓一会儿就没事了，让何寒深不必这么紧张。

方初榆有点不好意思，觉得他过于大惊小怪了。

何寒深倒是很淡定，跟医生说了谢谢，送走了医生，又过来问她："饿了吗？想吃什么？"

"你，没事吧？"方初榆看着他，突然小心翼翼地问了这么一句。

何寒深知道她的潜台词是什么，但还是回答她："我没事。"

"那你能正常点吗？突然对我这么好，我有点害怕。"方初榆是真㞞，很怕何寒深会突然做出什么来整她，一直提心吊胆着。

何寒深皱了下眉："我以前，对你不好吗？"

"也不是不好啦。"方初榆组织了一番语言，想好了措辞才说，"只是你一直都在跟我逆着来，突然这么顺从我，让我有点不适应。要不，你还是像以前一样撑我好了，也许我会舒服点？"

听到她这话，何寒深的眉头拧得更紧了。

看来，他该反思了，毕竟某个何姓律师说过，有时候，坦率一点比较好。

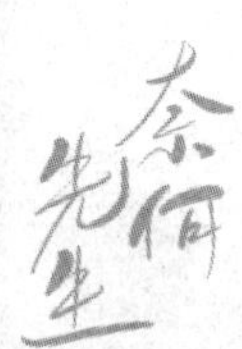

至于方初榆不适应他突然对她好这件事，他的解决办法很简单，那就是继续对她好，直到她适应，并且习惯。

方初榆一开始确实很忐忑，说什么做什么都小心翼翼的，直到发现某人真的对她无微不至、无所不从后，她的心情那叫一个激动啊，感觉自己终于农民翻身把歌唱，不仅耀武扬威地使唤他，且心安理得！

何寒深也配合，就差把她供起来伺候了。

对于自己住院的事，方初榆没有声张，给公司那边的借口是要出差，没让任何人担心，但这个可瞒不住方柏崧。

一早，方柏崧就来了。

不过看到方初榆生龙活虎的，也就没搭理她了，只是离开病房的时候，他把 24 小时一直守在她身边的何寒深喊走了。

何寒深没有对他隐瞒，如实说了，包括因为自己的“擅作主张”，而让对方有机可乘，才让她遭到袭击。

这些责任何寒深都揽在了自己身上。

方柏崧虽然老了，但还不愚昧，知道错不在他。

但有件事，方柏崧还是明确说了。

如果他何寒深没本事找出来是谁袭击的方初榆，那么，方初榆的事他就别插手了。

对此，何寒深的回答只有一个：“这件事，就不劳您费心了。”

“最好是如此。”方柏崧眼神很犀利。

在离开之前，方柏崧还对他说了一句话：“我女儿，就麻烦你多照

顾了，好好保护她，还有……谢谢。”

望着方柏崧拄着拐杖，脚步缓慢离去的背影，何寒深许久才收回目光，低喃说了句：“用不着谢，这都是我应该做的。”

[2]

方初榆在医院住了一个星期，才回家休养。她伤得最重的是小腿，被刀划开了一道颇深的口子。

据她回忆，对方原本是要在她脸上划的，但因为被她喷了一脸辣椒水，混乱中，就不小心划到她小腿了。

见了血，袭击她的兄弟俩害怕，骑着摩托车一溜烟跑了。

何寒深已经派人去调查了，虽然附近没监控，那辆摩托车也连个车牌号都没有，但还是查到了蛛丝马迹，最后顺藤摸瓜，找到了袭击者背后的指使人：昭兰兰。

这个昭兰兰触到他的逆鳞了！

一番操作下来，昭兰兰彻底在大众面前消失了。

这一切，方初榆都不知情，还担心行凶者会不会袭击其他人，而且自己也很危险。

听她念叨多了，何寒深索性提议：“既然你担心，那么，从现在开始，你上班，我跟你去。”

“啊？你要去我公司？”方初榆愣了一下，仔细想想，他确实没去过。

何寒深反问她：“不行吗？”

“也不是不行，只是，你要以什么身份来呢？”方初榆认真思考。

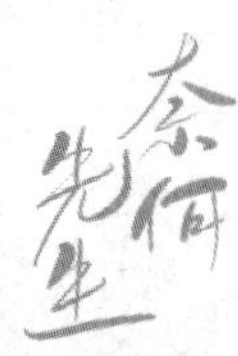

何寒深的嘴角微不可察地勾起了一抹弧度。

“你觉得，该以什么身份？”

方初榆也正好想到了，她自信满满地吐出两个字：“保镖！”

正在洗碗的何寒深将洗碗巾狠狠一扔！

哼，不洗了！

方初榆一脸茫然，不知道他怎么突然就生气了，难道是这些天的“压榨”，终于让他忍不住爆发了吗？

其实何寒深这些天对她的照顾确实无微不至，好到让方初榆怀疑，他喜欢她。

但方初榆很清楚，他之所以这么照顾她，应该是出于内疚。

因为自责那天没跟她一起走，才让她遭到袭击，到现在，他还耿耿于怀。

这么一想，方初榆就觉得自己很自私。

因为喜欢他，明知他对她没有感情的情况下，利用他对她的愧疚，享受他对她无微不至的关心，太卑鄙了！

长此下去，肯定不行，迟早会令他和她两败俱伤。

方初榆也不想他一直处于愧疚之中，于是对他说：“何寒深，你其实不用觉得对不起我，我受伤都是我自找的，所以，你可以不用对我这么好，我怕，我会真的习惯，离不开你……”

何寒深在扔了洗碗巾之后，因为强迫症，又将洗碗巾捡回来，继续接着洗了，听到方初榆这话，何寒深顿住了。

水龙头还在哗哗流着水，四周突然安静得有点可怕，窝在沙发上的方初榆紧张地咽了咽口水，感觉到氛围很不对劲，怀疑是自己说错了话。

[3]

“你，听到了吗？”方初榆见何寒深一动不动，背影看着有点瘆人，以为他没听清，便问了一声。

何寒深关掉水龙头，转过身看她。

被那双凌厉如墨般漆黑的眸子直勾勾地盯着，方初榆浑身发毛，她忐忑道：“你没事吧？我说错什么了吗？”

“方初榆，你是不是误会了什么？”何寒深隔着一段距离，看着懒洋洋攀在沙发边缘上，歪着脑袋有些迷茫还有些忐忑不安的方初榆，此时她像个做好挨训准备的小孩子。

知道藏不住了，方初榆缩回了半个脑袋，怕被他揍，心虚道：“难道你不是喜欢同性……”

何寒深只觉得太阳穴直突突，忍下冲过去把她拎起来暴打一顿的冲动。他咬紧牙关，顶了顶后槽牙，瞪着她恶狠狠道：“方初榆，你再说一遍试试看。”

“难道不是？”方初榆眼睛瞬间一亮。

她心情忽然大好，就好像笼罩在她心上已久的乌云突然消散了，让她豁然开朗！

但很快，方初榆就乐极生悲了，感觉头顶有阴影笼罩下来。

她一抬头，就看到何寒深阴着脸，居高临下地俯视着她，跟个黑煞阎罗王似的。

方初榆有点尿，讨好巴结道：“哎呀，都是误会，你大人有大量，别介意哈。”

“方初榆。”

“到！”

方初榆紧张戒备，生怕一不小心再把他惹怒了。

何寒深吸了口气，才郑重地，一字一句对她说：“你以为我不喜欢你，你以为我对你做的这些，都是因为愧疚？”

“难、难道不是？”方初榆底气不足，声音也越来越小，就在她以为何寒深会被她气爆炸的时候，何寒深却只是闭上了眼睛。

“不是。”他回答她，“不是因为愧疚，也不是其他乱七八糟的理由，原因只有一个——方初榆，我喜欢你，不行吗？”

最后一句，他的语气里带着一丝不容拒绝的蛮横。

方初榆呆住了，好半天才反应过来：“你，这是在跟我表白？”

“不然呢？”何寒深没好气道。

呃……方初榆有些汗颜，也不是说这表白不好，只是——很硬核！果然是他何寒深的作风，一点也不扭捏做作。

“这就是你的反应？”见她自始至终都笑眯眯的，也没什么表示，何寒深眉头微蹙。

难道，上次她喝醉时说的话，就真的只是喝醉了？她不喜欢他？

一想到有这个可能性，何寒深的心里就闷得慌。

“我很开心啊！”方初榆赶紧说。

为了让他相信，她还站到沙发上，但因为起猛了，有点头晕。她忙弯下身，双手扶着他的肩，笑眯眯地对他说道：“只是因为太突然了，我有点不知道该说什么，但我喜欢你这件事，你早就知道了吧？”

他点头。

方初榆也不需要多说什么了，低下头，快速地落下一吻。她的眼角是掩饰不住的笑意，偷亲完就想赶紧溜。

但还没来得及跑，她手腕被何寒深一扣，又给拽回去了。

方初榆跌坐回沙发上，还没回神，修长的手强硬地握住她的后脑勺，扣住不让她乱动，下一秒，何寒深的唇就覆盖上她的唇。

跟她刚才蜻蜓点水的吻不同，何寒深的攻势如暴风雨般猛烈，又有如淅淅雨后如沐春风般的温柔。

从起先的试探，再到侵入的掠夺，方初榆都完全处于下风，全面被他压制着。

意乱情迷间，方初榆却在想，下一次再亲，一定要轮到她压制他！

只是，每一次都这么想，但每次还是深陷在何寒深温柔的攻势中，被他引领着走，根本没有翻身之地！

对此，方初榆屡战屡败，屡败屡战……

[4]

方初榆在家养了一个多星期，在这期间，整天跟何寒深黏在一块。

起先她还以为，两人正式在一起之后，生活多少会发生些改变，但相处下来后发现，日子还是那样。

有时候，方初榆也会想着要不要来点约会提升一下彼此的感情什么的。只是每当她这么一提议，何寒深就会幽幽给她来一句："腿都这样了，还想四处跑？"

好吧，那暂时不考虑了，但称呼上得改一下吧？

方初榆会根据心情叫他不同的名字，生气的时候直接喊全名，撒娇

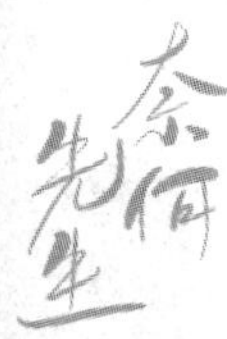

的时候喊小深深，平时要么是喊阿深或者是寒深。

但何寒深，自始至终，就没变过……

“方初榆，别赖床了，起来吃早餐。”

“方初榆，不准蹦跶，坐下！”

“方初榆！”

方初榆郁闷了，人家男朋友都喊对象“宝贝”“亲爱的”啥的，哪有他这样直接叫全名的？尤其当看到他的手机上她的备注是方小姐的时候，她终于爹毛了！

拿着他的手机，方初榆冲进厨房里凶巴巴地质问他。

何寒深只瞥了一眼，然后说了句：“你看一下其他人。”

方初榆很听话地去翻了，发现全都是人名，也没有家庭或者同事分组，完全分不清那些人跟他是什么关系，她这才想起一件事——他给他妈妈的备注都是人名，这是为什么？

何寒深解释：“手机是最容易暴露亲人信息的东西，尤其是我这种情况，手机一旦落入不怀好意的人手中，后果不堪设想。”

方初榆这才了然，突然发现，跟他比起来，她心眼真是太小了，一个备注而已，都这么大惊小怪。

“原来是这样。没事，这样也挺好的。”方初榆分得清轻重，也就放下了。

何寒深看了她一眼，还是说了句:“方小姐这个特殊备注只有你,另外，也置顶在第一位。”

方初榆眨了眨眼睛，他这是怕她不开心？

这是方初榆跟他相处之后发现的，表面上他看起来对一切都漠不关

心，但实际上，他比谁都细心，尤其总是能注意到那些被她忽视的细节，让她时不时被他感动。

康复得差不多，已经可以正常走路了，方初榆就计划着要跟他出去约会，毕竟在家待久了也蛮无聊的。

方初榆提出这个要求的时候，何寒深正在给她吹头发。

吹风机声音不大，何寒深调了二档风力，虽然风力不大，但何寒深还是怕烫到她，每次都很耐心地从发尾慢慢吹。

对于她每隔几分钟想到什么就想做的行为，何寒深已经见怪不怪了，不过，这次他同意了。

“真的啊？那我们去哪里玩？”方初榆惊喜，眼睛瞬间就亮了。

何寒深吐出两个字：“公司。”

方初榆：“……”

不过，她确实大半个月没去上班了，以出差为理由，她一边在家休养，一边办公，现在腿好了，肯定得去上班了。

好在何寒深也跟她一起去，虽然是以保镖的身份，但她还是很开心！

两人一出门，方初榆就一跳跃到何寒深背上，让他背她。

何寒深失笑，虽无奈，但眉宇间却是掩饰不住的深情与宠溺。

[5]

方初榆原以为张蒲清看到何寒深会很惊讶。

事实证明，她想多了。

张蒲清虽知道战地记者何寒深，可不知道人家长什么样。

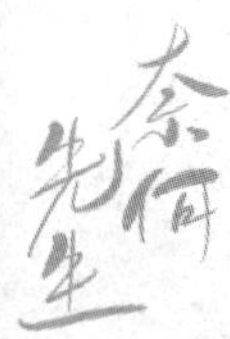

既然如此，方初榆也就故意不先告诉他了，只说这个保镖叫小何，是她刚交的男朋友。

方初榆介绍得轻描淡写，张蒲清可被吓得不轻，一度怀疑方初榆是在开玩笑。

但当看到何寒深与方初榆之间过于亲密的举动，尤其是剥虾亲自喂给她吃的这种行为，张蒲清才不得不相信了。

但是，问题就出在这里！

张蒲清万万没想到，方初榆说交男朋友就交了。

尤其这男人还不知道是从哪里蹦出来的，长得人模人样，一看就是特别吸引女孩子喜欢的那种类型，没准就是靠甜言蜜语把方初榆哄到手的。

但一个小小的保镖，哪配得上她？

于是，他冒着工作不保的风险，跟方初榆提出了自己的疑虑。

方初榆极力忍着笑，煞有介事地点点头："说得挺有道理，不如你去跟他说，也可以试一试他是什么反应。"

张蒲清应下了。

毕竟他一直以来，都将方初榆当亲妹妹一样看待，遇到这种事，肯定得担起大哥的重任，当然得向何寒深发起进攻！

据说，他被何寒深一句话秒杀了。

事情是这样的。

张蒲清派头很足地把何寒深叫到茶水间，装腔作势道："你是那个谁谁谁？叫什么来着，真是，我们老板平时都不屑叫你名字，搞得我都

不知道你叫什么。”

“何寒深。”在饮水机前给自己倒了杯热水的何寒深，头也不抬道。

“哦，是叫何寒……等等，你叫什么？”张蒲清怀疑自己听错，不确定地又问了一遍。

何寒深懒得跟他贫，直接开诚布公：“何寒深，战地记者，何寒。”

于是，方初榆一看到何寒深回来，后面跟着一脸花痴笑的跟屁虫时，就知道何寒深已经把他摆平了。

方初榆还故意问张蒲清：“你不是怀疑他是骗我钱的渣男吗？怎么现在成这样了？”

“什么渣男？我寒大神这么好的男人怎么可能是渣男！老板，你不要血口喷人，能跟寒大神在一起，老板你上辈子一定是拯救了银河系，不然以你这样的，都不知道怎么高攀上我们寒大神的。”张蒲清说得掷地有声，义正词严。

方初榆脸都绿了，高攀？怎么这会儿成她高攀他了？

对此，方初榆只想对张蒲清说：看到了吗？那一地的东西，快捡起来，那是你的节操啊！

[6]

方初榆接到顾白曦的电话，来到酒吧。

顾白曦已经喝得微醺了，脸颊红红的，看到方初榆过来，还傻笑着对她招手。

方初榆眉头紧皱，虽然不知道顾白曦发生了什么，但还是上前关心她。

顾白曦还端着酒往嘴里灌，方初榆一把抢过。

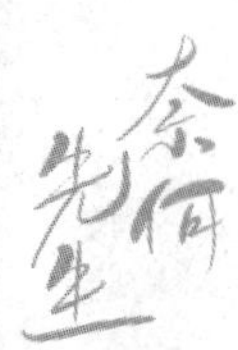

顾白曦忽然哽咽了一下，扑到她怀里哭了。

接下来，从顾白曦断断续续，语无伦次的自言自语中，方初榆才知道她跟男朋友分手了。

是她提出分手的，至于原因，就是不爱了。

方初榆还是安慰了她，虽然二人现在的感情不如以前了，但好歹同学一场。

顾白曦之后又喝了几杯，打着酒嗝，忽然提起了一个人："初榆，你还记得周学长吗？"

"周学长？"方初榆想了一下，"你说的是周霁杓吗？"

顾白曦点头，嗓音低低地问她："你现在，还爱他吗？"

"什么叫还爱不爱他？我都没喜欢过他，要较真起来，我顶多对他有点好感吧？"方初榆都不知道她哪里来的误会。

大学的时候，比她大一届，同是金融系的周霁杓确实对她很好，当时所有人都在传他在追她。方初榆也因此仔细考量过他——品学兼优，文质彬彬，前途不可限量，对他也算有些好感。

正想着要不要跟他发展一下的时候，周霁杓却对外申明，他不喜欢她，只是将她当妹妹而已。

然后……然后就没然后了。

方初榆其实多少是碍于被他"追求"的压力，才想着要不要跟他发展一番。他不喜欢她正好，一身轻。

"不是的。"顾白曦摇头，苦涩笑道，"他是喜欢你的，只是他觉得高攀不上你，他有他自己的傲气，不愿意被人说靠女人上位，所以，才说不喜欢你。"

“是吗？你怎么知道？”方初榆无所谓地问，已经过去这么久了，她权当故事听了。

顾白曦的嘴角垮了下来，仰头又灌了杯酒，像是在喃喃自语，语气惆怅道：“是我逼他说的。我说他配不上你，但我跟他很般配，我们同样是穷人家的孩子，门当户对，他应该喜欢我，你说对不对？”

说到这儿，顾白曦突然泣不成声。

方初榆表情十分古怪，不会吧？顾白曦喜欢周霁杓，还有这档子事？

她不由得怀疑，她大学四年都干什么了，竟然连这些八卦都不知道。哦对，她专心学知识，好等毕业后继承家产，接手公司呢。

“初榆，你知道吗？他，要回国了。”这话，顾白曦似乎是藏在心里很久了，终于开口告诉她。

方初榆挑了挑眉。

然后呢？

果不其然，顾白曦还加了一句：“他回国，是来找你的。”

“找我干吗？我有男朋友了，你要是有机会见到他，麻烦跟他说，错过了就是错过了，让他别坚持那些不可能的事。”方初榆说得认真，她跟她家寒深好好的，可不想被横插一脚，影响了感情。

“男朋友？”顾白曦笑了一声，“是上次坐轮椅的那个？”

“他已经好了，现在我们很好，就不劳你费心了。”方初榆语气有些冷漠。毕竟顾白曦做了什么，方初榆都记着。

顾白曦也识相地没再多说了，最后喝醉了。

方初榆原本想拦辆出租车送顾白曦回去的，但何寒深得知她在酒吧，就开车出来接她了。

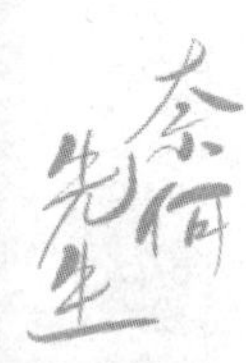

[7]

方初榆搀扶着顾白曦出去。

当看到何寒深开着方初榆的车出来时，顾白曦也不知道是故意还是无意，笑着说了句：“你男朋友没车吗？竟然开你的车？”

“有车坐就不错了，还说那么多干吗？”方初榆没好气，把她塞进车里。怕何寒深多想，方初榆还回过头跟他说别在意。

何寒深当然不会在意，确定方初榆坐上车了，才关上车门。

顾白曦半梦半醒，一路上嘟囔了很多，还不停地提周霁构。

方初榆皱眉，很想捂住她的嘴，让她别说了，好好睡不行吗？

但何寒深好像没听到，一路上都在认真开车。

方初榆也就没多想了，将顾白曦送到家，方初榆把她扶了进去，将她安置好了才出来。

方初榆打开副驾驶的车门，结果刚坐上车，耳边就传来何寒深低哑磁性的声音：“周霁构是谁？”

来了来了！该来的还是躲不过！

方初榆已经领教过何寒深的占有欲跟保护欲了，他这人有点闷骚，还很傲娇。

她料想过他应该也挺能吃醋，没想到，这么快就见识到了。

“就大学时一个金融系的学长，我跟他没太多关系。”方初榆忙保证。

何寒深没说话。

但他一个眼神，一个动作，方初榆就知道他是什么意思了，于是老实交代：“好吧，当时对他确实有好感来着，但也仅此而已。没在一起过，

更别说其他的了。你放心吧，我交的男朋友只有你一个，将来，也应该不会有了。”

何寒深还是没说话。

“真的！没骗你，你还不相信我？”方初榆急了。

何寒深这才开口：“我没有不信你，相反，只要是你说的，我都信。我只是在想，能入你的眼，他长什么模样。”

方初榆刚要放下的心，听到他这话又提起来了。瞧这说的是什么话？明明就是醋坛子，还不承认！

“你不提，我都快忘了他长什么样了。”方初榆嘟囔，既然提起这个话题，她就要问他了，“话说，除了我，从小到大，你都没有喜欢的女孩子？”

“没有。”

“真的吗？那么多好看的美女，你一个都没看上眼？”方初榆有意调侃他。

结果，何寒深给她来一句：“我的眼里，只有真相。”

方初榆反驳不了，也不敢调侃了。

何寒深凝视着她，忽然缓缓道：“过去，我的眼里只有真相，现在，还有一个方初榆。”

方初榆愣住，她在他心中的地位，是如此重要……她忽然觉得，好荣幸！

于是，她喜笑颜开，美人主动献吻，刚准备她来主导引领他，结果，还是被何寒深占了上风，她又一次败了！

[8]

“老板，小孙总又来了。”张蒲清一进办公室，先小心翼翼地看了在一旁看书的何寒深一眼，才对方初榆道。

一听到他又来了，方初榆就头疼，问他：“人在哪儿了？”

“捧着一束玫瑰花，正大摇大摆朝办公室来。”张蒲清苦笑，还不知道等会儿来了，发现何寒深跟她的关系，会怎么闹呢。

方初榆看了何寒深一眼。

他倒是很平静，翻着书，不以为然道：“让他进来。”

“好嘞，我现在就去门口等。”仿佛何寒深才是这间办公室的老板，张蒲清一听，利索地立马照做。

方初榆对此表示很嫌弃，平时也不见他这么听她的话，也不想想，谁才是给他发工资的人，哼！

“孙齐辉，上次在酒会你也见过他了，好好一个人，偏偏长了张歪嘴，等会儿知道你在我这儿当保镖，还不知道会说出什么损人的话来。”方初榆起身伸展了个懒腰，边朝坐在沙发上的何寒深走过去。

不过，她也不得不承认，他穿着一身西装，坐在沙发上慵懒翻书的模样，着实像极了一个总裁。

不动声色，云淡风轻，仿佛一切尽在掌握中，什么话也不用说，往人群中一坐，他就是天生的领袖。

之前就闹过一场乌龙，合作的外企一位领导过来，刚好她不在，对方就把正在喝茶的何寒深给误认是总裁了。

更绝的是，何寒深还跟对方聊了一下午。

最后那领导走时，还眉开眼笑的。

方初榆问何寒深，他们聊了些什么，何寒深都不说，让方初榆怀疑他是鬼扯了很多，所以才不好意思告诉她。

“不管他。”相较于方初榆的担心，何寒深并没把孙齐辉放在眼里。

没一会儿，孙齐辉就进来了。

跟方初榆料想的一样，孙齐辉一看到何寒深就咋咋呼呼的，尤其当得知他们已经在一起，孙齐辉的脸直接就黑了，他不甘心。

“我说方小姐，你要找男朋友我不阻止，问题是，你要找，怎么着也得找个不比我差的吧？”孙齐辉咬着牙，故意阴阳怪气道。

听到他这话，方初榆挑了挑眉：“你确定，他长得比你差？”

一旁的张蒲清在两人之间来回看了一眼，果断选择他家寒大神！

孙齐辉眼睛不瞎，知道人家长得比他帅，但外表是重点吗？庸俗！

“方初榆，你知道我指的是什么，起先我还以为他是哪个富二代，结果就是个穷小子，还在你公司当保镖呢，分明就是在你这儿蹭吃蹭喝，拿的还是你给的钱。你说，这不是小白脸，还能是什么？”孙齐辉看不起何寒深这件事他也不藏着，还坦坦荡荡地把话直接点明了，好让大家都看清他的真面目！

只是，这“大家”其实也就只有两个人，一个是何寒深的女朋友，一个是何寒深的小迷弟，孙齐辉说了相当于没说。

“行了行了。”方初榆摆了摆手，十分敷衍，“你的好意我心领了，花就别留下了，我对玫瑰花过敏。你呢，从哪儿来就回哪儿去，以后别再来找我了。张蒲清，送客！”

孙齐辉不甘心就这么走，他可以接受跟方初榆彻底没戏，却不能接

受她跟何寒深在一起。

怎么着，方初榆也该找个比他强的吧，怎么能找这种小白脸呢？

但方初榆已经没有给他说话的机会了。

虽然孙齐辉已经被张蒲清送走，但方初榆的心情还是很不好。

她知道，以后这种情况还会发生，这些人连何寒深是什么人都不知道，就在这里胡说八道，毁她家寒深的名声！

偏偏他还这么低调，也不主动说什么。

方初榆忍不住道：“你都不生气吗？他那么说你。”

“有什么好生气，他说的，也挺有道理。”何寒深的反应太寻常。

这副模样，落在方初榆眼里，反而就显得不寻常了。

方初榆表情古怪道：“得，我算是看出来了，你就是故意的，想让他看到，就算他说了那么多，我还死心塌地跟着你，存心气死他是不是？”

何寒深耸了耸肩，不置可否。

方初榆摇了摇头，想着这人心可真坏！

[9]

下午临下班前，方初榆接到方柏崧打来的电话。

他说今晚想单独跟她吃顿饭，有话要跟她说。

方初榆同意了，跟何寒深说了一声。他正好也有事要处理，叮嘱她晚上开车注意安全，就先一步离开了。

等何寒深走了，难得跟方初榆有单独相处时间的张蒲清问她：“老板，寒大神以后都留在你这里不走了吗？”

他这个问题把方初榆问倒了，也提醒了她。

何寒深是战地记者，虽然不知道他领导是怎么安排的，又会不会让他出国，但方初榆知道，他不可能一直留在她公司里。

一直跟他在一起，她都习惯了，也没想过以后，此刻她才正视起这件事来。

看来，得找机会问一下他了。

晚上，方初榆如约到她爸订好的餐厅，结果进了包间一看，里面等着的人竟然是孙齐辉。

正在玩手机的孙齐辉一抬头，发现是她，也呆住了。

两人相视无言，许久，才异口同声说："你怎么会在这儿？"

五分钟后，方初榆摁着直突突的太阳穴，十分头疼道："你刚才说，是我爸约你出来的？还说要单独跟你吃饭，有话要跟你说？"

"不然呢？否则我怎么会来？"孙齐辉也是一脸难受，毕竟有谁被骗了还开心得起来呢。

"这不可能！"方初榆眉头紧皱，她爸知道她跟何寒深在一起，而且，也认可何寒深的，怎么还想这种招数让她跟孙齐辉吃饭？

方初榆越想越不对，问他："我爸还说什么了吗？"

"我想想。"孙齐辉见她脸色不对，也严肃起来。

仔细回想方柏崧跟他说的话，孙齐辉才说："好像是有点奇怪，今天他给我打电话的时候，我有说，你已经跟那个姓何的在一起了，他却说他不认识什么何寒深，还说我们两家联姻，才是最好的安排。"

"什么？他这时候还在说这种话？不行，我要去找他问清楚。"方初榆可坐不住，起身就走。

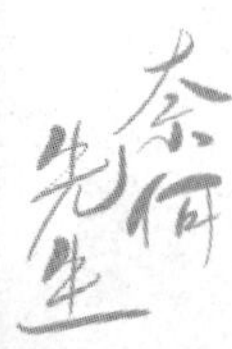

孙齐辉也没有阻止她。

不料，不等方初榆离开，一帮流里流气、穿着时髦的年轻人先闯进来了，他们直接拦住了方初榆的去路。

一看到来人，孙齐辉脸色一下就变了，猛然站起来，对为首染着一头黄发的男人喝道：“许东旭，你想干吗？”

嘴里叼着根烟，脖子跟手背都文着文身的许东旭冷笑了一声，对孙齐辉道：“孙少，上次的比赛，可还没有分出胜负，别以为你不参加了，我们之间的恩怨就不存在了。今天晚上，你必须再跟我比一场，至于这个女人……”

他说着，目光落在方初榆身上，嘴角一勾，邪气道：“能不能抱得美人归，就看你能不能赢了，一起带走！”

而后，一帮年轻人七手八脚拽着方初榆跟孙齐辉就往外走，方初榆简直无法忍受，她现在还有更重要的事，哪有心情陪这帮富二代玩？

但这帮人根本不听她说话，纵使方初榆力气再大，也挣脱不开几个大男人的压制。

最后，方初榆也只能放弃，走一步算一步了。

没办法，摊上孙齐辉这家伙，她只能自认倒霉了！

[10]

何寒深一出公司，停在门口等候已久的车，立马将他接回了何家老宅。

何家大厅聚集了很多人，其中穿正装的占多，导致一身警服的古博臣显得有些显眼，他表情很严肃，正在跟何老爷子谈话。何老爷子则是频频喝茶，时不时问一旁某位老者的意见。

何寒深到的时候，还在熙熙攘攘讨论的众人瞬间静下来，目光都整齐划一地落在了他身上。

关于他们在商讨什么，何寒深比任何人都清楚，他的态度也很明确，需要他，他就去。其他的后果跟风险，他不考虑，一切以大局为重。

众人想劝，却无从劝起。

最后，古博臣对他沉声道："寒深，只有一个月的时间，到时候，就麻烦你，出国一趟了。"

何寒深没多说什么，只是点了个头。

这时，电话响了，何寒深拿起来一看，是方柏崧打过来的。

接通电话。

方柏崧说："她在你身边吗？"

"现在，在她身边的不应该是您吗？"何寒深眼眸一敛，隐约感到了一丝不对劲。

电话那边安静了很久，半晌，才听方柏崧深深叹了口气，疲惫道："看来，我记性真的出问题了……"

了解了情况，何寒深挂了电话，立马联系方初榆，但电话没人接。

众人发现他脸色不对。

何老爷子赶紧问："怎么，出啥事了？"

"估计，是又遇上什么麻烦了。"

又打了一通电话，了解到方初榆的处境后，何寒深倒是不慌，他只是在想，以何家跟许家的交情，他该怎么处理那帮不自量力的小子，才不碍了两家的情面……

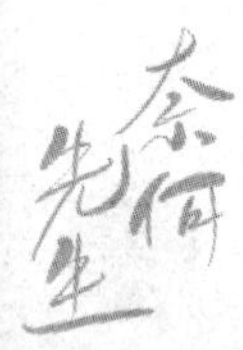

许东旭跟孙齐辉说的比赛是赛车。

自从上次赛车出车祸后，孙齐辉就被勒令禁止再赛车了。因此，被带到赛车场上，孙齐辉死活不上车。

只是他不跟这个许东旭比，方初榆就走不了。于是，没耐心跟这些小屁孩浪费时间的方初榆开口了：“我说，你们不是想赛车吗，我跟你比总行了吧？”

听到她这话，许东旭跟孙齐辉都愣住了。

方初榆一脸不耐烦，催促道：“快点啊！要比就赶紧，我赶时间。”

“我才不跟女人比。”许东旭的嫌弃都写在脸上，压根就不相信，她这种职场白领还会开赛车。

方初榆还想鄙视他呢，别看她这样，好歹她也参加过场地赛的，真当她是不自量力？

“不敢比你就直说，我赶时间，先走了。”方初榆懒得跟他说太多。

许东旭那帮兄弟却拦住她不让走。

许东旭笑了一声：“我不敢比？开什么玩笑，我是觉得没面子好不好？先不说不会输你，就算赢了你，我也没啥面子啊！”

“这也不行，那也不行，小弟弟，你想怎么样？”方初榆的暴脾气渐渐压不住了。

许东旭无所谓地耸肩：“反正，要么是孙齐辉跟我比，要么，你们今晚就别想离开这里。”

方初榆抽了抽嘴角，真当自己是黑社会啦，她一个电话报警，他们就都有得受好吗？

不过，她的手机在他们手上……

“他不比，我跟你比。”

这时，一道熟悉的声音从身后传来。

方初榆愣了一下，转身一看。

西装革履的何寒深从一辆车上走下来。

方初榆愣住，他怎么知道她在这儿？

第十章

/

跟你在一起，就从没想过分开

Naihe Xiansheng

✦

[1]

若干年后，方初榆每每回想起来，都忘不掉何寒深向她走来的这一幕，颀长的身影，如墨般漆黑的眸，他在夜幕之下，踏光而来。

与他一同而来的两名军人想跟随其后，何寒深一个抬手示意，两位就都停下了。

不必多说一句话，甚至连一个眼神都不用，举手投足间，便让人望而生畏。

何寒深是方初榆少见的那种不怒自威，凭着一个眼神，就能让对方感觉到寒意的人，他一出现，其他人瞬间成了路人。

不过，方初榆想，这帮公子哥性情如此桀骜，何寒深能制服他们吗？这是个很严重的问题。

孙齐辉也在好奇，出场派头搞这么大，许东旭这帮人来头可都不小，不是那么好摆平的，就算何寒深勇气可嘉，为了女人，要跟许东旭比一场，但人家许东旭肯定瞧不上他，哪里会答应？

果不其然，跟孙齐辉想的一样，许东旭不接受何寒深跟他比赛的提议。

原因，是因为许东旭不敢！

没错，就是不敢。

尽管孙齐辉怀疑自己听错了，但看着许东旭那张一向狂妄不羁的脸露出讨好奉承的笑，他不得不相信自己没听错。

许东旭也没想到，这孙齐辉背后还有这么大的靠山，何寒深他是不敢招惹的，赔着笑道："何大哥，实在不好意思啊，我不知道孙齐辉是你的人，要是知道的话，我也不会为难他了。"

孙齐辉一时间都蒙了。

何寒深却看都没看他一眼，牵过方初榆的手，将她拉到身边，才对许东旭冷冷道："你要怎么为难他，是你的事，但擅自把我女人带到这里来，这笔账，我会跟你算。"

"啊？这……这是嫂子啊！"许东旭惶恐，赶紧跟方初榆道歉，"实在对不住！是我误会了，何大哥，你饶了我吧，别跟我爸说好吗，我错了！"

看着全无一开始威风的许东旭，方初榆有些好奇，便悄悄小声问何寒深："你跟他是什么关系啊？他好像很怕你。"

"论辈分——"何寒深睨了许东旭一眼，"他该叫我一声叔。"

方初榆挑眉，幸亏这许东旭刚才没喊他叔，不然她就荣升阿姨了，

听着岁数有点大……

至于这许东旭为何如此怕何寒深，方初榆眼下也不好问，只是打好了主意，私下一定将他的过去好好了解一番。她有预感，何寒深的过去，一定是段“传奇”。

何寒深亲自过来，许东旭当然拱手放人。孙齐辉眼看何寒深真的不管他，拉着方初榆就走，他赶紧凑上去攀关系，求何寒深把他也一起带走。

何寒深不想理孙齐辉，孙齐辉就拽着他的衣角不撒手，俨然一副你把我抛下我就哭给你看的架势。

何寒深冷漠脸。方初榆没眼看，翻了个白眼，就一把将孙齐辉给拎上了车。

遇到他这种人，方初榆只能自认倒霉了。

[2]

真的把孙齐辉拎上车后，方初榆又后悔了。

这小子挤在她跟何寒深之间，一路都用“花痴”的眼神看着何寒深，让她很想一巴掌把他扇下车去。

孙齐辉全然没有察觉某人恶狠狠的眼神，一直盯着何寒深看，许久才笑着说：“之前还是我小瞧你了。许东旭的为人我最清楚不过了，那就是个小霸王，就没怕过什么人，今天看到他那么怕你，我就知道，你不是一般人。”

说着，孙齐辉一副宽容大量的样子，道：“看在你还挺有本事的分上，我准你跟方初榆在一起了，结婚的时候，一定不要忘了给我发请帖哦。”

对于孙齐辉这番话，何寒深只送给了他两个字：“下车。”

没一会儿，车停了，孙齐辉溜得老快了。

方初榆没忍住吐槽：“这小子，变脸比变天还快。”

“以后，离他远点。”何寒深叮嘱了句。

方初榆却上下将他打量了一眼，然后说：“我估计，离他远点的应该是你。男人出门在外，一定要注意安全！”

何寒深：“……”

到家后，送他们过来的车就离开了。

方初榆挽着何寒深的胳膊，好奇地问他：“你去见什么人了吗？怎么还有军人？”

“回了一趟家。”何寒深刚说完，想了想又补了一句，“那两位正好跟我有事要谈，便一起了。”

何寒深这么一说方初榆就明白了。

夜色下，两人在小区花园散步。

两人牵着手，就算没说话，彼此间也不觉得尴尬，反而有种细水长流，老夫老妻的默契。

方初榆有心事，何寒深一眼就看出来了，他甚至都知道她在想什么。

“你是在想，你爸突然又撮合你跟孙齐辉的事。”

不是询问，而是肯定句。

“是啊，很纳闷，完全不知道他想干什么。”方初榆神不守舍，说到这儿，深深叹了口气，“从小，我就不知道要跟他怎么相处，别人都说，女儿是爸爸的小棉袄，是爸爸上辈子的情人。到我这儿，我怀疑自己上

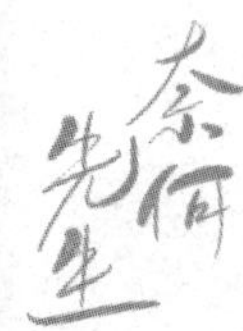

辈子是破坏他夫妻感情的小三。”

自打方初榆有记忆起，就没见她爸对她笑过。

方柏崧对她，永远都是不苟言笑，严肃冷漠，尤其在她的教育方面，要求极其严厉。方初榆在家甚至都不能放声大笑，从小就被很多规矩框住。这也导致了她长大后，脾气有些小暴躁，都是从小被她爸压迫导致的。

“说得现实一点，我跟他，不像父女，倒像是两个陌生人。我大学毕业后，他就让我搬出去，自己找房子住了，也不让我陪他。你说，他到底图什么呢？”方初榆是真的郁闷，她有心跟爸爸培养感情，他都不给她这个机会。

何寒深沉默了许久才说：“我之所以知道，你跟孙齐辉被带走，是伯父打电话跟我说的。”

“我爸告诉你的？”方初榆更不解了，她爸到底想干吗？

“以后有空可以多陪陪他。你不是总想着出去玩吗，就找个时间，带上伯父，顺便一起吃顿饭。”

方初榆怀疑自己听错，眼睛猛然瞪大，哪有人第一次约会，还把女朋友的爸爸也一起带上的？

但不知怎么，这种话从他口中说出来，方初榆竟然觉得很正常……

[3]

由于没吃上晚餐，方初榆说想吃顿香喷喷的饺子，回去后何寒深便下厨给她煮了盘饺子，顺便跟她提了一下，再过一个月他就要出国一趟的事。

饺子到嘴边，方初榆又没胃口了，问他：“你复职了吗？那你要去多久才能回来？”

既然是战地记者，一般都是要在战区待很久的吧？方初榆也没想到，她跟何寒深，竟然会往异地恋发展，不对，应该是异国恋！

“少则一个半月，多则半年，应该不会太久。”何寒深仔细算了一下。

方初榆小脸一垮，他不在一天，她都会很想他。

不过，方初榆还是很支持他的事业。再说，交往之前就知道跟他不能像别的情侣那样，异地恋还能经常视频通话，估计他出国后，大概率直接就失联了。

但没事，她等得起。

“嗯！没事，你去吧，我等你。”方初榆不想他有后顾之忧，扬起嘴角笑了笑，夹了个饺子喂到他嘴里。

何寒深凝眸看着她，很认真地说了句：“你没事吗？我倒是会很想你。”

这话说得，方初榆眼眶都要红了。

真是！他就是想听她说舍不得的话，让她当个懂事的女朋友不行吗？

“好啦好啦，我舍不得你总行了吧。”方初榆眼睛红红的，却含着笑嗔怪地瞪了他一眼。

何寒深凝视着她的眼神比平时更柔了几分，温柔地摸了摸她的头顶。

对方初榆，何寒深是有众多无奈的，他心疼她，更爱她，无时无刻不将她放在心尖上。

他虽极少袒露内心对她狂热的情感，但不能以此泯灭他对她几乎深入骨髓的爱。

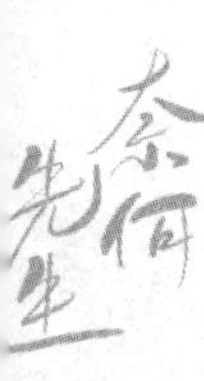

到时候他真要走了，这小丫头，肯定会让他牵肠挂肚，时刻惦记着吧。

周霁杓曾多次幻想过与方初榆的见面。

自毕业出国之后，他就再没见过方初榆了，对方初榆的印象，还停留在大学那会儿。

听闻一个叫方初榆的学妹以比他还高的成绩进了金融系，周霁杓有意见识这小学妹到底多有本事。

于是，在新生入学那天，他在校园里乱逛，就被一个拖着行李箱，手里拿着地图的新生拉住了。

她问：“同学，请问，新生宿舍往哪边走？”

周霁杓低头，抓住他胳膊的那只手白皙纤细，极为好看。他再往上看，对上一双清澈明亮的眼眸。

那一刻，他宛如坠落在一汪清泉之中，他从没见过气质这么独特的女孩子。

扎着一个丸子头，露出修长的天鹅颈，一张小脸不施粉黛，干干净净，通透的肌肤细腻得没有一丝瑕疵，四肢修长纤细，体态姣好得让人乍一看以为她是跳芭蕾舞的。

明明长着一张文静乖巧的脸，却一脸不耐烦，皱着眉，一副“别惹姐，姐不好惹”的架势。

她就是方初榆。

一个让他过去这么多年，却还是无法忘记的女人。

回国后，周霁杓一直在想着与她相见，但没想到，这一天会来得这

么快，来得这么突然。

餐厅洗手间外有吸烟区，他靠着墙，吞云吐雾间，眉眼一抬，一道熟悉的倩影映入眼帘。他愣住，下意识地喊出她的名字：“方初榆？”

[4]

听到声音，方初榆停住了往洗手间走的脚步，抬眼朝他望了过来，先是疑惑，而后露出诧异的表情。

周霁杓欣喜若狂，但极力掩下。

他掐灭了烟，迈步朝她走过去，仿佛经过了一个轮回，兜兜转转，他又来到她身边。

她变了很多。

少了大学时期的稚嫩与冲动，多了沉稳与冷静，她化了个淡妆，却依然美得不可方物，清冷与性感这两个冲击力十足的词，同时放在她身上一点也不显得突兀。

自信，落落大方，以及雷厉风行的干练，让他的视线无法从她身上移开。

“周霁杓？”方初榆不确定地喊出他的名字。

眼前这个意气风发，器宇轩昂的男人，让她一时很难跟以前那个心高气傲，却又孤僻自卑的周霁杓联系在一起。

也许是因为家境的缘故，他虽高傲，却又自卑，眼睛里始终有层阴霾笼罩着，但现在不一样了。

自信成熟，风度翩翩，俨然一派海归的精英形象。

“好久不见了。”他向她打招呼，看着她的眼神里，有毫不掩饰的

温柔与炙热。

方初榆有些尴尬，没想到会在这儿跟他碰见，她现在只想上厕所，而且，也没想跟他多聊，他这一副跟老情人多年未见一样的眼神看她，这真的不合适。

“这是我的名片。我刚回国不久，被聘请回来管理一家公司，今晚他们在这儿给我举行接风宴。”周霁杓怕错失了机会，忙掏出一张名片递给她。

方初榆接过。

名片上，他担任的是景瑞集团旗下一家子公司的总裁，景瑞集团方初榆也有所耳闻，可见他的实力不一般，现在也是年入百万了，前途不可限量。

见她没说话，盯着他的名片看，周霁杓的嘴角微不可察地弯起，问她：“你呢，是来应酬的吗？”

“不是，我跟我爸吃饭。”方初榆眼神闪了闪。

周霁杓一喜：“那我去打个招呼吧？”

“不用了，我男朋友也在。”方初榆也没打算隐瞒他，很直接地说了。

果不其然，就见他嘴角的笑容一僵，眼神瞬间就黯淡下来了。

方初榆又说了几句官方话，就进洗手间了。她还怕他会在外面等，磨蹭了好一会儿，出来的时候见他不在了才松了口气。

回到包间，她爸正喝得开心，也不知跟何寒深聊了什么，笑得合不拢嘴。

这一幕，让方初榆很是感慨，她跟她爸生活了二十多年，都没见他这么笑过。

结果何寒深三言两语，就让他笑成这样，都不知道何寒深是怎么做到的。

[5]

方柏崧年纪终究是大了，多喝了几杯，就喝醉了。

为避免老人受寒，何寒深先把方柏崧送回家了。

两人一块把方柏崧安置睡下了，才回到车上。方初榆有些小郁闷，说好的约会呢？就只吃了顿饭，就这么结束了，唉。

何寒深看出她的失望，反正才晚上八点左右，还可以去逛一逛。

方初榆听了眼睛瞬间一亮，刚才的郁闷一下子被她抛诸脑后。

何寒深见状忍不住失笑，她真的很好哄，给她一颗糖就可以开心一整天那种，这样的她，怎么能让他不爱呢。

不得不说，天底下的女人都是一样的，随便逛一逛，就逛到商场去了。

方初榆想起还没给何寒深买过衣服，干脆就带他去试了西装。何寒深就是典型的衣架子，随便哪一套，都能被他穿出不一般的韵味来。

挑到最后，发现有一件可以说是为他量身定做的。

十几万的价格，方初榆眼都不眨就买下了。

付款的时候，收银小姐见是方初榆掏钱，看着何寒深的眼神都不一样了。

长得这么帅，原来是个小白脸啊。刚才还觉得他们俊男美女，天生一对呢，结果，啧啧，现在的帅哥，比美女还吃香，果然长得好看，就

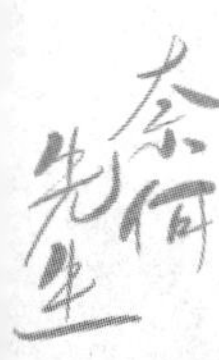

是能当饭吃。

付了款，方初榆拉着何寒深就走。

经过一家名牌手表店的时候，方初榆在橱窗前停下了脚步，镶了钻的星空手表静静躺在展柜里，仿佛在对它的主人招手，赶紧把它买走带回家。

何寒深注意到了，问她：“喜欢这块手表？”

方初榆咬着唇点头，依依不舍道：“很早就看上了，就是价格有点贵，150万。虽然我有那钱，但现在买这块表，不值得。果然，我钱还是赚少了，走吧，回去多赚点钱再过来！”

把自己给整热血了，方初榆斗志昂扬，现在就想回去搞事业。

何寒深看了那手表一眼，说了句：“喜欢那就买。”

不等方初榆回过神来，何寒深拉她进去，让营业员将手表拿出来，为她戴上手表，调整舒适度。

嗯，好看，很衬她的气质。

结账付款。

直到戴着手表出了店，方初榆还是一脸难以置信：“你哪儿来这么多钱？不是刷的信用卡吧？”

何寒深将刚才刷的银行卡递给她。

方初榆接过，不是信用卡。她问：“你这卡里有多少钱？”

“忘了。”何寒深回答得很坦率，他是真的不记得了。

方初榆表情古怪：“大致有多少也不知道？”

何寒深略微思索，说了句：“应该有一千多万，我没什么地方用钱，差不多有这个数吧。”

方初榆倒吸了口凉气，他这么有钱的吗？

“你以前到底是干什么的呀，这么多的存款？”

“也不能说是存款，应该算工资卡，我是在保有职位的情况下离职的，也就是说，我想什么时候复职都可以。”何寒深道。

方初榆就更好奇了，他到底是什么级别的职位？又是负责什么工作的？

只要是方初榆的问题，何寒深就有问必答：“收购股份跟投资，我对这两块稍微感点兴趣，工作那段时间，有对公收购跟投资，也有个人，基本没有亏过。没出什么差错的话，银行那边应该一直有在进账。”

方初榆有投资产业，但大多竹篮打水一场空。不过，如果投资的产业越做越大，作为投资人或股东，确实是每天啥也不用做，等着收钱就可以了。

所以，他就是那个坐等收钱的大佬？

[6]

这时，大佬还轻描淡写来一句：“这张卡我也不怎么用，给你吧，以后想要什么，可以直接买。”

“你把你工资卡都给我了，那你不是没钱了吗？”对于他这种主动上交工资卡的行为，方初榆虽然乐于享受这满满的安全感，但还是怕他没钱花。

结果，事实证明，大佬就是大佬！他说：“这倒不用担心，我还有好几张卡。”

方初榆惊！求抱大腿！哦不用，她已经抱上了。

不过，何寒深没说的是，几张卡中，这张卡里的钱算是最少的……

确定彼此都是奔着结婚去的，方初榆脸不红气不喘地把卡收下了。原来这就是被人养的感觉，幸福！

“我说你平时也太低调了，完全看不出来有钱。该不会你们何家那么多子弟中，你是最有钱的吧？”方初榆原本只是调侃一句。

结果，他居然认真地点了点头，说：“他们的钱，没有我多。”

方初榆咂舌，这话仇恨值拉的，让人好想打他！

不过，方初榆突然想到什么，问他：“景瑞集团你听说过吗？”

“嗯，早些年资金链出过问题，前景还是不错的。我呢，趁他们刚好缺钱，就刮了点股份过来，差点儿没把景瑞的董事长心疼死。”何寒深说得漫不经心，好像这只是一件无关紧要的事。

方初榆的表情有点微妙，他竟然还是景瑞集团的股东之一。这家伙，真是越挖掘越吓人，这就是个宝藏啊！

她不由得感慨了句：“你说要是你收购过我的公司，我们会不会就提前认识了？”

“这基本没可能性，你这种小公司……”何寒深刚想站在现实的角度上分析给她听，话说一半，察觉说错话，立马乖乖闭上嘴了。

“小公司？”方初榆挑了挑眉，敢情在他眼里，她就是一个小公司的小总裁呗？唉，扎心了。

换了以前，以她的暴脾气，肯定会气跳脚，但今晚这么一深挖，发现他才是大佬之后，她就“佛”了，谁让他钱多呢？

没跟他吵，方初榆只是捂着胸口，戏精地露出痛苦的表情，说：“啊！我被伤到了，要亲亲抱抱举高高才会好。”

见她还嘟起了嘴，何寒深抿嘴藏不住笑，二话不说，臂弯一捞，就搂着她的脖子走：“回家再亲。”

“哎呀，我看不到路了！”方初榆被他勒着，虽然不难受，但她还是很不爽，于是把他的手抓过来咬了一口，趁他松开，她赶紧跳到他背上去，得意道，“嘿嘿，背我！”

何寒深任她闹，眉宇间是藏不住的笑，背着她走一路都是轻轻松松的。

两人打打闹闹经过刚才那家西装店的时候，收银小姐看到了，啧啧摇头。

这女人给男人花钱还这么开心？

瞧这男人笑得这么开心，想起刚才注意到他们进了那家名牌表店，那女人是给他买了多贵的表啊？

由于实在是太好奇，反正闲着也没事，收银小姐就过去问了一下，想着日后可以作为饭后闲谈，跟姐妹们说一下见到的奇葩事。

结果没问还好，一问就酸了。

还有没有天理了？长那么帅还有钱？女朋友送了他套十几万的西装，他就眼也不眨地买了块 150 万的手表回赠！

嫉妒使人面目全非啊！果然，脸这种东西是次要的，还是脚踏实地赚钱吧……

[7]

周霁杓已经回国的消息，顾白曦很快就知道了，毕竟她一直有注意

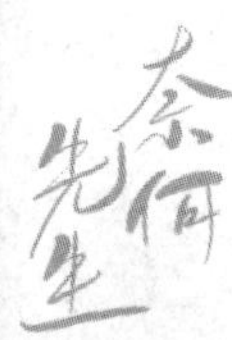

他的动向，连他的电话也有。

因为有话想跟他说，她就把他约出来了。

毕竟是昔日校友，周霁杓也没有拒绝，便赴约了。

两人约在一家咖啡厅里，起先聊的都是大学时的一些往事，以及各自的现状。

发现周霁杓对这些话题不怎么感兴趣后，顾白曦端起咖啡抿了一口，就说了句：“方初榆交男朋友了，你知道吗？”

周霁杓的眼神才有了一丝波动，但很快被他掩下了，淡淡道：“知道又怎么样。”

听他这话，顾白曦就知道他已经知情了，注意到他黯淡下来的眼神，她握着咖啡的手不断用力。她咬了咬唇，极力压下心底那团嫉妒的火。

她强扯了个嘴角，故作轻松道：“她的男朋友好像是个保镖，整天都跟着她，初榆对他很好。男人嘛，长得帅，只要懂得哄女孩子，应该没有女人会不喜欢。”

“保镖？”周霁杓眉头一皱。

顾白曦笑了笑：“是啊，连个车都没有，平时都是开初榆的车，我估计连住，都是住在她家里，其他的就更不用说了，肯定都是她花钱。”

“你说真的吗？”周霁杓的脸色逐渐不对劲了，如果真是这样，那他当初放弃她，又是为什么？

他原以为自己有钱有地位了，可以回来正大光明追求她了，结果，她居然跟一个穷小子在一起了？没准，那人还是因为她有钱才接近她的！

顾白曦耸耸肩：“我骗你干什么。”

周霁杓握紧了拳头，此刻很想把眼前这杯咖啡换成啤酒，他好一口

灌下！

顾白曦观察他的表情，见他克制隐忍着，但太阳穴的青筋还是暴起。

顾白曦就知道，他不甘心，非常不甘心！

于是，她假意漫不经心拿着勺子搅着咖啡，说：“前几天我跟她在酒吧喝酒，她喝多了，跟我说了些心里话。”

“什么话？”周霁构立马问。

顾白曦却故弄玄虚，吊了会儿他的胃口，才说：“她说，她还喜欢着你，这些年一直没找男朋友，就是因为等你，但你一直没回来，所以，她等不了……”

“你说的，是真的吗？”不知怎么，周霁构没有意外之喜的感觉，反而第一直觉是怀疑。

顾白曦不慌不忙地喝了口咖啡，才正视他的眼睛，语气很平静：“我骗你干什么？你该知道，我喜欢过你，如果不是因为不想你们错过，你觉得，我有什么理由不把握机会，趁机追求你？”

周霁构动摇了。

也是，方初榆大学的时候就跟她那么要好，确实会跟她说心里话。

这么一想，周霁构就克制不住狂喜。

她还喜欢他！他这么多年也一直在想她，既然这样，那他们凭什么不能在一起？就因为现在中间多了一个保镖男友？

这有什么难的，分手不就行了吗？

[8]

顾白曦一看周霁构的表情，就知道他在想什么了，她脸上虽然挂着笑，

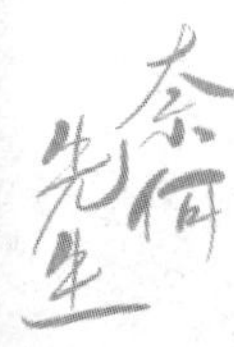

但谁也不知道，她现在有多嫉妒，嫉妒得想发狂。

但表面上，她云淡风轻地问：“那么，你现在打算怎么追求她？”

“我会追求她，鲜花，烛光晚餐，钻石，她想要什么我都买给她。”说这话时，周霁构的嘴角掩饰不住笑意，仿佛已经想象出他跟方初榆在一起的以后了。

顾白曦却摇头：“你这些啊，对一般女孩子可能有用，但对方初榆，一点用也没有，钻石她自己难道买不起吗？”

“你这话的意思是？”周霁构算是看出来了，她有话想说。

顾白曦给他出主意：“一个女人什么时候会喜欢上一个男人？当然是因为需要这个男人的时候，你现在要做的，是让方初榆知道你的重要，知道没有你不行，这样她就会抛弃现在这个帮不了她一点忙的男朋友，从而投入你的怀里了。”

“你为什么要帮我？”周霁构还是想问清楚。

顾白曦苦涩地笑了：“如果我说，我想让你放弃追求她，你相信吗？”

“你……”周霁构想说什么，但还是没说出口，最终只说了句，“对不起。”

“你不用跟我道歉，你们能好好的，我就满足了。”顾白曦很轻松，还把咖啡当酒，敬他一下。

周霁构配合她，也喝了一口咖啡。但周霁构很快也有了难题，那就是怎么做，才能让方初榆感觉到需要他？

关于这个问题，顾白曦已经想好了，对他说了建议。

周霁构一听，立马摇头说不行。

“让她的公司陷入困境，这种事我不能做，太卑鄙了。”周霁构脸

色铁青，同时心里也在挣扎。

顾白曦勾起嘴角：“又不是让你亲自动手，随便找个他们公司的死对头，让别人去做就行了，你只需要坐收渔翁之利。”

周霁杓脸色凝重。他知道这个办法可以达到目的，但手段未免过于无耻，而且，一旦她知道是他在背后推波助澜，会不会恨他……

就在他犹豫之际，顾白曦抛出撒手锏：“既然你觉得不行，那就当我没说过吧。看来，你也没多喜欢她，宁愿看她被一个只喜欢她钱的男人骗财又骗色，也不想帮她。”

这话果然戳到了周霁杓的自尊跟骄傲，而顾白曦那句方初榆会被骗，直接让他动摇了。

于是，不知不觉中，概念就这么被偷换了，变成了他是以为方初榆好为出发点，而不得以做出卑鄙小人的行为来……

自从何寒深跟方初榆表明心意后，她就几乎是住在何寒深家里了。

刚开始她还回去睡，后来在他家待得晚了，也懒得多走几步，反正也不是第一次在他的卧室睡了，于是心安理得地睡下。

何寒深也会抱着她睡，但除了亲亲她就没其他举动了。

方初榆是不介意跟他有更进一步的进展的，但他每次都克制住了。

起先方初榆还怀疑他身体有什么问题，结果某人一个眼神警告过来，她就不敢再怀疑了。

她反而开始往另一个方向想，那就是，他怕她会怀孕，怕他无法对她负责……会是这样吗？

但以她对他的了解，他不是那种怕负责的人，相反，他的责任心，

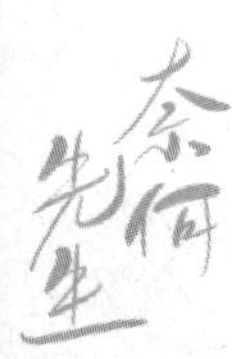

比谁都重。

是不是他怕自己对她负责不了，而且还是身不由己的那种……

这么一想，方初榆就理解他了。他一定是想跟她结婚，成为真正的夫妻之后，两人再深入亲密吧，也因为这样，她现在睡他身边，特安心。

这男人，总是在用自己的方式，给她最好的保护……

[9]

这天周末，方初榆日上三竿了还赖在被窝里不起来。

这是她跟何寒深在一起之后提的要求，工作日她可以跟他早起跑步锻炼，但周末不行。她要睡到天荒地老，谁也不能来叫她起床。

何寒深也准许了，不过，以往都是方初榆撒娇让他抱她才肯起来，但今天何寒深有事要外出一趟，她只能乖乖自己起了。

刚洗漱完出来，就听到门铃响了，方初榆也没多想，去开了门。

结果，她跟门外的人同时被吓到了！

方初榆被吓到，是因为对方是个魁梧高大、长得凶神恶煞的光头，这人身后还跟着一帮小弟，乍一看还以为是上门讨债的。

至于为什么对方也露出惊恐害怕的表情，方初榆就不知道原因了。她长得也不吓人吧？至于跟看到鬼一样吗？

但对老段来说，他确实见鬼了！

门一开，看到披头散发的方初榆那一刻，他就猛地一个后退，颤抖的手指着她哆嗦道：“你、你没死？”

“你才死了呢！”方初榆只是因为毫无防备被吓了一跳而已，听对方说这种不吉利的话，她当然得怒撑回去。

老段定睛一看，确实是人，便问：“这是何寒深，我们大哥的家？”

“大哥？”虽然不知道何寒深什么时候有这帮小弟的，但方初榆还是很有耐心地回答了，“是啊，不然呢？”

“那你是嫂子！”老段大声道。

方初榆一想，何寒深是大哥的话，那她肯定是嫂子，于是点头。

老段表情很是古怪，说道：“可是，大哥说你死了啊。”

“瞎说什么？他好端端诅咒我干吗？是不是前几天我们吵架的时候，他这么跟你说的？”只是，这话方初榆自己都不信。

他们那算什么吵架，就拌了几句嘴，很快又跟没事人一样了。

老段的头摇得跟拨浪鼓似的，说：“几年前说的。”

这话一出来，方初榆的脸色瞬间就变了。

几年前？

不知怎么，她突然有种毛骨悚然的感觉，鸡皮疙瘩都冒起来了。

“你……说的是真的吗？”好半晌，方初榆才脸色难看地问他。

老段点头：“真的！是大哥拿着你的照片亲口说的，说你得癌症死了……”

“等等！什么照片？你说，几年前他就有我的照片？”方初榆捕捉到关键点，但重点是，几年前，她还不认识他啊。

“是啊，就是你的照片，不然我怎么会认识你，还被你吓一跳。”老段也没多想，方初榆问什么，他就说什么。

最后，方初榆舔了舔干燥的唇，艰难地开口问他：“他有没有说，照片中的女人叫什么？”

“有啊！我现在都还记得呢。”对于自己的好记性，老段很骄傲，

立马说，“你就叫翠花！”

方初榆：“……”

翠花？翠你个头啊！

不对！现在头上绿的应该是她……

[10]

因为何寒深不在家，老段也没有多留就走了。方初榆抱膝坐在沙发上，连何寒深特地做好给她热在锅里的粥都没吃。

她的脑海里，全是老段刚才对她说的话。

几年前何寒深就认识她了？不对，不是她，是个跟她长得一模一样，名字叫翠花，后来得癌症死了的女人。

一想到这个名字，方初榆就想吐槽。她这张脸叫翠花合适吗？不是不是，偏了，重点不是这个！

“不会吧？我只是个替身？”最后，方初榆得出了这个结论，同时，她也越想越觉得可能性大！

因为长得像他死去的前女友，所以他才会默默在背后帮她，才会那么快就喜欢上她……自始至终，何寒深喜欢的都不是她。

“分手！”方初榆义愤填膺，气得将抱枕一摔，叉着腰气鼓鼓的。

接下来的时间，方初榆都在脑补，在想该用哪种方式跟他分手。

甩给他五百万当分手费！不行，他的钱比她还多，甩钱给他一点气势都没有，更别说，他的卡还在她这里呢。

骂他渣男，欺骗感情！这也不行，感觉太像怨妇了。她是谁？方初榆哎！霸气御姐大总裁，怎么能说这样的话？

对了！要打扮起来，气场不能输，到时候，二郎腿一跷，高傲地跟他说姐不喜欢你了，分手吧。

但这好像，又有点不讲道理？再换一个！

方初榆就这么一个人自导自演了大半天，最后把自己累着了。

她摸摸肚子，饿了，于是起身去厨房找吃的。

一掀开锅盖，粥已经彻底凉透了。她想开火，但打了半天火，都没着。不会吧，这么倒霉，连燃气都没有了？

方初榆饿得扑倒在地，没一会儿，又盘腿跟个大老爷们儿似的坐在地板上。

她托着下巴发呆，不知不觉，视线有些模糊，她抬手一揉眼睛，手背上湿湿的。

哦，是她哭了。

她想把眼泪擦了，结果，越擦泪越多。

方初榆终于忍不住捂着脸哭起来，是她输了，她不是想不出来怎么跟他分手才好，而是从来没想过会跟他分手……

这一刻方初榆才知道，她有多爱他，一想到要跟他分手，她的心就跟刀割似的，疼得她喘不过气来。

但一想到他喜欢的从来就不是她，而是另一个女人，她的心就更疼了。

方初榆不会那么冲动，她已经想好了，等他回来，就找他问清楚。如果，她真的只是个替身，那么她会冷静地跟他提起分手，反正，他又没对她做出什么过分的事。

现在冷静下来一想，他之所以不碰她，是因为，他一直跨不过自己

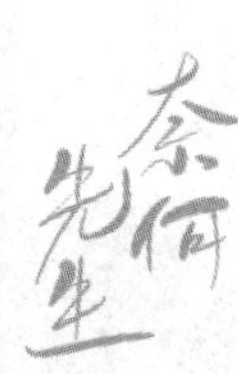

心里那一关吧。

她真傻，竟然被他蒙在鼓里这么久。

何寒深，你这个浑蛋！

第十一章

/

自始至终，就只有你

Naihe Xiansheng

✦

[1]

“阿嚏！”何寒深突然毫无征兆地打了个喷嚏。

“怎么，是这里的环境，让你感觉不舒服吗？”看到他突然打了个喷嚏，正在给他沏茶的周霁杓嘴角勾起了一抹嘲讽的冷笑。周霁杓故意将他请到这家茶馆来，就想喝着茶，跟他聊一些事。

何寒深慵懒地打了个哈欠。

昨晚方初榆跟他闹太久了，他一时心猿意马，又失眠了，再加上一大早回了何家一趟，他困得不行，原本想回去补补觉，不想张蒲清给他打了个电话，说有人想见他。

何寒深本来不想见，但张蒲清一说名字，他想了想，觉得有必要过来一趟。

周霁构见何寒深没说话，也不在意，自顾自道：“要联系上你，还真不容易。我找了她的秘书，跟他说了见你的想法，他竟然问了我很多，搞得我好像是要害你一样。”

“所以，找我什么事？”何寒深开口，语气很冷漠。

周霁构笑了笑：“她有跟你提起过我吗？如果没有的话，我可以正式介绍……”

“提过了，所以你有话，就直说。”何寒深打断他，实在是没什么耐心了。

周霁构点了点头，既然对方认识他，那他也不必拐弯抹角了。

周霁构看着何寒深，直截了当道：“初榆还爱着我，所以，我希望你识相点，跟她分手。”

何寒深端起茶杯的手顿了一下，而后又放下了茶杯，至于为什么，因为没胃口了。他抬眸睨了周霁构一眼：“说完了？”

“放弃吧，你争不过我的，趁现在还没什么损失，好及时止损，离开她吧。”周霁构一副宽宏大量的姿态，眉眼低垂一派公子温文尔雅的做派，连看都没看他一眼。

何寒深放在桌上的食指，有节奏地敲了敲。

周霁构的目光不自觉被他轻敲着桌的手所吸引，不由得揣测，他接下来会说什么。

会跟他要求钱吗？还是别的要求？

但周霁构万万没想到的是，对方会对他说这样的话……

檀香已点过半，茶水已凉，何寒深已经离开很久了，周霁构的脸色

还是铁青。

周霁杓始终忘不了何寒深离开前，那凉薄中又带着讥笑的眼神，他说："别跟她说你见过我，我怕她会忍不住揍你，我心疼她的手。"

这是在故意挑衅他吗？哼，周霁杓冷笑，他会让他后悔的。

何寒深一推开家门，就察觉到异常了。方初榆没有像平时一样兴冲冲地扑过来抱他，落地窗帘没拉开，灯也没开，整个客厅笼罩着一层阴郁的气息。这是何寒深以前适应的氛围，但他现在不喜欢了。

他喜欢的，是有方初榆在的家，而此刻，她不在。

何寒深换了拖鞋进屋，推开卧室的门，发现里面一团乱。

被子被掀到地上，方初榆抱膝坐在角落，衣着单薄，赤着脚，坐在冷冰冰的地板上。

何寒深的眉头顿时皱了起来，她这两天是生理期，谁让她就这么坐地板上了。

他第一时间不是问她发生了什么，而是将她拦腰抱起。

床是没法坐了，他将她抱到客厅沙发坐下，拿毛毯盖住她冰凉的脚，这才问她："你在做什么？"

[2]

"在找一张照片，可是我怎么都找不到……"方初榆低着头，眼眶红红的，任谁都看得出来她哭过。

"什么照片？"何寒深轻轻擦她的眼角，泪痕已经干了，这傻丫头，到底出什么事，都哭成泪人了。

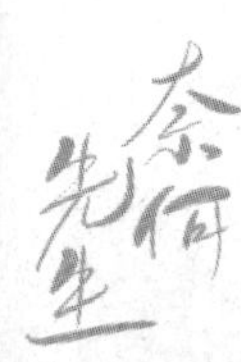

方初榆抬起头看他，深吸了口气，才说：“翠花是谁？”

何寒深愣了一下：“什么翠花？”

“你这时候还骗我？”方初榆原本想让他自己坦诚的，但他装傻充愣，她也顾不得直接拆穿会让他难堪了，直言道，“照片上那个跟我长得一模一样、患了癌症离开的人，不是叫翠花吗？”

在方初榆以为他的脸色会突然大变时，何寒深沉默了三秒，然后没忍住，笑出了声。

这还是方初榆第一次看他笑得这么开心，她都快气死了。

“你还笑得出来？”

“傻瓜，没有什么翠花。”何寒深好半晌才止住笑意，宠溺地捏了捏她的脸颊，他的语气既温柔又无奈，“自始至终，就只有你。”

真是服了她这小脑袋瓜，整天都在瞎想什么。

方初榆不解，皱眉道：“什么意思？照片上的人是我？”

“嗯，什么翠花都是我瞎扯的，但照片上的人，确实是你。”何寒深知道她困惑，他也没吊她胃口，坦言道，“实际上，几年前我就见过你了，你还记得之前在医院，你跟我说过的话吗？”

“什么话？”

“你说，几年前你曾一个人到国外旅行，却误入战乱地区，差点遭到枪击，还记得吗？”

方初榆点头。

何寒深才接着往下说：“我就在现场。当时的你可能不知道，有很多人在背后关注着你，包括我。那张照片，是你下车的时候，我拍下的。托了你的福，我躲过了几次劫。”

何寒深说完之后，方初榆消化了很久，最后得出了一个事实，敢情她在吃自己的醋？

“你怎么不早说啊？”方初榆又气又好笑，只觉得今天的眼泪白流了，亏她还哭得跟世界末日来了似的。

何寒深很无奈，她还反过来责怪他了？好好好，是他错了，让她哭成这样，确实怪他。

误会解开了，方初榆淤积压抑在心头上的乌云也一扫而空，心情瞬间舒畅了。

想起一件不解的事，她问他：“那你第一次见我的时候，怎么跟好像没见过我似的，你是故意装不认识吗？”

“不是。”何寒深不想她误会，只是这件事确实得解释一下。

得知他是出了车祸后一时忘了，之后才想起来的，方初榆点点头，突然很庆幸自己去医院打扰过他好几次，让他有机会把她记起来，不然也就没现在了。

“如果你一开始没把我忘了，会不会见到我的时候就表白？毕竟，你不是对我一见钟情嘛。”方初榆一脸期待。

结果，何寒深给她来一句：“谁说我对你一见钟情了？”

“难道不是吗？”方初榆脸一垮，瞬间失望了。

何寒深捏捏她的小巧鼻，温柔地轻笑道：“顶多算一见倾心，日久生情。”

[3]

方初榆一听，这形容好像比一见钟情更好。

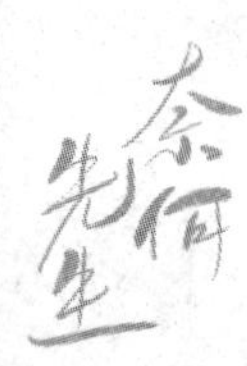

不是有人说过，所谓的一见钟情，就是见色起意嘛，还是日久生情更合她心意。

见她自己想通后一副沾沾自喜的模样，何寒深凝视着她的眼神里满是温柔。知道她没吃早餐，午饭也没吃，早饿得不行，何寒深忙先去给她做些暖胃的饭菜，把她肚子填饱了，再来跟她说事。

方初榆吃饱喝足，又得到这么一个惊喜，特别愉快，总是忍不住想笑。

何寒深煮了杯红糖姜水递给她，坐下之后，才问她："你见过周霁构了？"

"他？哦，对！见过了。"方初榆想了一下才记起来，"就上次跟我爸一起在餐厅吃饭那次，我去洗手间不是去了好一会儿嘛，就是因为碰到他了。"

何寒深若有所思地点点头。

方初榆见他突然问起周霁构，觉得有点奇怪，便反问他："怎么突然提起他？难道你见过他了？"

"也不知道是谁给他的自信，觉得你还喜欢他，我估计他会来纠缠你。"何寒深说得轻描淡写，似乎并不在意。

方初榆差点儿被一口红糖水给呛到，难以置信道："不是吧？我态度那么官方，他是怎么觉得我喜欢他的？"

"确实值得研究一下。另外，机票已经订好了，我后天就得走了。"关于周霁构的事他也没纠结太久，直接进入了另一个话题。

方初榆急了："不是！你都有情敌了，你还放心走啊？你就不怕你不在，我跟他跑了吗？"

“如果连你都不相信，我还配跟你在一起吗？”这话，何寒深是脱口而出的，没有一丝犹豫，就那么理所当然。

方初榆愣了一下，她没想到他会这么说，到底是多信任她，才敢在这种情况下，还能放心离开。

“方初榆。”

“在！”

何寒深看着她，嘴角弯起一抹笑，问她：“我一个人要在国外待那么长时间，你会担心我移情别恋吗？”

“当然不会！”方初榆也是想都没想，就笃定道，“你要是那么简单就喜欢一个人，那还有我的事吗？”

方初榆从没担心过这些，也不知道她是哪里来的自信，反正就是不担心。

“你信任我，就跟我信任你是一样的。”何寒深说着，修长的食指抵着她的心口处，“你这里，是跟我连在一块的，知道吗？”

在没遇见他之前，方初榆从不相信心有灵犀这种话，更不相信，两个人相处久了，会连对方在想什么都知道。但现在，她是真真切切地感觉到，他对她，是毫无隐瞒跟掩饰的，是时时刻刻，都能让她感觉到，他爱她。

难怪男人出轨后，女人都会第一时间感觉到，是因为变心了，所以，两人之间就有隔阂了。

不得不说，何寒深这么信任她，方初榆是真的感到了温暖。

嗯，这辈子，她非他不嫁了！

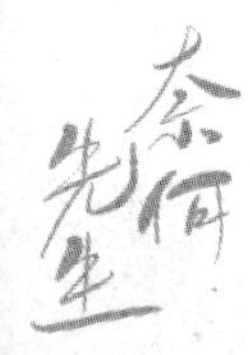

[4]

方初榆送何寒深去机场。

到了候机厅，何寒深还在叮嘱她：“别总是因为投入工作，就忘了吃饭，晚上早点睡，手机别放在枕头边，要记得关机，还有……”

“哎呀，你都说一路了，怎么跟个老妈子似的。”饶是一腔离愁的方初榆都忍不住想吐槽了，她看起来那么像不会照顾自己吗？又不是小孩子了。

何寒深无奈，他也不想，但实在是不放心她，怕她过于劳累工作，又把身体累垮了。

方初榆见他难得吃瘪，忍不住笑了。她还以为就她不舍呢，原来，他也这么不想离开她，平时就是嘴硬。

“好好照顾自己，有什么事就跟我说，知道吗？”何寒深最后再看看她的脸，摸了摸她的头顶，温柔的语气里透着对她的叮嘱与关心。

他再说下去，方初榆都怕憋不住想哭了。她扑到他怀里，将脸深埋在他胸口，双手紧紧搂着他的腰，不想松开。

何寒深轻轻摸着她的头，将她紧紧搂在怀里。

人来人往的候机厅里，相拥在一起的两人，许久都没有分开，引来不少注目，毕竟俊男美女，拥抱在一起这么美的画面，谁不想多看一眼。

直到提醒乘客登机的广播响起，方初榆才依依不舍地放开了他，振作起来，笑着对他挥手道：“走吧！搞得跟生离死别似的，又不是不回来了。你一个人在外要注意安全哦，我等你回来。”

“别看我离开，让我看着你走。”何寒深不想留给她一个背影，怕她会难过，他想成为在她身后，注视她离开的那个人。

方初榆明白他的用心，于是笑着点点头，很潇洒地转身就走，头也不回地挥手。

她的步伐故作轻快，只是走到厅口时，还是忍不住停下脚步。

犹豫了好一会儿，方初榆才慢慢转头，想着他这时候应该走了，也许还能看到他一个背影。

谁料一转头，他还在。

他还在原地，微笑地目视着她。

方初榆鼻子忍不住一酸，有那么一瞬间，她想不顾一切飞奔到他怀里，不想让他走了！

但仅存的一丝理性，让她克制忍下了这个冲动。

她不能成为他的绊脚石，相反，她还要成为一个让他没有后顾之忧的避风港。于是，方初榆对他飒爽一笑，转身迈着大步坚定地走了。

何寒深凝眸注视着她离去的背影，见她走远，不见了，他才放心转身进安检。

刚上了飞机，安全带刚系上，何寒深就收到方初榆发来的微信，一个大哭流泪萌萌的表情包，后面跟着一句："一上车，我还是忍不住哭了，离别什么的太讨厌了，你要记得早点回来哦。"

然后，又是好几个大哭的表情。

何寒深忍不住失笑，这丫头，真是让他无奈又心疼。

他这一生漂泊习惯了，从未牵挂一个人，只有方初榆，一想能再次见到她，他就对接下来要度过的每一天，都充满了期待，无时无刻不期盼着与她再见面的那一天。

“先生，飞机要起飞了，麻烦您将手机关机。”空姐过来微笑地提醒他。

何寒深点了个头，给方初榆回了条语音，还发了从她那儿盗过来的表情包，一个拥抱她的表情，这才将手机关机。

这边，方初榆还在哭鼻子。

她发现，在何寒深面前，她就是一个软妹子，哪有她平时叱咤风云、杀伐果断的样子？

手机“叮咚”一声，她拿起手机看，是何寒深给她发的语音，她吸了吸鼻子，眼眶红红地点开，就听到他温柔磁性的声音说：“方初榆，我爱你，别哭了，等我回来。”

方初榆呆愣住了，这还是他第一次说爱她……

于是，上一秒还哭得跟个泪人似的某人，这会儿又捂着嘴，激动得傻笑个不停！

[5]

何寒深出国后，方初榆的生活也回到了原来的轨迹。

上班，下班。

方初榆隔几天才会给他打个电话，而何寒深每天晚上一点左右，都会打个电话，确保她是否睡了，手机有没有关机。

没有的话，第二天方初榆就会被他唠叨了。

方初榆也慢慢习惯他不在身边了，平时没事在办公室就听几遍他离开那天给她留的语音，每次听，她都忍不住傻笑。

而一旦张蒲清进来，她就立马收起笑，摆出一副严肃脸，认真又专心的样子。

张蒲清抱着一束花进来，方初榆看到了，眉头又是一皱。

连续好几天了，周霁杓都派人送花到她办公室来，也没留下什么话，就是单纯送花。

起先她不搭理，是想让他知难而退，谁料他还越来越起劲，今天送的这束花里总算附了一张卡片，他邀请她今天晚上一起吃顿饭。

张蒲清想了想，建议道："老板，我觉得还是别去吧。"

"不去说清楚，每天继续收他的花吗？"方初榆摁着眉心。

张蒲清一听也是，于是就改劝她去了。

方初榆忍不住吐槽："你还能再有主见一点吗？"

张蒲清哭笑不得，他这不也是没办法嘛。

晚上，方初榆如约到西餐厅赴约，没进行打扮，从公司下班，就直接去了。

周霁杓绅士地给她拉了椅子。

方初榆坐下，随便点了份黑椒牛排，也没跟他拐弯抹角，直截了当地告诉他，别再给她送花了。

"你不喜欢，那我就不送了。"他笑了笑，俨然一副温柔体贴的模样。

方初榆皱了皱眉："你不用说这种容易让人误会的话，我已经有男朋友了，你这种做法，很不应该。"

"我知道。"周霁杓给自己倒了杯红酒，微微摇晃了下高脚杯，笑

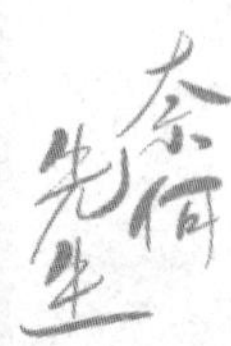

容苦涩，“已经知道的事，你就不用再强调了。”

“你既然知道，就该懂得保持距离，这样彼此都体面。”方初榆从坐下，脸上就没出现过笑脸，严肃又强势，她像是来谈商业合作，而不是跟老同学叙旧。

方初榆并不是那种不讲情面的人，倘若周霁杓没那么多心思，只想叙叙旧，方初榆可以跟他聊得很畅快。

但现在，不可能了。

她不是那种有了男朋友，还跟别的男人不清不白搞暧昧的人，也不想被他纠缠。

“体面？”周霁杓像听了什么笑话，忽然低低地笑了，只是笑意不达眼底，配合他有些扭曲的表情，像是在压抑着什么。

周霁杓的眼睛都红了，他看着她，苦涩的笑容里带着一丝恨意：“我还不够体面吗？先喜欢你的人明明是我，而你当初也是喜欢我的，如果……如果不是因为我高攀不上你，现在，我们早就在一起了，哪还有他何寒深的事！”

他的情绪很激动，强忍着克制，才没让他吼出声来。

看到他脖子上暴起的青筋，以及充血的眼睛，方初榆能感觉到他的挣扎与不甘。

“但那又能怎么样呢？”方初榆丝毫不为所动，语气很冷静，“就算我当初对你是有好感，但错过的，就是错过了。你当初退缩，是因为觉得配不上我，但你从来没有问过，我介不介意，因为自始至终，都是你一个人在一意孤行。”

[6]

周霁构的脸色猛然就变了，他像是想抓住什么，惶恐又颤抖地问她："那、那我现在问你，你介意我当时是个穷小子吗？"

"你觉得现在说这些，还有意思吗？"方初榆实在头疼。他怎么就听不明白呢？她现在已经对他没感觉了，他还在固执着坚持什么？

"当然！我们还可以重来的，你再给我一次机会，好吗？"周霁构急忙抓住她的手，几乎是恳求地说道。

这么多年，他一直在努力奋斗，就是为了有朝一日回来找她，告诉她，他现在有资格跟她并肩站在一起了。

没人会瞧不起他，也没人会再说他吃软饭了！

"有时候我都怀疑，你是真的喜欢我，还是因为不甘心。"方初榆将手抽回来，看着他，发现他脸色铁青，她继续往下说，"你不甘心被看不起，于是想证明给所有人看，就算是个穷小子，也可以娶到我方初榆，你可能想错了，我在你心里，其实压根儿没那么重要。"

"不是的，不是的……"他不断摇头否认。

方初榆不知道他这些年经历了什么，但肯定不容易。一个没有任何背景的普通人，靠着一身傲气，取得今天的地位，显然承受了许多常人无法体会的艰难。

方初榆最后还是跟他好好吃了顿饭，虽然彼此都没胃口吃饭了。

周霁构的情绪也慢慢平复下来，没再说话了。

只是在她准备走的时候，他才开口："你真的喜欢他吗？"

"不喜欢的话，我怎么会跟他在一起？"方初榆的回答不带一丝犹豫。

最后，方初榆还是跟他多说了句："你人很好，但我想，有些事，

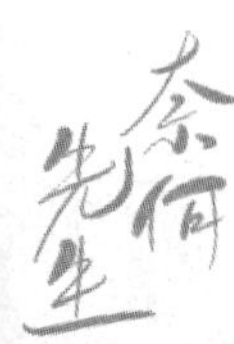

你早该放下了。”

方初榆离开后，周霁杓才仰头将一杯红酒一饮而尽，扶着额头。许久，他才低喃：“你明明是喜欢我的，为什么不承认？那我只能那么做了。初榆，别怪我，我这都是为了你好……”

“老板，不好了！”

每当张蒲清冲进办公室里这么喊的时候，方初榆就知道准没好事。

果不其然，张蒲清脸色煞白，喘着气，将笔记本电脑放到她办公桌前，急忙说：“公司前两天刚上市的那款系列产品被龙氏企业告了，他们说我们剽窃他们的创意跟理念，说我们产品配置以及包装都是照搬他们！他们已经备案了，说要把我们告上法庭，要求赔偿！”

“你说的，是我设计的那款晴时南风系列？”方初榆正在埋头绘制花图，听到他这话，抬眸看了他一眼，语气很轻地问。

张蒲清艰难地动了下脖子：“就是你设计的这款。”

只听“咔擦”一声，方初榆单手将铅笔折断了。

“放屁！”

将断成两截的铅笔狠狠拍在桌上，方初榆的脸色阴沉到了谷底。

一个星期前，在他们公司推出一款新产品的前半分钟，龙氏企业的官网上推了一款一模一样的产品，就连文案，都一字未改。

“这算什么？恶人先告状吗？这款产品我投入了那么多的心血，他们说剽窃就是剽窃？还有，为什么我们的产品，龙氏企业会有？”方初榆深吸了口气，迫使自己冷静下来。

当务之急，是要把情况搞清楚。

张蒲清表情凝重："老板，怕是公司里的人，把我们这款产品的资料卖了。"

"马上查清楚，是哪个出卖公司利益的小人干的！"方初榆怒不可遏。

[7]

"方柏陆，你看看你都干了什么蠢事！"将报纸甩在他面前，谭素敏气得头顶直冒烟。

方柏陆眼神躲闪，明显心虚，余光瞥了报纸内容一眼，含糊其词道："就一点小事而已，有什么大不了的。"

"只是小事？龙氏企业索赔公司这么一大笔钱，你还说是小事？"谭素敏一张浓妆艳抹的脸都要气歪了，想打他，又下不了手，毕竟是自家老公。

这时，窝在沙发打游戏正打得起劲的方麟没好气地道："有什么好吵的？都打扰到我打游戏了，不就是赔点钱嘛，堂姐那么神通广大，她会解决的。"

"还是小麟说的话中听，她都没来找我，你搁这儿发什么火？"有了儿子撑腰，方柏陆也有底气了，瞪了谭素敏一眼，还怪起她多管闲事了。

父子俩站在同一战线气她，谭素敏也不想管了，气鼓鼓地往沙发一坐，怄火道："你最好祈祷方初榆不知道这事是你干的。你说说你！胆子也太大了，怎么能把公司刚研究出来的新产品资料卖给对家呢？谁不知道龙氏企业一直对咱们公司虎视眈眈的，你这一卖，不是存心让公司不好过嘛。"

"我也不想啊！"方柏陆苦着张老脸，不甘心道，"可你也知道，

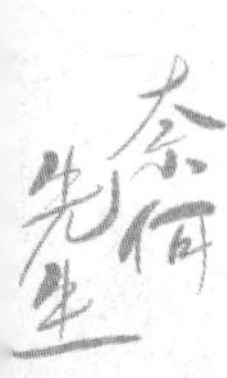

我平时就只有赌博这一点爱好，欠那么大一笔钱我也得想办法还了，但初榆那死丫头就是只铁公鸡，一毛不拔，我这不是没办法。龙氏出了那么多钱买，我心想也就一款产品，就给了。谁知道，还有这档子事？”

谭素敏听他这借口都听多了，拿起抱枕就往他身上砸。

方柏陆赶紧往方麟身后躲，抱枕砸到方麟的手机上。

“啪”的一声，手机屏都摔碎了，方麟气得跳起来：“我还在组队呢！真是的，你们要吵就进屋里吵，烦都烦死了，不管！我要买新手机，爸，我要钱！”

方柏陆瞪他一眼，心想自己都火烧眉头了，哪还有钱给他。

“要钱是吧？正好，我也有一笔债要算！”

就在这时，方初榆带着张蒲清气势汹汹地进来了。

一听到方初榆的声音，谭素敏跟方柏陆急忙站起来，唯有方麟拿着裂屏的手机继续打游戏，对即将到来的暴风雨权当没看到，似乎是个局外人。

方初榆阴沉着脸，浑身散发着佛挡杀佛，神挡杀神的可怕气势，大步走过来，将一封律师函甩到方柏陆脸上：“这就是你做的好事？我平时养你们这帮废物有什么用！”

方柏陆一张老脸都挂不住了，身为一个长辈，竟然被一个小辈指着鼻子骂？

谭素敏也知道自家老公做得不对，但看到方初榆用这种态度对他，心里还是很不舒服的，不由得沉着脸道：“初榆，你这是干什么？有什么话不能好好说，好歹是你二叔，怎么着也该尊重着点。”

“尊重？”方初榆气笑了，很好心地提醒她，“婶，你觉得我还不

够客气吗？我要是不尊重，那今天来的就是警察了。”

“警……警察？”谭素敏的脸都吓白了，这怎么还跟警察扯上了？

方麟打着游戏，听到这话停住了动作，偷偷竖起耳朵听。

“私自盗取公司内部机密文件，以盗窃侵犯他人产物，获取个人金钱利益，他已经犯法了！”方初榆一字一句道出他的罪行，“今天要不是看在你是我二叔的分上，我一定把你送进牢里去！”

谭素敏被吓瘫在沙发上，方柏陆身体也止不住发颤。方麟看不过去了，站起来对方初榆大声道：“方初榆，你至于吗？不就赔一点钱，有必要把我爸骂成这样吗？”

结果，“啪”的一声响，方初榆一耳光狠狠甩在他脸上，阴戾的眼神瞪着他：“没你的事，给我滚一边去。”

方麟捂着脸，被她的眼神吓到了，脸一白，什么话也不敢说了。

[8]

张蒲清站在方初榆身后，自始至终都没说话，就看着方初榆在方家“大开杀戒”。

“小……小榆啊，婶知道你本事最大了，公司以前那么多难关你都解决过来了，这次也一定能解决的对吧？”谭素敏这时才察觉到事情的严重性，赶紧说好话求她。

方初榆冷笑了一声：“你也知道，你们给我惹了多少麻烦？我方初榆是无所不能的是吧？平时闲着没事做，就等着收拾你们的烂摊子，对吗？”

“我……我不是这个意思。”谭素敏脸色铁青。

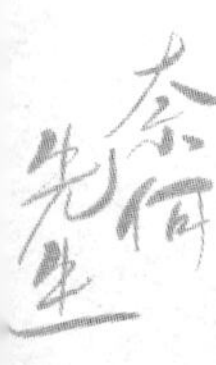

话已经说到这地步，方初榆也不必留什么情面了。正好，她有一口气已经憋很久了：“你们有没有算过？自从我坐上总裁这个位置，你们给我找过多少麻烦？是啊，你们倒是轻松，拿着我辛苦赚来的血汗钱，吃香的喝辣的，买车买包，什么贵买什么！你们想过没有，那些钱都是从哪儿来的？”

谭素敏跟方柏陆都沉默了，方麟则是一脸错愕。这些事他从来没细想过，方初榆的肩上扛着这么重的担子。

一个大家族跟公司，全都压在她一个人身上。

方初榆深吸了口气，调整了一番气息，将满腔的火气压下。她原本没想说这些，但不好好跟这帮人说，他们永远不会明白。

而且，她也可以趁这次机会，把公司整顿一番，该收回的职位都收回，该辞退的一律辞退。

她方初榆的公司不养米虫。

从今以后，公司高层人员，再也不全是方家人，而会是她招进来的员工，要在其位，谋其政。

“小榆，二叔跟你认错，这件事，确实是我做错了。”方柏陆垂头丧气，他知道做错了，弱弱道，“看看，你能不能把钱给赔偿上？”

“我为什么要赔钱？”方初榆质问他。

方柏陆窘迫，为什么要赔？不都是因为他的错嘛。

方初榆看着他：“我方初榆没偷没抢，凭什么要赔偿他龙氏那么大一笔钱？我是赔得起，但我不赔。你知道那款产品我倾入了多少心血吗？龙氏给你的那笔钱，都不够我投入的一半资金。而你，就那么拱手让人！”

听到她这话，方柏陆真的是悔得肠子都青了，他不知所措道：“可是，这不赔能怎么办啊？要打官司的啊！你说咱们能把钱还给龙氏，然后把产品资料要回来吗？”

方初榆都不想说话了，她想不通，她平时为什么要养这些废物？

“小榆，婶知道，龙氏是不可能会把产品资料还回来的，你二叔虽然做错了，但他说的也是实话，这要打官司，咱们是落下风的啊。我看还是算了，别把事闹大，赔钱了事吧。”谭素敏忍不住再次站出来说话。

“行啊，把公司卖了，这钱也就能赔上了。”方初榆无所谓地耸耸肩，随他们的便。

谭素敏脸色大变。不会吧？那岂不是要宣布公司破产了吗？那他们以后的日子可怎么过？

“现在知道事情的严重性，是不是不知道该怎么办了？”方初榆一副咄咄逼人的口吻问她。

谭素敏赶紧点头，这种事她想都不敢想，哪还知道该怎么办。

方初榆轻笑了一声，温柔地说了句：“你们运气真好，这些事都不需要你们操心，就跟以前那些烂摊子一样，最后，都由我来想办法处理，是不是觉得松了口气？”

谭素敏下意识地点头，反应过来，赶紧又摇头。

方初榆冷漠的眼神扫过他们每个人的脸，真是一帮心狠手辣的刽子手。不再多说什么，方初榆转身就走。

这时，张蒲清接了个电话，听完后脸色瞬间一变，他看着方初榆，错愕道：“老板，董事长在家昏倒了……”

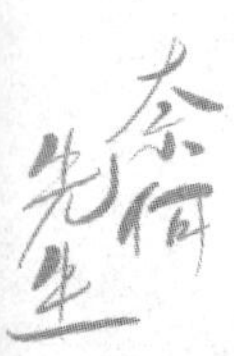

[9]

方初榆赶到医院时，方柏崧已经被安排住进 VIP 病房了。

且院内许多知名权威医生都在 VIP 病房，病房里，医生与护士来来往往，络绎不绝，甚至连大领导都过来探望。

看到眼前这番景象，方初榆都愣住了。

很快，方初榆就发现“罪魁祸首”了。

带来这一壮观场面的是本院院长何靳言，他是何寒深的父亲。

跟方初榆想象中的不同，何寒深的爸爸并不严厉，也不强势。相反，他斯文儒雅，是一位十分绅士的中年男子，嘴角挂着一抹让人如沐春风的微笑。

他跟何寒深长得很像，让方初榆有种看到了几十年后何寒深的错觉。当然，还是有不一样的，毕竟何寒深可不会这么绅士温柔。

方初榆是第一次见到何靳言，但何靳言对方初榆则早有所闻了，除了妻子经常在他耳边念叨之外，何靳言私下自己也了解过。

对这个小姑娘，何靳言十分欣赏且喜爱。

见方初榆来了，何靳言上前与她交谈，告诉她方柏崧的诊治结果出来了，是阿尔茨海默症。

昏倒是因为起身的时候，突然一阵眩晕，站不住就倒下了。

之后这种情况常有，需要身为女儿的她多注意。还有，老人的记忆也会出现问题，也可能出现意识不清醒的情况，她要做好心理准备。

“嗯，我知道了，谢谢……”方初榆倒是没有慌张无措，相反很冷静，认真地记下了叮嘱。

最后道谢的时候，想起他是何寒深的爸爸，方初榆道：“谢谢您，

伯父。”

“好孩子，这阵子，辛苦你了。”何靳言慈爱地看着她，“我一直在关注你，小寒那孩子，性格比较难相处，但对自己爱的人，他会不惜一切保护，不过，他也从不会主动说什么。我想，这点你应该是深刻体会过了。”

方初榆苦笑，她确实被他气过很多次，但对他逐渐了解后，他的那些小缺点也不算什么了。

之后，何靳言带她去见了一个人。

看到何老爷子的时候，方初榆很诧异！

这不是上次跟孟思泉老前辈到她公司来的那位老先生吗？他竟然是何寒深的爷爷！

见方初榆惊讶，何老爷子笑得一脸慈祥和蔼：“小姑娘，我们又见面了。”

方初榆这才知道，原来，在他们没在一起之前，何寒深就私下偷偷帮她这么多忙了。那家伙，竟然都没想过告诉她，真是的。

何老爷子这次过来，除了关心亲家外，还有话要跟方初榆说：“孩子，你可能还不知道，你爸爸之前找过我，我们也聊了很多。”

方初榆愣住。她确实没想到，她爸到底背着她做了多少事？

“他早知道自己会有这么一天了，特意嘱托我，希望我们能好好照顾你。你爸呀，我能感觉得出来，你就是他的全部，他唯一放不下的，就是你了。”何老爷子对方柏崧也是很欣赏的，毕竟能教出她这么优秀的孩子。虽然一副严肃冷漠的样子，但谈到女儿的时候，方柏崧不自觉就流露出了自豪的笑容。

如果没有人告诉她这些，方初榆永远不会知道。

她强忍了许久的泪，因何老爷子这几句话决堤了。

她不想哭，因此只是默不作声地擦着眼泪。

她不想被任何人看到她的脆弱，她方初榆是顶梁柱，谁都可以倒下，就她不可以。

看到这么坚强的方初榆，何老爷子何尝不心疼呢。这不由得让他想起当年，何昭墨带着池槿忱那孩子第一次回何家过年的时候，池槿忱也是被他几句话戳到了心口，当场泪流不止。

何老爷子想，是不是该反省自己，怎么每次都把何家未来的孙媳说哭呢？

要说这帮孩子也真是，挑的对象都是外刚内柔的，太让他心疼了。

第十二章

/

我想你了……

Naihe Xiansheng

✦

[1]

何昭墨得知方初榆公司遭遇的事情后，第一时间过去找她了。他是律师，在产品被起诉剽窃这一方面，可以提供不少帮助。

方初榆对此很感激，她正需要一名律师，没想到他就来了。

“你确实是该谢我。”何昭墨这次没有跟她谦虚，告诉她，“龙氏企业那边一早就想聘请我打这个官司，我拒绝了。说实在，倘若我接了，你的官司就更难打了。”

听到他这话，方初榆不由得暗自感慨，幸亏她背后有何寒深这个靠山。

但何昭墨还是很明确地告诉她这个案子的困难之处，毕竟龙氏企业有足够的底气，产品资料是他们花钱买来的，他们有权维护。反观方初

榆这边，就算产品是她的公司制造的，但产品资料也确实是被公司的高层卖出去的。

如果她真要不顾一切维权，得先把方柏陆告上法庭，所有责任由他一人承担。

虽然这本就是他的责任，但何昭墨也知道，方初榆真把自己二叔告上法庭了，她之后也不好做人。

方初榆对此有自己的看法，她二叔那边，必须要承担责任，但她不会在这种关头将他告上法庭，虽然这样对公司有利，但治标不治本。

毕竟方初榆想要的结果，是证明这款产品归她的公司所有，而不是从此让公司背上剽窃的名声。

这一点何昭墨也很清楚，也正是因为明白，才理解她现在的处境有多困难。

她得从龙氏企业那边下手，对方若愿意让一个点，何昭墨可以保证，在不赔偿巨款的情况下，将她这款产品所有权给要回来。

只是这过程有多难，何昭墨也清楚。

“你跟寒深联系过了吗？”临走前，何昭墨还是多嘴地问了句。

方初榆的眼神肉眼可见地黯淡了下来，但很快扬起了嘴角，故作轻松道：“没事，一点小事而已，不用跟他说了，而且他最近也挺忙的，等这事过了，再跟他说吧。”

何昭墨若有所思，但也没有多说什么，随后便离开了。

方柏崧昏睡了一天，隔天一早才醒来。

方初榆一整晚都在医院守着，看到方柏崧醒来很是惊喜。

他茫然困惑地问了她一句：“你……是谁啊？”

方柏崧把她忘了。

虽然可能是暂时的，但他的记忆确实出现了点问题，甚至整个人都有点神志不清。

醒来的方柏崧整个人都有点魂不守舍，迷迷糊糊的，连吃饭，还得方初榆一口一口细心地喂。

有时还会跟个老顽童一样，不吃东西，莫名其妙发脾气。

方初榆就耐着心哄他。

方柏崧开心了，傻乎乎地笑。

方初榆也陪着他笑，像是为了掩饰自己眼眶里止不住想往外涌的热泪。

就连护士都说，每次看到她在喂饭时，手不受控制地颤抖，都替她感到心疼。

何微雨跟何渊希起先还以为方初榆会情绪失控，至少会控制不住痛哭，但她没有。

自始至终，她都很冷静，该做什么就做什么，有条不紊。

对于方初榆的坚强，何渊希是佩服的，但也担心，公司那边她都应接不暇，还得抽出时间跟精力照顾家人，她身体负荷得了吗？

想到这里，何渊希找了时间问微雨：“怎么样，联系上寒深了吗？”

何微雨摇头：“电话没通，目前处于失联状态。”

“失联了？”何渊希错愕，那方初榆知道吗？

“她应该已经知道了，只是不想我们担心，所以才没说吧。”何微雨也是忧心忡忡。方初榆倒比他们想象的还要坚强，发生这么多事，还

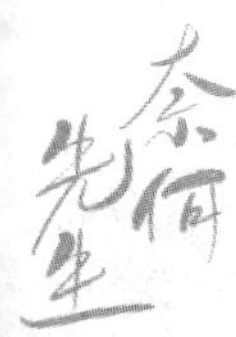

能如此冷静。

“再接着联系，这样下去不行！”何渊希脸色凝重，发生这么多事，何寒深若是不知情，实在说不过去，“她指不定哪天就撑不住了，必须尽快告诉他。”

何微雨也这么想，就算何寒深只能给她打一通电话，那对方初榆来说，想必都是极大的安慰了。

此刻的何微雨还不知道，当何寒深得知情况后，根本没有给方初榆打电话，而是连夜乘坐飞机赶回来了……

[2]

“老板，你没事吧？”

看到方初榆打了四次盹，喝了三次咖啡，却还是半阖着眼睛，好几次差点儿趴在办公桌上睡着了，张蒲清忍不住皱眉。

方初榆揉了揉眉心，疲惫道：“没事，只是，有一点点困而已。”

“老板，你还是去睡会儿吧，你是不是都好几天没睡了？”张蒲清实在担心她的身体撑不住。

方初榆却摆摆手，不以为意道：“没事，缓一会儿就没事了，龙氏那边联系上了吗？愿不愿意见我？”

“没有，龙氏的总裁一直让秘书找借口拒绝跟我们见面。”张蒲清说着，建议道，“老板，你还是去睡一觉吧，你的脸色真的很差。”

“真有那么差吗？那行吧，我去睡一下。”方初榆真的累得不行了，浑身提不起劲。

因为方柏崧不想在医院住，方初榆就把他接回家了，还多请了一位

保姆，帮忙照顾。但照顾一位患了阿尔茨海默症的老人并不容易，尤其昨天晚上睡到半夜起来，发现方柏崧一个人跑出去的时候，方初榆脸都吓白了。

好在她醒得及时，方柏崧没走远，这才能把他找回来。

但方初榆也由此不敢睡了，一整晚守着他没合眼。

方初榆睡下后，做了个梦。

梦里何寒深受了重伤，深夜的巷子里，他背靠着墙坐在地上，一只手捂着肩膀，虚弱地喘着气。

他的嘴角有血，脸上也有瘀青，两只手都有破皮的擦伤，像是刚经过一场肉搏战。四周很黑，唯有不远处的路灯散发着昏黄微弱的光。紧接着，有脚步声逼近……

方初榆看到何寒深凝眸看着前方，眸底寒光四溢。

那人过来了，穿着一身黑衣，看不见脸，只能看到他将枪口对准了何寒深的额头，抵在扳机的手指毫不犹豫地扣下！

“砰！”

“不要！”

方初榆从梦中惊醒。

她喘着粗气，梦里的一幕还盘旋在脑海，她紧张得全身冒汗，心跳得很快，仿佛下一秒，心脏就会从喉咙口跳出来。

想到刚才的梦，方初榆的身体止不住颤抖。

不对！梦都是反的，何寒深一定没事！

下了床，将窗帘一拉，炙热的阳光透过玻璃照射进来，方初榆不适应地闭上眼睛，放下窗帘，连忙拿手机给何寒深再次打电话。

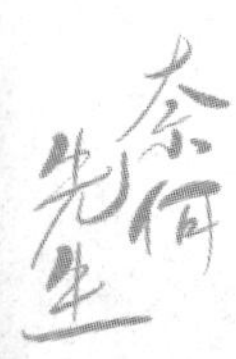

“您好，您拨打的电话暂时无法接通，请稍候再拨……”机械冰冷的女声传来，方初榆急忙挂断，又重新打。

也不知打了多少个，电话那边，每次都只有那冷冰冰的女声在说：“您好，您拨打的电话……”

方初榆放弃了，双手捂住脸，肩膀在轻颤，哽咽沙哑的嗓音低喃着：“寒深……我想你了……”

此时距离何寒深失联，已经过去半个月。

[3]

对于方初榆的处境，周霁构很清楚。

当天，他就跟龙氏企业的总裁吃了顿饭，谈好合作后，他就约方初榆出来喝杯咖啡，表示他有事想跟她聊聊。

方初榆根本没那精力，但周霁构说帮她约了龙氏企业的总裁，她就来了。

周霁构有想过她的状态会很差，但没想到她已经疲惫到下一秒仿佛就会昏迷倒下了。

“怎么把自己搞成这样？”周霁构眉头紧皱。

方初榆拍拍脸，强迫自己提起精神，问他：“没多大事。倒是你，不是帮我约了龙总吗？他什么时候过来？”

“你都累成这样了还没事？他人呢？这种时候帮不了你也就算了，连陪在你身边都做不到吗？”周霁构用的几乎是审问的口吻。

方初榆不想跟他聊这些，冷漠道：“你约我出来，就是要跟我说这些吗？”

“初榆，我是心疼你。”周霁构看着她的眼神充满了不舍，连带着说话的语气都柔了不少。

方初榆闭上眼睛，深吸了口气，才看着他说：“说约了龙总跟我见面，是借口吧？”

周霁构沉默，半晌才点头，倒是没想隐瞒她。

方初榆眼神冷了下来，没有一丝犹豫，起身就走。

“方初榆！”周霁构喊住她，“龙总不会来，因为没必要。我已经跟他谈过了，只要你一句话，我就能帮你摆平。”

“你什么意思？”方初榆转过身看他。

周霁构站起来，走到她面前，深情款款道：“言外之意，是我可以帮你解决这次的危机。初榆，承认吧，你需要我，何寒深那个男人，给不了你依靠，你不是还喜欢着我吗？你跟他分手好不好？”

“谁跟你说，我喜欢你？”方初榆敛起了眼眸，言语中带着犀利。

周霁构愣了一下：“不是你亲口跟顾白曦说的吗？”

“她？呵。”方初榆冷笑了一声，脸上带着嘲讽跟不屑。

看到方初榆这副表情，周霁构慌了：“难道不是吗？还是说，她是骗我的？”

“周霁构，我再一次郑重地告诉你，我不喜欢你。”方初榆像是为了让他好好记住，她刻意咬重了每一个字。

周霁构的脸色瞬间变了。

“你要是有机会见到他，麻烦跟他说，错过了就是错过了，让他别坚持那些不可能的事。”方初榆看着他，复述那天她对顾白曦说的话。

不管周霁构现在的表情有多受伤，方初榆继续冷漠地说：“这是我

让她转达给你的话，如果她没说，那只代表你被她利用了。”

周霁构全身的力气仿佛瞬间被抽空，让他险些站不住脚。

最后，方初榆郑重地对他说了句：“我不需要你的帮忙。另外，你也别操心我的感情，我跟他很好，也很爱他，这辈子，我方初榆只爱何寒深一个人。”

直到方初榆走远，周霁构才明白，他输了，输得彻底……

[4]

当晚，周霁构在酒吧找到顾白曦。

过去滴酒不沾的人，最近却整日混迹在酒吧，还把自己喝得烂醉如泥。周霁构脸色阴沉，上前抢过她手中的酒杯，狠狠摔在了脚下。

“啪”的一声响，引起了不少人的注意。

“你利用我？”周霁构瞪着顾白曦，咬牙切齿地说出这话。

顾白曦笑了，笑得疯魔，笑得痴狂：“我不是跟你说过了吗？我的目的，是让你放弃她。你现在，应该放弃了吧？”

“你！”周霁构气得浑身颤抖。

如果不是因为她是女人，他早就动手揍她了！

周霁构冷冷道：“给我出主意是假的，让我放弃方初榆也是假的！你一开始的目的，就是想让方初榆不好过！你嫉妒她！”

“对！我是嫉妒她，嫉妒得要死！”

顾白曦像是被刺激到了，猛地站起来，歇斯底里地嘶吼着，但很快，她又一脸脆弱，喃喃道：“可为什么？为什么这么久了，你还喜欢她？为什么就是看不见我呢……”

周霁构看着她的眼神没有丝毫的怜悯，只有冷漠与厌恶："像你这种人，也配得到爱吗？"

顾白曦的脸唰地一白。这就是她的回报？她做了这么多，得到的就是这么一句狠毒的话？

"周霁构！"

眼看他扭头就走，顾白曦怒吼了一声喊住他。

周霁构背对着她，压根就不想再多看她一眼。

顾白曦悲凉苦笑了一声，一颗心仿佛被撕扯得血肉模糊。

她忍着心痛，眼眶里含着泪，咬着唇，故作冷漠道："我不配得到爱，你也一样不配！倘若方初榆知道，这一切都是你在背后搞鬼，你觉得，她会怎么对你？"

"那你就去说吧，反正，也没比现在好多少。"周霁构不为所动，说罢，迈步头也不回地走了。

留下趴在吧台上的顾白曦，哭得撕心裂肺。

周霁构想赎罪。

不管方初榆会不会原谅他，事情因他而起，他必须摆平，于是，他再次联系了龙氏企业的总裁。

表面上，方柏陆把产品资料卖给龙氏企业，跟周霁构没有任何关系，实际，在后推波助澜的人，是他，周霁构。

龙氏企业的总裁原本不想蹚这浑水，是周霁构出谋划策，将他说服了。包括，给方柏陆的钱，有一半还是周霁构出的。

但周霁构万万没想到的是，龙氏总裁反悔了！

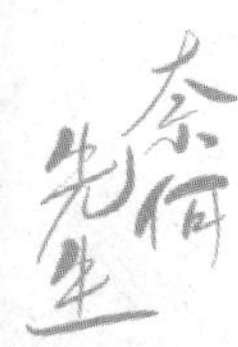

他不打算结束这场“闹剧”，官司也不会撤诉，产品他要，巨额赔偿他也要。也就是说，鱼与熊掌，对方一样也不会放弃！

周霁构被摆了一道。

[5]

周霁构感到很抱歉，带着对方初榆的愧疚，来到她的公司找她。

反正她已经知道一切都是他的错了，他也不想隐瞒，会跟她坦白。

但出乎周霁构意料的是，方初榆还不知道。

也就是说，顾白曦没把真相告诉她……

“你找我，就是来跟我道歉，因为龙氏那边，你帮不了我，觉得很对不起？”方初榆感到有些好笑，这又不是他的责任，他至于特地跑到她公司来，这么正式地跟她道歉吗？

周霁构看着她，不知是不是上次把话说开的缘故，她现在对他的态度没有先前那么淡漠了。

或许是感觉到，他对她已经没有先前的执念了，所以，她才愿意用缓和些的口气对他说话吧。

好不容易关系有点缓解，周霁构不想破坏，既然顾白曦没有说，他会把握住这个机会。

周霁构还是隐瞒了他做的那一切，嘴里很愧疚地对她说：“对不起，我一直欠你一个道歉，这段时间，给你添了不少麻烦，我会补偿你。”

“行了，没什么好对不起的，你用不着补偿，本来就不关你的事，你那么愧疚干吗？”方初榆觉得他大惊小怪过头了，还是说，在他眼里，她方初榆就这么小气吗？

周霁杓假装松了口气："你不生气就好，我怕跟你连普通朋友都做不了，之前确实是我不对，我还以为……"

"过去的事就别说了，你也是被利用了，我不怪你。"方初榆说着想起身给自己倒杯水，结果刚站起身，突然一阵天旋地转，头晕得不行。

她连忙撑着桌，闭上眼睛，想等这阵眩晕过去。

张蒲清就在旁边，看到她脸色突然不对，忙紧张道："老板，你怎么了？"

"我没事——"

"老板！你流鼻血了！"

听到张蒲清惊恐的声音，方初榆下意识地抬手一擦，指腹上果然一片嫣红。

她没怎么在意，流点鼻血而已，抽几张纸巾擦擦就好了。

只是刚擦完，鼻血又重新流出来了，方初榆刚想嘟囔一句这也没帅哥在啊，怎么会流鼻血呢？结果话还没说出口，眼前突然就是一黑。

昏迷倒下的那一刻，方初榆听到的是周霁杓惊慌地大喊："方初榆！"

方初榆不由得想，此刻喊她的人是何寒深该多好……

方初榆第一时间被送去了医院，整个过程，周霁杓都不让张蒲清插手。

经过医生检查，确认了方初榆是疲惫过度才导致流鼻血晕倒，他才松了口气。

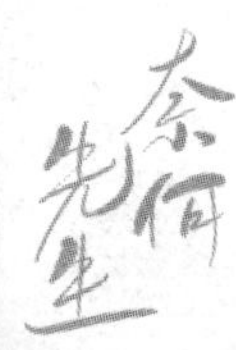

方初榆被送进病房后，周霁杓更是寸步不离守着她，完全是一副痴情男友的模样。

如果不是有张蒲清在一旁，恐怕他都牵上小手了。

周霁杓也察觉到张蒲清的多余，拐弯抹角地提醒张蒲清可以走了，方初榆有他照顾就好。

张蒲清皱眉，他不喜欢这个周霁杓，尤其知道对方对方初榆的心思，他就更不可能走了。谁知道他走了，这男人会对方初榆做出什么小人的行为。

但是，自己迟早要离开医院回家，想了想，张蒲清去搬帮手过来了。

得知方初榆昏倒住进医院了，何微雨立马跟着张蒲清去病房。房门一推开，何微雨一眼就看到周霁杓一脸含情脉脉地握着方初榆的手。

何微雨的眉头顿时皱了起来。

倒是周霁杓，看到医生进来了，忙问他："医生，她怎么还没醒？"

"你别握她的手，病人会不舒服。"何微雨冷着张脸。

在影响力心理学中，有一种影响力叫权威。尽管只是握一下手而已，但一听医生说不能握，周霁杓就连忙放下了，还对何微雨露出一个抱歉的表情。

[6]

何微雨没正眼看周霁杓，上前检查方初榆的身体，确定没什么大碍，才对周霁杓说："这里有我在，你可以走了。"

“你？”周霁构的表情微微有些古怪，“你认识她？”

“理论上来说，她是我嫂子，虽然还没跟我哥结婚，但那是迟早的事，我会照顾她，就不用你操心了。”何微雨平时的性子温和，但该强势的时候，也不会弱到哪儿去。

毕竟身为何家子弟，气势就没有一个差的。

周霁构这才听出来了，原来对方是那个何寒深的弟弟。没想到，当哥的是个小白脸，弟弟在医院倒还有份正当的工作。

“你以为，这样我就会放心把她交给你了吗？”周霁构收起了刚才对他的客气，态度带上了一丝冷嘲热讽，“有那么不知羞耻的哥，这当弟弟的，品行估计也不怎么样。”

何微雨蹙眉：“你说什么？”

“我刚才说什么不重要，重要的是，既然知道你哥才是她的男朋友，那他现在又在哪儿？女朋友都累到住院了，他呢？又在什么地方？我猜测，他是拿着她的钱出国玩了吧，也不知道，在外跟多少个女人有过一段露水情缘。”周霁构越说，言语就越不堪。

毕竟何寒深的形象，在他心里早就根深蒂固了——那就是个小白脸。

何微雨不怒反笑，转头问张蒲清：“我能打他吗？”

张蒲清笑容苦涩，那当然是不行，不然，他都想动手了……

周霁构权当没听见，依然冷言冷语道：“我不会走的，她身边现在除了我，没有人能彻夜照顾她。”

说着，他看了眼手表，已经凌晨一点了，便开始赶人：“两位应该都挺忙的，还是走吧，这里有我在就足够了。”

何微雨很少生气，但这个周霁构着实把他气到了。

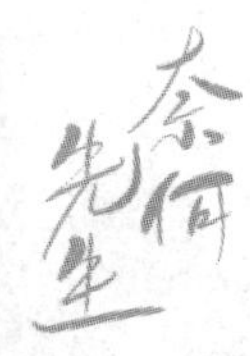

正要说话，电话却在这时响了。

何微雨先接了电话，闻言嘴角一勾，故意瞥了周霁杓一眼，才说：“渊希，你说我哥回来了是吗？”

周霁杓听到何微雨的话，眼眸微微一沉。那个男人回来了？在这种时候？

那又怎么样？他不想走，谁也别想强迫他。

“你还不走吗？”见对方还不识抬举，赖着不想走，何微雨出声提醒。

周霁杓不为所动，从容不迫道：“我为什么要走？将她送到医院来的是我，说起来，他还得当面对我说一声谢谢，以及跟我道歉。”

“周先生，我想就算没有你在，我也会把老板送到医院来。”张蒲清不留情面地拆周霁杓的台。

对这个周霁杓，张蒲清是越来越反感。

周霁杓没搭理张蒲清。

张蒲清也没发火，反正，他无时无刻不在给他家的寒大神发消息，随时报告方初榆的情况。

等寒大神来了，看周霁杓还敢不敢赖着不走！

[7]

何寒深刚到医院，这边的病房里，张蒲清得知何寒深来了，自告奋勇热情地要去外面迎接。

周霁杓对张蒲清的态度很轻鄙。

他能感觉得出来，方初榆这个秘书，对那个何寒深很尊敬，但是凭什么？那种人凭什么能得到尊重？

想到这儿，周霁杓也不打算藏着，口无遮拦道：“一个靠女人吃饭的小白脸，至于你这么讨好吗？”

听到他这话，先不说张蒲清是什么表情，反正何微雨是忍无可忍了，直接冷着脸下达了逐客令：“这位先生，麻烦请你马上离开，你妨碍到病人了。”

“我想，该走的是你吧，就算是医生，你闲事也管太多了。”周霁杓可不会乖乖就范，以同样的态度还击了回去，“告诉你，现在就算是他何寒深来了，我也不会走。”

这时，门被打开。

周霁杓下意识地抬头，看到何寒深的那一刻愣住了，这个男人，到底经历了什么……

何寒深凌厉的眼神从周霁杓的脸上扫过。

对上他的目光，周霁杓打心底涌起一阵恐惧与慌张。

这个男人，满身泥泞，浑身是伤，像是刚在沙场摸爬打滚过。一头黑色碎发也因沾了灰显得发白，再加上此刻薄唇紧抿，眼神冷漠，煞有一种君临天下的威严风范，透着冷峻逼人的气场。

就在周霁杓以为何寒深会说什么的时候，何寒深却直接无视了他，径直从他身边走过，去到了方初榆的身边。

何寒深单腿蹲下，仿佛这样才能仔细看清她的脸。

方初榆眼眸紧闭，尽管在昏迷中，眉头却紧皱着，眼下有一层淡淡的黑眼圈，脸色很苍白，平时水润的嘴唇都失了血色，肉眼可见的疲惫

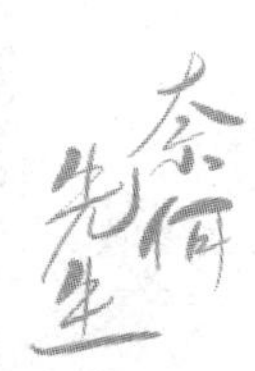

与憔悴。

何寒深伸手想去摸她的脸，中途又将手收回来，怕手上缠着的纱布会让她不舒服。

他凝视了方初榆许久，才站起身，冷眸扫向周霁杓。

看着他，何寒深薄唇轻启，低沉沙哑的声音缓缓吐出了三个字：“你，出来。”

[8]

何微雨对周霁杓投去了一个“自求多福”的表情，毕竟这么生气的何寒深，他也是第一次见。

何寒深先走出去了，周霁杓皱了皱眉，但还是跟出去了。

何渊希没有说话，靠着墙，闭上了眼睛，似乎已经知道要发生什么了。

周霁杓莫名有种很不安的预感，看着何寒深的背影，他抿了抿唇，沉着脸开口：“你想说——”

结果话还没说完，就被猛然转过身来的何寒深一拳头给打蒙了。

何寒深可没留余力。

周霁杓的嘴角当场流出血来，不等他反应过来，就感觉脖子一紧，身体一轻，整个人被恶狠狠推撞到墙上。

那力气之大，周霁杓觉得胆汁都要撞出来了，后背生疼，他心中涌起一股前所未有的恐惧。

眼前这个男人，是真的想杀了他！

这时，何渊希提醒了一句：“寒深，可以了。”

何寒深一双冷眸宛如深潭里的寒冰，没有一丁点儿温度，只顿了一下，才将周霁杓扔到一边。

周霁杓摔倒在地，止不住地咳嗽。

何渊希看了眼何寒深的手，纱布有血渗出，他的拳头却依然紧握着。

见状，何渊希无奈地摇了摇头。

这个周霁杓……

“你要为你的所作所为，付出代价。”何寒深居高临下地俯视着周霁杓。

周霁杓还在咳嗽，脸都泛青紫了。

说完，何寒深便头也不回地走了。

周霁杓艰难地睁开眼睛，望着他离去的背影，久久无法回过神来，甚至都不敢相信，刚才发生了什么……

方初榆醒来的时候，已经是隔天傍晚了。她与其说是昏迷，倒不如说是在补觉。

因此，一醒来，她连眼睛都没睁，第一件事就是伸懒腰。

这一觉，睡得可真舒坦！

“醒了？”

耳边传来熟悉的声音，方初榆怔了一下，转头一看。

何寒深坐在一旁，跷着二郎腿，正捧着本书看，好似照顾她只是顺便而已。

“寒深！”方初榆一脸惊喜，“你怎么回来了，我不是在做梦吧？”

何寒深的视线都没从书上移开，伸手摸了下她的额头，说了句：“不

烫，没有发烧，既然是在做梦，那就继续睡吧。”

听到他这话，方初榆就知道不是做梦了，激动地睁大了眼睛。不过看到他脸上的伤，她皱眉问道：“脸怎么了？”

而且，还不只是脸，他的手跟脖子上都有纱布。

方初榆心疼得不行，她的梦不会成真了吧？

“啪”的一声，何寒深合上书，转头看她。

清楚看到他眼睛里有红血丝，满脸憔悴之色，她鼻子莫名一酸，红着眼眶，忍不住扑到他怀里。

何寒深将她紧紧抱住，下颌抵在她的肩上。他闭上眼睛，在她耳边轻声低喃：“我好想你……”

方初榆的眼泪瞬间夺眶而出。

她也想他，好想好想他……如果这是一场梦，方初榆希望永远都不要醒。

[9]

“话说回来，你这身伤是怎么回事？”

吃着何寒深喂的粥，方初榆的眼睛一直盯着他的脸看，都快瞧出花来了。当事人却是一脸无所谓，轻描淡写地吐出一句：“没什么，只是不小心被卷入了打斗里，又在火场滚了一圈，受了点烫伤而已。”

方初榆的太阳穴气得直突突，这还只是而已？

她深吸了口气，咬着牙说了句：“你上药的时候，我要看！”

“没什么好看的。”何寒深不同意。

“我就要看！”方初榆很固执。

何寒深没辙了，便说了句回家再看。

听到他这话，方初榆才猛然想起方柏崧，不知道他在家有没有好好吃饭，没有乱跑吧？

何寒深知道她在担心什么，跟她说他已经去看过方柏崧了，也安排人照顾着，现在方柏崧很好，没什么问题。

方初榆这才松了口气，想起公司还有事情没处理，反正她已经没事了，就想赶紧出院去处理。

但何寒深却表示现在还不行。

“给我两天的时间，我来处理。”何寒深看着她，语气很平静，“这两天，你就在医院里休息，到时候，我会接你出院。”

方初榆蹙眉：“我已经处理得差不多了，就是龙氏总裁存心跟我过不去，我都想，要不要弄点手段阴他了……”

“我知道，你想自己来。”何寒深摸了摸她的头顶，温柔得像是在哄孩子，下一刻，他的语气冷了几分，“但站在我的立场上讲，自己的女人被这么欺负，这口气，我咽不下。”

“所以，你想替我出气呀？”方初榆的嘴角开心地弯起。她家老寒就是这样，该霸气的时候，一点也不收着！

何寒深难得地露出了一个笑容，只是方初榆看着，觉得他的笑有点瘆人，果不其然，随后就听到他说：“出来混，迟早是要还的。”

方初榆就真的在医院里待了两天。

这两天，她全靠张蒲清跟她透露何寒深都做了什么。她尤其担心，何寒深没有“大开杀戒”吧？

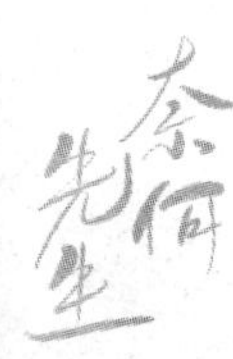

张蒲清给了方初榆一个安心的眼神，自信满满道：“老板，你就放心吧，寒大神可‘斯文’了，没用一点强硬的手段！”

方初榆可不会相信他这种鬼话。

后来才知道，何寒深没去找龙氏企业的总裁，而是直接找了他们最大的 Boss，龙氏企业的董事长！

据说二人聊了一下午，最后何寒深走的时候，董事长还亲自送他出门，然后转身，就把自家儿子教训了一顿。

最后，对方撤诉。

龙氏企业仅要回了买下产品的全额款项，此外还倒贴赔偿方氏一笔精神损失费。方柏陆作为罪魁祸首，承担了偿还的费用。这场事件属个人犯罪行为，与身为受害者的方氏无关。

后来还听说，赔偿一结束，何寒深就撤销了之前谈好说要投资龙氏企业的资金，导致龙氏是赔了夫人又折兵。

何寒深将那笔钱投资给方初榆的公司了，以后，谁敢给她找麻烦，那就是跟他何寒深过不去。

当然，这一点，当事人方初榆是不会知道的。

某人还是一如既往，喜欢在背后帮她铺垫好所有的路。

不在前面自以为是地插手，只在后面帮衬护着她，这就是他何寒深爱方初榆的方式。

我爱你有多深，只要我知道，与他人无关。

[10]

方初榆出院回家后，第一件事，就是把何寒深的衣服给扒了。

虽然已经做好了准备，但真的拆开了纱布，看到他皮肤上密密麻麻，被严重烧伤，触目惊心的伤疤时，方初榆还是难受得泣不成声。

在她的追问下，何寒深才说了实情，告诉了方初榆他这趟出国的目的。

会受伤这种事，他早做好准备了。

好在，没有伤亡情况发生，缉毒警察一个不少地回来了，除了他这个“诱饵”稍微受了点伤之外，贩毒团伙顺利被剿灭了。

但如果何寒深知道，把实情说出来的后果是什么，他一定死也不会说。

因为，方初榆知道他以身涉险后，气得说不出话。

然后，连续三天，她没跟他说过一句话。

一开始，何寒深以为她气很快就消了，结果，发现无论他怎么哄，她都不为所动后，他慌了。

何寒深只好屈尊求教于何昭墨，何昭墨告诉他：“你现在要做的只有一件事。”

某人没说话，但眼神很明显在问：什么事？

何昭墨嘴角勾起一抹狡黠的弧度，说道：“求婚。”

开什么玩笑？

哪有人在对方还在气头上的时候求婚的？这不是自取灭亡吗？何寒深给了他一个白眼，扭头就走。

何昭墨很无辜，难道他说得不对吗？

而扭头就走的某人，先是去买了对钻戒，然后又进了家花店，买了

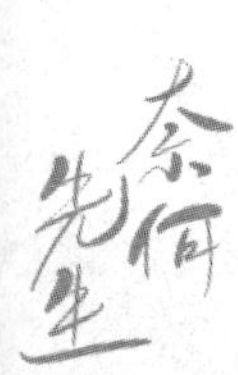

一束玫瑰花。

晚上十二点，回到家，他紧张地敲响了方初榆的房门，把刚睡下的方初榆给吵醒了。

于是，顶着一头乱糟糟的头发，穿着宽松的睡衣，睡眼蒙眬的方初榆一开门，就看到穿着一身正装的何寒深单膝跪下，将玫瑰花呈上，问她："方初榆，你愿意嫁给我吗？"

方初榆咂舌，这求婚的方式，还能再硬核一点吗？

"还愣着干什么，把花收下。"

某人见她没反应，还催促了一声。

方初榆"哦"了一声，下意识地接过。

何寒深紧接着便拿出钻戒，就好像是怕她反应过来会后悔似的，赶紧戴在了她无名指上，然后说："明天一早就去领证吧，早领我早安心。"

方初榆："……"

为啥她有种被逼婚的感觉？而且这跟她之前幻想的浪漫求婚场面也太不一样了吧？

于是，方初榆哭了，何寒深慌了。

"你现在后悔也没用，你迟早是我的人。"将她抱在怀里，何寒深无措的语气里带着一丝霸道。

方初榆顿时哭笑不得，该说他是不懂情趣，还是他太实在了呢？唉，算了算了，自己看上的男人，自己受着吧。

方初榆吸着鼻子，委屈巴巴地说："你知道我哭什么吗？"

"除了后悔嫁给我，其他都好说。"

“我是气你没跟我商量，就擅自做决定，以后，有什么事都不准瞒着我！就算是怕我会担心，也必须跟我说，知道了吗？”方初榆就气他这一点，其他都不是问题。

“放心吧，不会有下次了。”何寒深跟她保证，这是最后一次，也是仅有的一次。

方初榆也知道他的为难跟苦衷，倒是没有真的跟他生气，顶多是跟自己生气而已，只是没想到会把他逼出一场求婚来，她也是很无奈。

既然这样，那还说什么？领证结婚去啊！

不过，在领证之前，方初榆还有件事要说：“我能问一个矫情的问题吗？”

“问。”

“你真的爱我吗？”

何寒深：“……”这是什么蠢问题？不说！

“哎呀，你就说嘛——”方初榆撒娇卖萌，何寒深不吃她这一套，拒绝回答。

方初榆生气了，凶巴巴道：“说一句我爱你会死啊！”

“好吧，我爱你。”

“我不要这么勉强的，深情一点，就像你之前在飞机上给我发的语音那样。”

“那你就再听一遍语音。”

“我现在反悔嫁给你还来得及吗？”方初榆冷漠着一张脸，忽然不想嫁了。

何寒深眼神一变，猛然将她扑倒，压在身下，抬起她的下巴，凝视

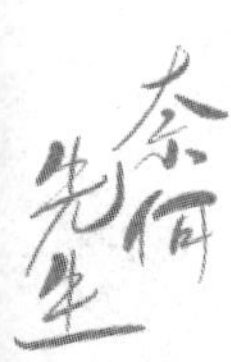

着她的眼睛，他一字一句，郑重道：“晚了，已经来不及了。

“还有，方初榆，我爱你……”

无论过去还是现在，自始至终，他何寒深，只爱方初榆一个人。

< 全文完 >

番外一

/

何寒深的回忆与婚后日常

Naihe Xiansheng

✦

[1]

几年前，何寒深其实不止见过方初榆一面。

那天，他走访完当地一些特殊的偏僻区域，带着满身的泥土，风尘仆仆地回到大使馆。

恰逢大使馆正在给旅客安排回国飞机，旅客们都被集聚在一起。大厅里人声鼎沸，熙熙攘攘，格外嘈杂。

何寒深望而止步，复而往门口阶梯一坐，迎着傍晚的秋风，歇息纳凉。

或许是他满身泥泞，过于狼狈，过路人退避三舍，他并不在意，人情冷暖罢了，直到一瓶矿泉水递到了他面前。

“拿着！”

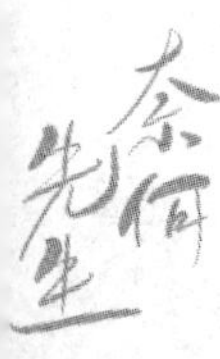

声音清脆又软绵绵的，带着点小奶音，但说话的语气又十分霸道。

何寒深抬头。

她一只脚踩在前面的阶梯上，两大箱矿泉水估计是抱不住了，暂时被放在了腿上，借力支撑着，同时也将她的脸挡住了。

何寒深想帮忙，在接过了她递过来的水后，起身准备帮她，但她丝毫没注意到，利索地扛着一箱水，呼哧呼哧地走了。

何寒深对她的印象很深刻，人长得瘦瘦弱弱，力气倒是不小，而且，还十分热情。作为一个旅客，却一点也没有身为旅客只需要接受安排跟配合的自觉，看到哪儿需要帮忙，就很自觉地去了，连招呼都不需要打。

要不是最后看到她拉着行李跟着旅客上了飞机，其他人还以为她是大使馆的工作人员呢。

挥手告别时，工作人员眼睛里都是依依不舍，毕竟就没见过干活这么利索的小姑娘。

当时她累了坐在椅子上睡着了，恰逢何寒深经过，他给她披了件外套。

最后她上飞机，他也在角落目视着她离开，手里还握着她递给他的那瓶水。

其实这段记忆，何寒深自己都忘了。

突然想起来，还是因为那天他拉着方初榆早起跑步，她跑累了，蹲在地上不肯走。

他弯下身，准备拉她起来。

她却张开双手，得意的笑容里带着狡黠的俏皮，嬉皮笑脸地对他说：

“背我！”

那一瞬间，何寒深恍惚了一下，想起了这段往事。

方初榆如今的声音偏清冷，或许是阅历增长了，她说话时的语气多了份稳重跟成熟，尤其是说正经事的时候，完全无法跟以前的她联想到一起。

但小脾气爆发时，她说话的语气就不一样了……

有时候，何寒深也觉得自己挺恶趣味。

比起看她笑得花枝乱颤狂拍大腿！没错，拍的是他的腿……何寒深更喜欢看到她被气得语无伦次，气急败坏的样子，感觉傻傻又萌萌的。

方初榆只有在生气发火时，声音是软绵又奶声奶气的。这让何寒深无数次怀疑，她平时说话的声音，根本是她伪装出来的。

本质上，她就是一只又软又萌的小绵羊。

何寒深有一点声控属性，因此每次方初榆被气出小奶音的时候，他总有一种想把她欺负哭的冲动……

而这样做的后果就是，他得轻声细语地哄半天。

[2]

除了在大使馆见的那一次，何寒深还跟方初榆坐过同一趟飞机。

何寒深清楚地记得，他在机场被赵奇拦了一路，后来还是妥协于对方的决心跟热情，准许对方跟着走了。

上飞机后，比起赵奇的激动跟兴奋，何寒深则冷静多了。

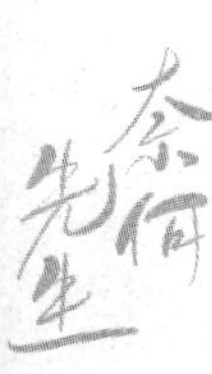

毕竟，他要考虑的东西太多了。赵奇还在他边上叽叽喳喳，他转头，给对方一个眼神，对方这才乖乖闭上嘴。

方初榆就是在这时候，过来在他旁边的位置坐下的，坐下后，眼罩一戴，就睡着了，也不知道她是有多累。

何寒深坐飞机没有睡觉的习惯，飞机起飞到降落，基本看完一本书。唯有这一次，他手上这本书只翻了几页，就再也无法往下翻了。

只因一只纤细白皙的小手横穿过来，耷拉在了他的胸口上，肩膀也是微微一沉，他低下头，就看到她靠在他肩上，睡得不省人事。

如果换了别的乘客，何寒深一定会出声提醒，并保持距离，但因为是她，他不忍心打扰，连动一下都是小心翼翼。

那时候何寒深还不知道，这个无意间把手垂落在他心口上的乘客，后来，会成为被他放在心尖上宠着的小姑娘，也是他此生唯一的爱人。

说一件不怕被笑话的事，何寒深曾经做过一个梦。

在还没跟方初榆正式认识之前，他一直想着将来若有机会见到她，一定要跟她当面道谢。

尽管，她可能只会一脸茫然，但他还是想跟她说一声谢谢。

然后，何寒深梦到自己提着礼物登门拜访，他在门口等了很久，才等到方初榆过来给他开门。

她倒茶招待他，笑着说她老公太黏人了，一直抱着她，不让她下床出来开门。

何寒深一下子就觉得有点不舒服了，尤其仔细一看，发现她还穿着性感的睡衣，如果是在现实中，他一定会扭头就走。

但在梦里，他却跟个木头人一样坐着不肯离开，一直听她讲述自己的老公如何优秀，说什么跟他是在大学认识的，两人的感情这么多年了一直很恩爱。

何寒深越听，心里越不是滋味，甚至还有一股无名火在体内沸腾。

后来，那个男人从房间里走出来了，从背后搂住她的腰，旁若无人地黏着她。

何寒深眯起了眼睛，想看清楚对方的长相，但一直看不清楚，仿佛有道光挡住了对方的脸，不让他看到。

直到他准备要走的时候，男人慵懒地对他说了声慢走。

何寒深转头，这才看清了他的长相，不是别人，正是他自己……

然后，他就醒了。

这一觉，睡出了一身冷汗。

这也是为什么后来，何寒深知道方初榆有周霁构这个学长时，醋意会那么大。

谁让他跟方初榆在他梦里描述的一样，也是方初榆的学长，想想就不爽！

时隔多年后，跟方初榆领证结婚的当晚，何寒深再次做了这个梦。

导致何寒深隔天一早，就追着方初榆问她老公是谁？

方初榆摸摸他的额头，没发烧啊，这孩子，一大早是咋的了？

[3]

婚后，何寒深时常抽出时间，陪方初榆去看场电影逛逛街，或去电玩城夹个娃娃之类的。

一开始，方初榆十分瞧不上娃娃机，义正词严地把娃娃机的营销手段分析了一遍，比如利用了什么人性跟社会心理学，侃侃而谈，就差写出一篇报告了。

结果，一投币，她比他玩得还嗨！

最后，花了两百个币抓了七八个娃娃，她还高兴得跟什么似的。

谁能想象，一个穿着职场套装，板着脸，严肃又冷酷，气场干练又强势的女强人，怀里抱着一堆娃娃，笑得眉眼弯弯，走路都在蹦跶？

表面上说一套，背地里做一套。

呵，女人。

后来，种种迹象证明，方初榆，就是一个还没长大的小女孩！

就比如说她夹回来的那几只娃娃吧，她根据颜色给它们都取了名字，小黄小绿小红什么的，整整齐齐地摆放在床上，每天晚上睡觉前，挨个喊一遍道晚安，才能美美睡着。

自从老黑生了一场大病后，方初榆就把它接回来照顾了。不想，她下班回来，就看到老黑叼着她心爱的小黄在四处溜达。

然后，下一秒，就是一场人狗追赶大战！

在厨房里准备做饭的何寒深经常听到客厅传来这样的对话：

方初榆："谁让你把我的小黄叼出来玩的？你还咬它的耳朵，它不会疼的吗？"

老黑："汪——"（弱小无助）

方初榆："你还敢顶嘴？说！下次还敢不敢了？"

老黑："呜——"

方初榆：“说大点声！还是不是爷们儿了？”

老黑：“汪汪！”

方初榆：“哎呀！你还敢凶我？老公！你家老黑吼我！”

何寒深不用看，都知道老黑的表情有多委屈了。

争不过方初榆的老黑就耷拉着脑袋，委屈巴巴地找何寒深求安慰。毕竟某人叮嘱过，要让着家里唯一的女主人。

于是在厨房里忙碌的何寒深，不得不挤出时间来安慰它受伤弱小的心灵。

有一次，何寒深无所事事，随手拿起一个娃娃乱抠，不小心把娃娃嘴巴上的红线给抠出来了。

这一幕，刚好被洗好澡出来的方初榆看到了。

方初榆：“你干吗？”

暴躁的小奶音再次蹦出来。

何寒深看了眼娃娃，很淡定地说：“你的小黄吐血了。”

方初榆：“……”

后来，何寒深买了整整一车的娃娃补偿方初榆。从此，方初榆的任督二脉都被打开了，画风一度跑偏，无论用的还是穿的，都是粉嫩可爱系。

就连睡衣，都是粉粉的小兔子套装。

由于睡衣是情侣款，何寒深也被迫穿上粉兔子了。

方初榆也不傻，可爱的一面留给家里的人看就够了，在外依然是飒爽的霸道女总裁，一回家，就原形毕露。

这导致，几年后，何楚熠小同学天真地以为他老妈就是这种可爱又呆萌的性格，小小年纪就在家担起了男子汉的重任，把自家老妈当小公主一样宠着了。

[4]

婚后没多久，方初榆就怀孕了，一同怀孕的还有池槿忧。

一夜之间，何寒深跟何昭墨这哥俩就荣升地位当爹了。

方初榆跟池槿忧这对准妈妈还没说什么呢，两个当爹的就凑在一起讨论育儿经验了，问喜欢儿子还是女儿，当然是女儿啊！

哥俩不谋而合，商量着怎么给未来的小公主布置房间，奶粉跟尿布一定要最贵的，还有衣服，品质也要最好的！

于是，还不到两个月，何寒深就把所有东西都准备齐全了，全是给女儿准备的。

方初榆虽然不想打击他，但还是弱弱地问："如果是儿子呢？"

何寒深顿了一下，然后轻描淡写说了句："让他自生自灭。"

方初榆："……"

儿子啊，你还是别出来了，你看你还没生出来，你爸就嫌弃你了。

结果，方初榆一语成谶，真的是男孩！

更惨的是，池槿忧那边也一样……

换了别的家庭早开心地庆祝起来了，何家却集体陷入了低气压中。

后来还是大家自己调好了心态，儿子就儿子吧！不重要，媳妇身体要紧，务必要让两个妈妈吃好喝好睡好！

方初榆跟何寒深讨论教育儿子的方式，何寒深表示，按他的成长方

式来就行了。

一听，她就涌起了好奇心，他的童年是什么样的？

何寒深只说了五个字：“军事化管理。”

方初榆：“！！！”

光“军事化”这三个字，方初榆就知道，她儿子以后的日子有多惨了。

何家的管教方式很严格，何寒深五岁的时候就自己整理房间了，从小叠的被子都是豆腐块形状。

何寒深直到上了初中，才知道自己原来是个富家子弟。

但那时这些已经不重要了，毕竟习惯已经被培养起来，就算家里再有钱，那也不是他的，想得到什么，归根结底，还是得靠自己。

方初榆对此还是那句老话：儿子，你受苦了！

何楚熠刚出生那会儿，何寒深请了很长一段时间假来照顾方初榆。

至于儿子，活着就好。

方初榆坐完月子，又调理了一段时间，身体就慢慢恢复了，主要是她年纪也不大，恢复得比较快。

何楚熠这个名字，是方柏崧取的，愿他此生熠熠生辉。

何寒深也没有意见，就取了这个名字。

方柏崧现在住在方初榆的家里，方初榆则搬去了隔壁，跟何寒深住，老人身体虽然有所好转，但还是得多注意。

方初榆跟何寒深一开始打算另外买栋大点的房子搬过去一起住，但方柏崧死活不同意，就连住在他们隔壁，还是他们劝了半天才劝动的。

因此结婚后，他们虽然买了新房，但夫妻俩考虑到方柏崧的安全，也没有去住过。

后来在方初榆坐月子期间，方柏崧也帮了不少忙，主要是帮忙看孩子，毕竟某个当爹的，眼里只有老婆……

番外二

/

何楚熠小可爱的日记

Naihe Xiansheng

✦

大家好，我叫何楚熠，今年五岁了，这个名字是外公给我取的。

家庭成员有妈妈、外公，还有老黑。爷爷奶奶也经常过来看我，至于我爸爸，我很少见到他。

他经常一离开就是好几个月，甚至半年。妈妈说，爸爸的工作很辛苦，我要体谅他不能在身边陪我。

我问过爸爸是做什么的，妈妈也不说。我想她是为我着想，不想被我知道，爸爸是一名赚钱很辛苦的工人，但我想说，工人是一份值得尊敬的职业，让我更加懂得一切的来之不易。

你问我为什么会知道我爸爸是工人？那还不是因为我聪明嘛。

有一次爸爸很晚才回来，我偷偷看到了，他的鞋子上都是泥土。妈妈还让他小声点，免得吵醒孩子，两人小心翼翼的。我知道，妈妈是怕

我发现了爸爸的秘密。

我们家并不富裕，我爸爸在工地干活很辛苦。妈妈也没有工作，平时在家就抱着电脑玩，我也不知道她在玩什么，赢了就笑得很开心，输了就很严肃。

她也经常拎着包出门，一出去就是一整天。她说是去工作，但我知道，她是跟她的好姐妹池阿姨逛街去了。

爸爸说，妈妈就是一个小女孩，我们要把她当公主一样宠着，在这个家里，她就是最重要的。

我虽然年纪小，但我也看出来了，妈妈确实很幼稚，睡觉还要我讲童话故事给她听。她还很笨，什么也不会，还经常做错事，每次一搞坏东西就喊我。

可怜我一个五岁的小孩子，小小年纪就知道怎么拿螺丝刀修东西，承受了这个年纪不该承担的压力。

爸爸赚钱很辛苦，家里也没多少钱，东西坏了，缝缝补补又能用三年。我觉得我是个很懂事的好孩子，给家里减少负担，还能帮爸爸照顾好他的老婆。

虽然我妈妈很笨，但我爸爸还是很爱她。我也不知道为什么，可能是我妈妈长得漂亮吧，幼儿园里的老师跟同学的妈妈，都没有我妈妈长得漂亮。

我爸爸也很帅，但他可能有点自卑，到现在，还没去过幼儿园。

我的同桌是个很傲慢的小屁孩，整天抬着下巴，斜着眼睛看人。他

爸爸很有钱，每天都开豪车来接他，他每次都跟我炫耀，我都不想理他。

我妈妈也有车，但她都是走着过来接我，因为幼儿园离家里比较近。

其实，我也挺想感受一下，坐车回家的感觉是怎么样的。

有一天，我那个讨人厌的同桌竟然说我没有爸爸，我生气了，推了他一把，他就哭了，哭得跟世界末日似的。

于是，同桌的爸爸妈妈就来了。他爸爸长得魁梧又高大，戴着大金链，一过来，就气势汹汹地问谁打了他儿子。

我身板虽然小，年纪也小，但什么样的场面没见过。我不哭也不闹，昂首挺胸，冷静地说我没打他，只是轻轻推了他一下而已。

他们估计也是被我的冷静惊讶到了，想不到一个小孩子，在这种情况下，还能这么冷静。

这里我就不得不说一句，还是我爸教得好，虽然他好严格，逼着我做不喜欢的事——我才这么小，就让我强身健体，还说什么这样将来就可以保护弱小的人。

现在虽然没有弱小的人需要我保护，但我已经可以保护自己了。

只是就算我这么说，他们还是不肯善罢甘休，非要喊我家长来。

我想到我妈妈那么柔弱，看到一只蟑螂，都会被吓哭，要是被这个怪叔叔跟怪阿姨欺负怎么办？

我不准老师把我家长叫来。或许是我的眼神太凌厉了，老师都愣住了。

其实我也不知道自己的气势怎么样，都是跟我爸爸学的。虽然他只是一个普通的工人，但依然不妨碍我对他的崇拜。

但我年纪还是太小，说话还不够分量，老师打电话把我妈妈叫来了。

一想到妈妈来了肯定会被欺负，我就又担心又着急，还急哭了。

虽然很丢人，但我毕竟是个孩子。

“谁敢欺负我儿子？”

刚听到这句话的时候，我并没有听出这是我妈妈的声音，因为她平时说话“奶声奶气”的，而这个声音高冷又霸气，跟我妈妈的声音一点也不像。

我一抬头，就看到我妈妈踩着高跟鞋，大步流星地走过来了，她的表情很严肃。

我从来没见过这样的妈妈，她给我一种她好厉害的感觉，仿佛有她在，天塌下来都不怕了。

怪叔叔看到我妈妈就要找她算账，我妈妈翻了一个白眼，将他搾得哑口无言，我都惊呆了。

我从来没见过妈妈这么伶牙俐齿过，就连尖酸又刻薄的怪阿姨都差点儿被她搾哭了。

最后，我妈妈以一个胜利者的姿态，牵着我的手离开了。

刚好是放学时间，我看到门口开过来一辆特别帅的越野车，车上坐着我爸爸。

他今天老帅了，穿着笔挺的西装，冷峻矜贵的样子。

我很清楚地看到，他一下车，好多人都看呆了。

爸爸走过来，问妈妈事情处理得怎么样。她一脸骄傲得意：“当然已经搞定啦！我是谁，方初榆哎！这点事，完全不在话下！”

爸爸看着妈妈，宠溺地笑了。他这一笑，就更好看了。

这时，同桌的爸爸妈妈也刚好出来了。怪叔叔一看到我爸爸，表情

立马就变了！他好像认识我爸爸，上来就是一顿奉承讨好，就差点头哈腰了。

我很奇怪，爸爸原来这么厉害的吗？

后来我才知道，妈妈一点也不柔弱，胆子也不小，她是公司强势霸道的女总裁，老厉害了！

爸爸也不是什么工人，他是战地记者，时常在前线跑新闻揭露战争的真相。

当天晚上，我就怀疑人生了，我竟然还是个富二代？

一夜之间，涨了身价，我有点害怕，要是被绑架勒索了怎么办？

我爸很淡定地说：“放心吧，你不值钱。”

然后，我就安心地去睡了。

这就是我的爸爸和我的妈妈，他们最大的乐趣，就是坑儿子……

最后，大家要祝我健健康康、开开心心地活着长大哦！

拜拜。